CRISTINA GARCÍA

Las hermanas Agüero

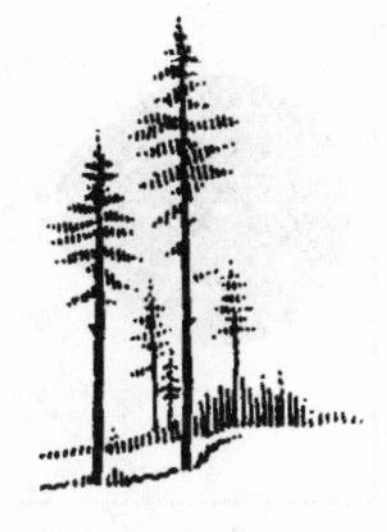

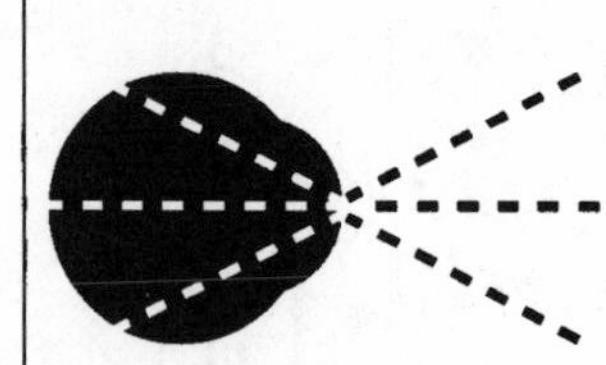

This Large Print Book carries the Seal of Approval of N.A.V.H.

CRISTINA GARCÍA

Las hermanas Agüero

traducción de ALAN WEST

Thorndike Press • Waterville, Mair

Copyright © 1997 per Random House, Inc.

La página 443 es una continuación de la página de los derechos de propiedad.

Este libro fue publicado por primera vez en inglés, en forma encuardernada, bajo el título *The Agüero Sisters*, por Alfred A. Knopf, Inc., New York. Copyright © 1997 de Cristina García.

Todos derechos reservados.

Published in 2002 by arrangement with Harlequin Books, S.A.
Publicado en 2002 en cooperación con Harlequin Books, S.A.

Thorndike Press Large Print Spanish Series.
Thorndike Press La Impresión grande la Serie española.

The tree indicium is a trademark of Thorndike Press.
El símbolo del árbol es una marca registrada de Thorndike Press.

The text of this Large Print edition is unabridged.
El texto de ésta edición de La Impresión Grande está inabreviado.

Other aspects of the book may vary from the original edition.
Otros aspectros de éste libro podrían variar de la edición original.

Set in 16 pt. Plantin.
Impreso en 16 pt. Plantin.

Printed in the United States on permanent paper.
Impreso en los Estados Unidos en papel permanente.

Library of Congress Cataloging-in-Publication Data

Garcia, Cristina, 1958–
[Agüero sisters. Spanish]
Las hermanas Agüero / Cristina Garcia ; traduccion de Alan West.
p. cm.
ISBN 0-7862-4796-7 (lg. print : hc : alk. paper)
1. Cuban American families — Fiction. 2. Cuban Americans — Fiction. 3. Miami (Fla.) — Fiction. 4. Cuba — Fiction. 5. Large type books. I. Title.
PS3557.A66 A7318 2002
813′.54—dc21 2002028914

Para Pilar

Hablar
Mientras los otros trabajan
Es pulir huesos…

—OCTAVIO PAZ

ANDAR, ARDER

¿Quién habla?
Habla el río, espejo de la memoria.
¿Qué se olvida?
La entraña, la voz, el fuego.
¿Dónde nace el fuego?
En la lengua, la sombra, el sueño.
¿Por qué nos miente el sueño?
Para que la palabra no zozobre.
¿Qué nos mira cuando morimos?
El destello, el agua, la sobra.
Cuando habla el hueso
la carne calla.

—ALAN WEST

PRÓLOGO

✪

CIÉNAGA DE ZAPATA

8 DE SEPTIEMBRE DE 1948

A caballo, en silencio, Ignacio y Blanca Agüero tomaron la ruta larga a la Ciénaga de Zapata, por el río Hanábana atravesando el paisaje familiar abierto con palmeras y hamacas de recia madera. Era su primer viaje de colección juntos en nueve años. Habían visitado la ciénaga muchas veces, pero nunca bajo un clima tan aplastante. Ahora de regreso, andaban cazando patos chorizo para la colección de un museo en Boston.

Los patos blancos eran notoriamente difíciles de cazar y hacerlo requería una paciencia inmortal. Apenas volaban; preferían nadar sumergidos, mostrando sólo el extremo de sus picos vigilantes, que salían furtivos del agua. Cuando los patos descansaban sobre la piel frágil de la ciénaga, siempre iban cobijados por las malanguetas y las grandes hojas erguidas de los lirios de agua. Sólo la gente de allí tenía alguna destreza en dispararles. Sigilosamente, los guajiros impulsaban sus piraguas con varas de a bambú y sorprendían a las aves en sus escondites. Apuntando un poco hacia adelante de donde los patos iban para escaparse, siempre lograban su presa.

En años anteriores, antes de que Blanca enfermara, los Agüero habían coleccionado muchos especímenes notables en la Ciénaga de Zapata: gavilanes de ciénaga, rascones moteados, gallaretas azules, hasta un tipo de caimán local desconocido en cualquier otra parte del planeta. Allí también habían visto —pero sin poder atraparlo— un *Capromys nana*, un roedor de aspecto común que descendía de una especie antigua de mamíferos.

Como naturalistas, Ignacio y Blanca Agüero habían explorado a Cuba con una desenvoltura y detenimiento que pocas personas habían logrado en territorios más reducidos. Conocían íntimamente cada grieta de las montañas de cal en la isla, cada subida de sus áreas planas y bosques de pinos, cada merodeo de sus ríos y cuevas subterráneas. Juntos habían pasado años catalogando el esplendor de la flora y fauna de Cuba, y habían denunciado con el paso de cada temporada la disminución y extinción de especies previamente abundantes.

Los Agüero se habían imaginado a menudo cómo habría sido Cuba antes de la llegada de los españoles, cuyos perros, gatos y ratas se multiplicaron prodigiosamente, acabando al fin con las criaturas nativas de la isla. Mucho tiempo atrás, Cuba había sido un sueño para los naturalistas. ¿Entonces, por qué se había sacrificado tanto a los colonos recién llegados y a la monotonía expansiva y demoledora de los campos de azúcar?

En días sin una nube corno éste, la luz en la Ciénaga de Zapata era tan feroz que hasta los visitantes con más experiencia se engañaban, entregados a todo tipo de delirios ruinosos. La ciénaga se conocía por su capacidad de ejercer un efecto hipnótico sobre la ambición, ese peligro que daba la bienvenida a tantas cosas. Pero las victorias genuinas en la Zapata eran poco comunes, racionadas por sus mismas aguas estancadas. Ignacio Agüero examinó amorosamente a su esposa y comprendió que la satisfacción provenía no sólo de perseguir descubrimientos modestos sino también del acto medular de acercarse a la esencia misma de las cosas. *La ciencia es primordialmente una vara de me-*

dición agitándote en la oscuridad de lo desconocido, aproximándose a lo que todavía está por aprenderse partiendo de lo que se conoce parcialmente.

Era mediodía y el sol no daba tregua. La juncia y los juncos temblaban en el pantano. Toda la mañana Blanca Agüero había seguido a su marido a regañadientes, yendo tras los patos sin ningún éxito. El calor pesaba como mercurio en sus pulmones, se colaba por debajo de su casco con mallita y se adentraba en las botas que le llegaban hasta la cadera. Mechones húmedos de pelo se le pegaban a la frente y las mejillas. ¿Cuánto tiempo hacía que no aguantaba tales incomodidades físicas? Inquieta, Blanca Agüero pasó la mano sobre su escopeta, incrustada de madreperla. No la había usado desde el amanecer. Recostó la escopeta contra un manojo de jacintos y se limpió la cara con un pañuelo de bolsillo.

Detrás de ella, surgió un revoloteo repentino, un aliento suave en la nuca. Blanca Agüero se viró y vio una luminosa aparición vibrando a pulgadas de su casco; un pájaro mosca con un collar rosado metálico y raras marcas en las alas. Un espécimen espléndido, un poco más grande que un avispón. Un adulto con su plumaje completo, excesivamente raro. Sin duda causaría un revuelo en ciertos círculos cientifícos. Se viró para alertar a su marido y lo encontró mirándola fijo como músculo tenso tras su escopeta.

Cuando sonó el tiro, sus dos caballos, por lo general de genio tranquilo y acostumbrados a oír disparos, rompieron sus amarras y se adentraron a galope en la tembladera, hundiéndose en sus aguas sin dejar huella. Blanca cayó de bruces con una violencia inesperada, deslizándose en la ciénaga ondulante.

Ignacio Agüero esperó hasta el anochecer, vigiló y esperó hasta que un gavilán rabirrojo surcó sobre ellos hasta las alturas del cielo. Luego cargó a su esposa treinta kilómetros hasta el próximo pueblo y comenzó a soltar sus mentiras.

PRIMERA PARTE

Disturbios tropicales

ACTOS DE DIOS

❄

EL COBRE

DICIEMBRE DE 1990

Reina Agüero, sujeta a un poste de teléfono, los muslos fortalecidos por muchas subidas similares, repara un cable de alto voltaje en las afueras de El Cobre, un pueblo minero en el oriente de Cuba, cuando otra tempestad llega soplando de la Fosa Caymán. Los relámpagos intricados como un esqueleto, quiebran la melodía tranquila de la tarde en la Sierra Maestra, iluminando la hoyosa mina a tajo abierto en la distancia. Reina Agüero limpia una mano y luego otra en su overol reglamentario y baja del poste astillado. Sus herramientas hacen un campaneo reconfortante desde su cinturón. En la noche trepará un cocotero detrás de un hotel del gobierno y mezclará leche de coco con un poco de ron, esperando que la mezcla por fin le permita dormir.

El insomnio de Reina Agüero empezó el verano pasado, el día del trigesimoséptimo aniversario del ataque de El Comandante al Cuartel Moncada. De gira, laborando por la revolución, es difícil descansar; las camas son impredecibles, demasiado blandas, o infestadas de pulgas; los días se alargan con trabajo suplementario. Como trabajador magisterial visitante, Reina no sólo tiene que reparar el equipo eléctrico más achacoso en el campo de Cuba, sino también tiene que enseñar seminarios para los electricistas locales y padecer cada noche en ceremonias hechas en su honor. Por lo general, come demasiada piña fresca en estos eventos, causando malestar en su susceptible sistema digestivo.

Un grupo de electricistas aplaude mientras Reina desciende los últimos pies del poste. La tierra está saturada con semanas de lluvias invernales. Juntos, ella y los hombres que la acompañan resbalan y luchan cuerpo a cuerpo, bajando la colina que va hacia el pueblo, una cuarta parte del mismo iluminado gracias a sus esfuerzos. Reina está empapada y su overol se ciñe a su cuerpo de muchas curvas. Tiene cuarenta y ocho años, pero su cuerpo parece mucho más joven. Ignora a los hombres que van detrás de ella, despacio, embobados por el tamaño y meneo de sus nalgas.

Reina mide un metro con ochenta, unos diez centímetros más que la mayoría de los hombres con quienes trabaja. Su boca es grande e impecable, con las comisuras de los labios apenas discernibles. Sus colegas más atrevidos le dicen Compañera Amazona, un apodo que secretamente le encanta. A menudo Reina escoge el electricista más flaquito y tímido del pueblo para conseguir favores especiales, dejándolo débil e inconsolable por meses. Cuando se va de un pueblo aparecen búhos negros en las ceibas.

En el camino de regreso a su hotel, Reina se detiene en la Basílica del Cobre. Construida al estilo gótico, es sombría, nada acogedora, es como tantas iglesias católicas. Reina ha oído de los tremendos poderes curativos de La Virgen de la Caridad del Cobre, la santa patrona de la isla. Con todas las dolencias trágicas que se le presentan, Reina duda que La Virgen se vaya a ocupar de un poco de desvelo, pero está desesperada. Ha probado toda clase de somníferos: tés herbales y píldoras para dormir, hasta compresas de boniato para la cabeza.

Ni los rigurosos encuentros amorosos con Pepín Beltrán, su amante desde hace veinticuatro años, la ponen suficientemente exhausta como para entregarse al sueño. La semana pasada, en una sesión que duró desde las seis de la tarde hasta medianoche, la cara de Pepín se ablandó y estuvo hecho un tronco, apenas soportaba los embates del goce de Reina. Después ella se quedó despierta en la oscuridad hasta poder ver cada hendidura y rasguño del cuarto ornamentado. Hace años había sido el estudio de su padre, uno de ocho cuartos en su viejo y cómodo apartamento del Vedado, vecindario de La Habana. Después de la revolución, el gobierno alquiló los siete cuartos restantes a un igual número de familias.

Pepín le echó la culpa de su desvelo a la anarquía de libros en el estudio. Hay más de tres mil tomos en los estantes de caoba labrada, amontonados en los pisos de mármol y en seis butacas suntuosamente decrépitas. Muchos de los títulos fueron escritos por su papá: *Una guía naturalista a la Perla de las Antillas, Los murciélagos: una reconsideración, Búhos de Oriente, En búsqueda del* Erophylla Sezekorni y su libro clásico *Cuba: flora y fauna.* Un chinero para la vajilla sirve como mostrador para sus más estimadas pieles, aves raras y murciélagos extintos, especímenes que él mismo había disecado con jabón arsenical y que lucían tan frescos y vivos como el día en que los mató.

Pepín le rogó a Reina que echara esas reliquias de su nido amoroso. Pero Reina se negó. Nada había cambiado allí desde la muerte de su padre hacía cuarenta años.

Reina se para delante del altar de La Virgen que está al fondo de la basílica. Centenares de velas encendidas llamean en su honor, muestras de súplicas y agradecimiento. Siglos de ofrendas están amontonadas en torres relumbrantes y tambaleantes: medallas e insignias militares para aquéllos que sobrevivieron las guerras bajo su protección; muletas de los devotos que recibieron de ella la fuerza para caminar de nuevo; tiaras antiguas, cálices, sedas egipcias y anillos de matrimonio donados por peregrinos milagrosamente sanados. La Virgen morena preside sobre estas ofrendas con un vestido de satín cremoso, una capa de oro en lamé y su corona, tan serena y apacible como su nombre en yoruba: Oshún.

—Bendígame, Virgen, he pecado —dice Reina arrodillándose ante la santa y persignándose torpemente. Se acuerda de las oraciones que oía de niña, los rituales del internado protestante adonde ella y su hermana fueron a estudiar después de la muerte de Mamá.

—Bueno, no he pecado precisamente,

pero lo que pasa es que no puedo dormir y tiene que haber alguna razón.

Una medalla de la Guerra Hispanoamericana le llama la atención. Un año después de la independencia de Cuba, su abuelo había venido a la isla desde los montes de Galicia. Reinaldo Agüero se hizo lector en la segunda fábrica de cigarros más grande de Pinar del Río y fue muy admirado por su erudición y su lujosa voz barítona. La hermana de Reina, Constancia, decía con orgullo que ésto los hacía verdaderos criollos.

—No soy muy buena en esto y sé que estás preocupada, pero espero que me des alguna señal para saber qué rumbo tomar. Reina saca una llave de tuerca de su cinturón de herramientas y la coloca al lado de la medalla de la Guerra Hispanoamericana.

—No es gran cosa, lo sé. Pero, vaya, si por casualidad tienes oportunidad, ¿podrías dar una vuelta y bregar con lo mío, okey?

Esa noche, Reina de queda acostada en la cama y reflexiona sobre los oscuros métodos de gracia que maneja la Virgen. Tiene algunas dudas sobre sus propias creencias. Lo que más disfruta es ser libre de una visión final, de una versión definitiva del significado de la vida. Si no podía percibir nada en su totalidad entonces ¿por qué no celebrar lo que sí comprendía con sus propios sentidos? *Vive de la vida lo sublime,* había sido su lema personal desde que tenía memoria. Después de todo, le parecía inútil perseguir lo elusivo cuando la realidad quedaba tan enormente inexplorada.

Reina presiona la almohada mustia del hotel sobre su nariz y boca y empieza a contar. Pasa un minuto, dos. Si consigue caer inconsciente tal vez regrese el sueño. Pasan seis minutos, luego siete. Después de ocho minutos, Reina, en plena conciencia y supremamente irritada con La Virgen de la Caridad del Cobre, retira la almohada de su cara.

Después de la muerte de su madre, el padre empezó a padecer de un insomnio tan completo e incurable que lo llevó a suicidarse dos años después de la muerte de su esposa. Por lo menos la mayoría de las noches, piensa Reina, logra dormir una hora o dos antes de que amanezca. Su cuerpo da un quejido con un largo respiro de alivio y esto es lo último que recuerda antes de que la tibia luz la despierte, perpleja y tranquila.

A menudo ha pensado en la última noche que pasó su padre en su estudio, en la escopeta de doble barril de fabricación irlandesa todavía en su estuche aterciopelado en el closet. La escopeta era ideal para tumbar las aves de cualquier árbol salvo de los más altos. Aunque su padre nunca se consideró un cazador innato, de todas maneras tenía una excelente puntería, tanto montado a caballo como tendido sobre la tierra. Muchos de sus especímenes formaban parte de las colecciones de los museos más prestigiosos del mundo.

La semana después de su muerte, llegó un paquete para Reina y su hermana Constancia al internado. Era una selección de apuntes de las conferencias de su padre, aves y murciélagos disecados de gran rareza, una decena de las primeras ediciones de sus libros, con láminas de colores brillantes. Constancia no quería nada que ver con eso, pero Reina empacó cuidadosamente las cosas de nuevo y las puso debajo de la cama. A pesar de sus sospechas, no podía soportar ver que el trabajo tan fructífero y de toda una vida de su padre pudiera sucumbir a los apetitos de escarabajos y polillas que roen los libros. "La búsqueda de la verdad es mucho más gloriosa que la búsqueda del poder", había escrito Ignacio Agüero a sus hijas, acto después del cual se pegó un tiro en el corazón.

Es el cuatro de diciembre. Reina se levanta antes del alba. En el campo, la gente recorre ya los caminos y los montes. Esto le da cierto sosiego ya que odia levantarse sintiéndose sola. Mientras la primera luz se filtra a través de la oscuridad, los colores le parecen menos concentrados, como si fuera la luz del sol, y no su ausencia, la que diluyera su fuerza.

Durante sus largas noches de desvelo, mentalmente se va apartando despacio del borde de su cama, reconstruyendo el mundo en círculos concéntricos donde todo está en su estado más elemental, puro, con la luminosidad vital de la existencia. Entonces una marea de memorias la sobrecoge, dando marcha atrás a la trayectoria de su vida.

En las peores noches se siente atrapada como si estuviera en una meseta magnética, sin orientación alguna dentro de la oscuridad. Confunde los murciélagos disecados con los pájaros y los libros con la araña de luces que no funciona. A menudo piensa en su madre, oye su voz otra vez, siente la presión calurosa de su pecho contra su mejilla. Reina tenía seis años cuando su madre murió en una expedición de colección en la Ciénaga de Zapata. ¿Cómo es posible que ella haya existido sin su madre por todos estos años?

Reina tiene un trabajo más en El Cobre antes de regresar a su casa en La Habana y tomarse unas vacaciones de dos semanas. Las lluvias incesantes han inundado la mina de cobre. La bomba de agua eléctrica que arrastraron al lugar es prehistórica y ha electrocutado a dos hombres desde mediados de noviembre. Ni el electricista más diestro se le quiere acercar ahora.

El mismo grupo de hombres saluda a Reina en el comedor del hotel mientras se desayuna con panes y papaya fresca con limón verde. Reina los había observado cuidadosamente el día anterior y no había encontrado a ninguno digno de incarle el diente. Todos estaban muy seguros de sus encantos. Tamaño problema en Cuba: hasta el hombre más desgarbado, mellado, escabroso, esclerótico, patitorcido, dispéptico y pestilente de la isla se creía irresistible para las mujeres. Reina ha reflexionado con frecuencia sobre estos asuntos. Han sido demasiado mimados por sus madres: ésa es su teoría. Después del amor y los abrazos de una madre cubana, ¿qué hombre no va a pensar que es el centro del universo?

Los electricistas, en lo que le ha tocado a Reina, son caso aparte. Diestros con las manos y capaces de hacer volar chispas, a menudo ven a la mujer como un otro desafío eléctrico. Son confiables pero raras veces creativos, lo que en parte explica por qué a

Reina le gusta reducirlos a un estado indefenso. La gratitud, piensa, es una virtud refrescante en un hombre. Por eso cree que Pepín Beltrán sigue siendo su amante ideal, aunque esté casado y calce zapatos ortopédicos. Como oficial en el Ministerio de Agricultura, Pepín no tiene nada que hacer el día entero, salvo revolver papeles y soñar con ella. Cuando llega a su cuarto cada noche con un paquete de delicias obtenidas en el mercado negro, está desmayándose de ganas. Obedece al cuerpo de Reina como si fuera música.

Reina admite cierta vanidad. Se complace en la admiración que recibe por su oficio y en la cama, en la imagen de su propia autoimagen. Ella no se cansa de decir que tiene pocas especialidades, pero siente orgullo de hacerlas extremadamente bien.

No se le permite a nadie cargar la caja de herramientas de Reina Agüero. Pesa alrededor de treinta kilos, pero ella la carga como si no tuviera nada más que un sándwich de lechón y un envase de leche adentro. La mayor parte del tiempo se las arregla con su cinturón de herramientas, pero la bomba en la mina El Cobre requiere mayor sutileza eléctrica. En la lluvia, la caminata cuesta arriba dura cuarenta minutos.

Alguna gente del pueblo se une a los electricistas camino a la mina. Ya se ha regado el cuento sobre el ingenio de una mujer electricista, y pronto se forma una procesión de gran colorido integrada por los vagos y los que trabajosamente subempleados de El Cobre, siguen a Reina y sus asociados cuesta arriba. Tanto la salvación como la catástrofe nunca fallan en atraer un gentío, aduce Reina. La lluvia arrecia. Los ciudadanos se protegen con hojas de palmas, trozos arrancados de cartulina y dos paraguas negros que van marcados PROPIEDAD DEL ESTADO.

El mantillo se va deslizando por el monte en pequeños ríos. Culebras, ratones y una profusión de criaturas subterráneas van descontroladas en descenso, pasándolos en su subida. Los árboles están repletos de pájaros inquietos, ranas y lagartijas que buscan refugio de las inundaciones. Un electricista, un hombre de cabeza plana llamado Agosto Piedra, se mete hasta la rodilla en un hoyo de fango y desata una constelación de malas palabras, tan originales, que todo el mundo se echa a reír.

Reina es la primera en llegar a la entrada de la mina de cobre. Es un anfiteatro de pudrición. En el siglo diecisiete, los esclavos extrajeron suficiente cobre de la mina para satisfacer todas las necesidades de artillería del país. Cien años después se rebelaron contra sus amos con mosquetes y machetes y, eventualmente, gracias a la intervención del Obispo de Santiago y a la de la misma Virgen de la Caridad del Cobre, fueron declarados ciudadanos libres.

Algo cercano a la intervención divina hará falta para sacar el agua espesa y maloliente de la mina, piensa Reina. La bomba, en realidad dos bombas unidas torpemente por una serie de alambres expuestos, está hundida en un pie de fango. Reina hace una señal para que sus asistentes la ayuden a empujar la bomba a un lugar donde la tierra esté más seca, pero nadie mueve ni siquiera un músculo. En vez la miran de vuelta, sus expresivas miradas oscilando entre la vergüenza y el desafío. La máquina ha cobrado ya dos vidas. Caballero, la dedicación revolucionaria tiene su limite.

Reina pone su caja de herramientas en el piso. Camina alrededor de la máquina una, dos, tres veces antes de elegir un ángulo. El fango le chupa las botas reglamentarias que le llegan hasta las rodillas. Respira hondo, y se balancea en sus cuartos traseros. Después, con la velocidad y fuerza de un atleta de lucha libre, concentra la energía de todo su cuerpo en el hombro derecho. La máquina sale unos dos pies fuera del fango. Repite la maniobra con tal concentración que parece estar en un trance; luego una y otra vez hasta que el aparato queda colocado precariamente sobre el borde de la mina. El gentío no dice nada. La lluvia sigue bajando con estruendo. En lo alto se ve un buitre describiendo círculos.

Lo que ocurrió luego pasó con tal velocidad que ninguno de los presentes podrá describir con exactitud la secuencia en que sucedieron. En un momento, Reina está sacando un panel lateral de la bomba eléctrica de agua con su destornillador; en el próximo, miles de pájaros se escapan de los árboles a la vez, dando vueltas enloquecidas en la lluvia. La tierra empieza a sacudirse y resquebrajarse. Reina brinca encima de la bomba mientras va bajando desbocadamente en una ola de fango eructado por la mina. La bomba arrasa con todo lo que se atraviesa en su camino, dejando como secuela una doble huella aplanada de lodo y ramajes que se detiene justo antes de un árbol gigantesco de caoba. Reina ve el árbol acercándose y siente casi un alivio. Se acuerda de que es un árbol curativo, su corteza se usa para tratar el reumatismo, el tétano y la pulmonía. Al igual que la. tierra, el árbol está temblando violentamente.

El impacto estremece la espina dorsal de Reina, le rompe la nariz, ambos pulgares de las manos, y le afloja una muela. Un mechón de su pelo es arrancado desde la raíz.

Reina está atrapada en las ramas más altas del árbol de caoba a cuarenta pies de altura. Es otro reino por completo. Sus poros absorben la saturación verde de las hojas y el olor misericordioso de la tierra que asciende por sus piernas y brazos. Arriba de ella el cielo florece con un color gris de terciopelo, con la luz desvaneciente de estrellas que desde hace tiempo ya no existen. De repente, Reina quiere que su hija esté con ella, para compartir el aire y la intoxicación extraña de estas alturas. Le diría: Dulcita, aquí están todos los dones del mundo. Pero Reina sabe de sobra la inutilidad de las palabras, su poder de alejar, de crear soledad.

El cuerpo de Reina está pegajoso con sangre y emulsiones que no reconoce. Nada importa salvo una ceguera inesperada, el ritmo de su corazón y una sensación exquisita de incandescencia.

LA CIUDAD DE NUEVA YORK

C*onstancia Agüero Cruz* ordena las filas de cajas verde-azuladas en su mostrador de cosméticos y fiscaliza su pintura de labios en el espejo magnificador. En cinco minutos abrirán las puertas de la tienda de departamentos en Manhattan. Es la semana antes de Navidad y el gentío ha crecido de una manera desbocada. Con esa búsqueda navideña de lograr la perfección hay una sensación de desespero con cada compra que se hace.

Constancia promueve un nuevo extracto de alcachofa que promete erradicar aun las líneas faciales más finas que circundan los ojos. Apenas aplicado, el gel se endurece formando una luminosidad cristalina que atiesa la piel por varias horas. Un chispín de mascarilla y polvo de maquillaje y la necesidad de cirugía se queda camuflajeada. Las ventas logradas por Constancia barren todos los records de la compañía. Pero las comisiones no motivan su empeño, sólo la satisfacción de posponer las pequeñas muertes diarias a las mujeres.

A Constancia no le hace falta vender cosméticos. Su marido Heberto Cruz, es dueño de una tabaquería en la Sexta Avenida, donde van a comprar desde príncipes árabes hasta políticos. Ella lo ayuda los sábados, su día libre, vendiendo antiguas pipas Meerschaum, mezclas personalizadas de picadura, boquillas de porcelana, los puros más finos del mundo hechos a mano e incluso un surtido ilegal de habanos que repasa en el humidificador transitable. Las ventas se duplican cada vez que Constancia trabaja, pero su ánimo no está en estas transacciones. Ella considera los puros como mera distracción tolerable, muy por debajo de la categoría de una buena crema de noche.

En cuestión de minutos, su mostrador de cosméticos está atiborrado de clientes. Constancia es más eficiente cuando trabaja sola, mostrando sus productos con un aire tranquilo, pero con autoridad. Ninguna mujer está inmune a la ansiedad sutil que ella suscita cuando hace su discurso de venta. En sólo treinta minutos puede vender hasta unos $1,200.

Constancia considera que su propia imagen es la herramienta de venta más efectiva, por lo tanto, cuida su apariencia en extremo. Tiene cincuenta y un años, pero su piel es suave y blanca, casi sin trazo de envejecimiento. Su pelo oscuro está recogido a la francesa y sus uñas pintadas para combinar con sus labios color cornalino. Constancia prefiere los trajes Adolfo, que resaltan su figura pequeña. Con cada vestido siempre usa un collar de perlas corto. Con su acento extranjero y su gentileza de trato, los clientes se sienten vagamente intimidados a comprar lo que ella sugiere.

La mañana pasa rápido mientras Constancia vende compactos y emolientes, rayadores de ojo, lápices labiales, defoliantes faciales. El jefe de su división le anunció ayer que había ganado un Cádillac rosado y descapotable, el premio para el vendedor más destacado en los Estados Unidos. Constancia se preguntaba qué haría con un carro tan elegante en Nueva York. Pero Heberto sugirió que la compañía se lo enviara directo a Miami adonde piensan mudarse después de las Navidades.

A Constancia le acosan las dudas sobre irse de Nueva York, pero Heberto tiene ganas de jubilarse. Le lleva once años y está rendido, dice él, por estar parado todo el día inhalando el humo de otros. En septiembre Heberto compró un condominio en Key Biscayne con vista hacia el mar, no muy lejos de la casa de su padre viudo. Tiene piscina y una playa arenosa y el espectáculo diario de los atardeceres, pero a Constancia no le persuaden esas amenidades. Le gusta su trabajo y tiene miedo a la inactividad. Cuando el silencio la rodea, la tentación de los recuerdos resulta muy poderosa.

En su hora de almuerzo, sale a la Tercera Avenida. El ambiente es una vocinglería de plena competencia para vender castaños, nueces, orejeras, relojes de baratija, y esculturas de Senegal talladas en madera. A su alrededor, las mujeres marchan con resolución en zapatos de tenis y abrigos de piel. Las aceras de la ciudad acaban con las que calzan con tacones altos, pero Constancia rechaza la cultura moderna que proclama la comodidad antes que el estilo. Le duele más no verse bien que usar un par de tacones. Su hija Isabel no lo comprende. Se dedica a la cerámica, anda descalza y con overol en una parte rural de Oahu.

En su café favorito, el camarero le trae un plato de requesón, melocotones en puré, y una taza de té de manzanilla. La comida le asienta el estómago después del brete matutino. Se cuida con la comida. Así como su hermana en Cuba, Constancia tiene un sistema digestivo frágil, cosa que no heredaron ninguno de sus hijos. Su hija vive de comida de lata calentada en un hornillo portátil y su hijo Silvestre, sólo come enormes sándwiches de salchichón en un lugar italiano de Morningside Heights.

Constancia prueba un bocado de su requesón, y tiembla al pensar en toda esa indescriptible carne. Abre el periódico en la página de los horóscopos. Su cumpleaños, el 21 de marzo, está entre Piscis y Aries, una combinación volátil. A menudo encuentra difícil interpretar las señales astrológicas. "Le tocará una pérdida seria. Aténgase a lo que quiere de verdad y deshágase de todo lo efímero. Un golpe financiero puede beneficiarle si logra jugar bien su papel." Le irritan esos consejos tan equívocos. Prefiere el acercamiento más directo de los adivinos en Cuba.

Justo a las tres el diplomático argelino aparece en el mostrador de Constancia. Rechaza su invitación a cenar, lo cual ha hecho por dos semanas corridas, pero él no se desanima fácilmente. Aunque Constancia se siente intrigada por su gentileza y por la forma irregular dibujada por su pelo en la frente, no puede imaginarse saliendo con otro hombre. Ni se ha molestado en decírselo a su esposo. Heberto es genéticamente incapaz de sentir celos. ¿De qué otra manera pudo casarse con Constancia cuando ella todavía se moría de amor por su hermano?

Constancia sigue con un ritmo animado de ventas durante la tarde. Hay una pausa justo antes de las cinco cuando la cantidad de clientes hombres aumenta. Es la hora del día para comprar perfume: para pedir disculpas, sorprender a una amante, o dorar la píldora de un amorío que se acaba. Siempre se percata si es la esperanza o la culpabilidad lo que motiva la compra. Para los hombres es la esperanza o la culpabilidad: no hay términos medios.

De camino a casa, el cielo se oscurece de un gris a un azulado. El meteorólogo predijo que caería nieve pero no ha nevado y Constancia quiere que caiga para que la ciudad quede acurrucada bajo un manto blanco. Por la parte sur del Parque Central los árboles se espesan con la oscuridad y el peso de la noche que se avecina.

Heberto cierra la tienda cuando llega Constancia a recogerlo. Está rebosante, a punto de ruborizarse. El Ministro de Finanzas de Venezuela había entrado a comprar unas pipas de marfil para su querida. Constancia examina el recibo que su marido agita como una bandera: $1,940. El Ministro pagó con dos billetes de a mil y le dijo a Heberto que se quedara con el cambio.

—Mira lo embullado que estás, mi cielo. ¿Seguro que te quieres retirar? —pregunta

Constancia, tocando la mano de su marido. Se pregunta que hará Heberto todo solito en la Florida. No tiene pasatiempos ni pasiones, sólo un empuje mercantil constante y sonante.

Juntos caminan por la Avenida de las Américas, en contra del oleaje de gente y pasan por el rascacielos donde trabaja el hijo de Constancia en el piso treinta y seis. Silvestre recorta artículos de periódico para la biblioteca de una revista prestigiosa de noticias, seleccionando entre los deportes y chismes sobre celebridades, asesinos en serie y tempestades. Dice que ser sordo hace su trabajo más fácil, porque tiene menos distracciones. Su padre, Gonzalo Cruz, es el hermano de Heberto. Constancia había estado casada con él por cuatro meses precisos en 1956. Gonzalo vive ahora en Miami con su sexta esposa, una adolescente salvadoreña que conoció en un Kentucky Fried Chicken de Coconut Grove. Otra razón por la cual Constancia no se quiere mudar a la Florida.

Constancia debe encontrarse con Silvestre en los Claustros el primer domingo de cada mes, pero desde agosto su hijo no se ha aparecido. La última vez que lo vio, él se quejó porque ella lo besó muy fuerte en la boca y luego levantó la mano con un aleteo nervioso igual al de su padre. Silvestre se parece tanto a su padre que cada vez que se enfrenta con él en el patio medieval, se siente abatida.

Aun así, ella disfruta de la vista elevada en la colina sobre el río Hudson, y del almodrote de monasterios europeos que conforman la estructura principal de los Claustros. Hay frescos y tapices y en los jardines formales, docenas de matas comunes en la Edad Media. A menudo ve cuervos y arrendajos en el follaje, a veces un gorrión que gorjea con su voz monótona.

Ella y su marido se encaminan hacia el oeste en la calle 53 hasta que llegan al edificio de apartamentos al lado del río, vivo con sus venas de diesel y ceniza. Constancia se ha acostumbrado al letargo del río, a las chimeneas pustulosas en su orilla más distante.

En Cuba había trabajado cerca del agua, como recepcionista en la empresa naviera de la familia Cruz. El vestíbulo, decorado con una brújula demasiado grande, daba hacia la bahía y su reconfortante repetición de naves. Sin mirar su reloj o consultar su calendario, Constancia podía adivinar la hora y el día del mes fijándose en los detalles de la flotilla que veía afuera.

En esa época todavía tenía la costumbre de andar a casa por el Malecón, tarareando al compás de las olas deambuladoras del otro lado. En 1949, el año después de la muerte de su madre, ella y su padre caminaban ese recorrido tan a menudo que Constancia conocía todas las hendiduras de la pared centímetro por centímetro. Su papá apenas hablaba durante estas caminatas, pero algo en el temblor de su paso le hacía temer que se tirara por encima de la pared sin decir adiós.

Para la cena, hay carne asada que sobró y algunos pedazos de un bizcocho de piña. Constancia le sirve a Heberto en la cocina, le da un vaso de leche. Para sí misma cocina un arroz fresco y cuece dos zucchinis al vapor hasta poder majarlos con su tenedor mientras Heberto estudia folletos buscando una lancha con motor y un equipo de pesca que piensa comprar en cuanto se establezcan en Key Biscayne. Vaya, esto para un hombre que ni siquiera se quita las medias en la playa... piensa Constancia. Durante sus vacaciones en Río de Janeiro, Heberto se había sentado entre todo el esplendor carnal de la playa de Ipanema a leer el número más reciente de la revista *Cigar Connoisseur.*

Constancia prende la radio para escuchar su programa favorito, *La Hora de los Mila-*

gros, y reflexiona sobre las últimas noticias: una ráfaga de visiones de la Virgen en el área hotelera de Cozumel; un criador de cerdos chileno con estigmas indiscutibles en las palmas de las manos; una mujer infértil de Lake George que finalmente dio a luz a un varón.

En el segmento donde llaman los radioescuchas, un hombre del Bronx informa sobre otro milagro. Dice que su hijo tenía una gallina de mascota llamada Wifredo, que voló al revés y cayó dentro de un caldero de agua hirviente para salvarle la vida al muchacho. "Fíjese", explicó el hombre, "mi hijo se moría de una pulmonía y Wifredo hizo el sacrificio máximo al convertirse en sopa. ¡El caldo es milagroso! ¡Todavía nos queda un poco en el congelador! ¡Venga usted a comprobarlo!".

Heberto tiene poca paciencia con las obsesiones de Constancia y categoriza estos milagros como unos incidentes raros que pueden entenderse con razonamientos lógicos. Refuta las cifras que demuestran que Nueva Jersey, apenas visible en una bruma de contaminación, tiene el mayor número de milagros reportados per cápita de cualquier estado de la nación. Claro está, sin incluir a Puerto Rico, pero Constancia sabe que este es un territorio solamente.

Ella no le hace caso al escepticismo de su marido porque sabe de corazón que los milagros ocurren todos los días, posados en el suculento abismo del desastre, desafiando la naturaleza, imposibles de resistir. Cuando Constancia tenía cinco meses de nacida, su madre desapareció sin decir una palabra y no volvió por tres años. Su padre contrató a una criada, una mulata de Regla quien cuidadosamente escondía su desprecio a la ciencia. Beatriz Ureña indujo a la pequeña Constancia a los misterios más valiosos de la vida.

Después de la cena, Constancia se retira a su espejo de potentes luces, husmeando el descalabro que allí la espera. Evita la mayoría de los productos que vende, y en vez de usarlos hace sus propios inventos para conservar la juventud. Embadurna miel caliente sobre su cara y cuello, dejando que se cuaje por lo menos treinta minutos. Constancia había leído de sus poderes preservativos en un libro de curaciones antiguas que contaba como los arqueólogos habían descubierto una jarra de miel, todavía suave y dulce, en una tumba turca prehistórica. También decía que los pueblos primitivos habían tratado las quemaduras con miel para que creciera piel nueva.

Constancia enjuaga su cara con agua mineral y jugo fresco de granada. Cubre su piel con una parafina destilada de secoyas, luego unta la mezcla en las plantas de los pies antes de ponerse unas boticas de franela. La loción de manos es para lo último: una mezcla de manteca vegetal con un poco de adelfa que borra todo indicio de vejez.

La primera vez que Constancia sintió un embate de ardor surgiendo en el pecho, estaba probándose un suéter negro de cashmir en el probador de Saks. Pensó que le estaba dando un infarto, pero entonces el calor le pasó por la cara y se quedó allí por varios segundos. Su piel se puso húmeda y moteada, los escalofríos la traspasaron y así por impulso, decidió robarse el suéter.

Después del robo, la regla le vino con menos frecuencia y el flujo disminuyó hasta convertirse apenas en unas hebras de sangre. Sus pechos le dolían todos los meses como cuando tenía doce años. En un momento se sentía estupenda, en el otro la invadía la desesperación. Sus padres habían muerto antes de hacerse viejos. ¿Cómo sería posible para ella aprender a envejecer?

En Cuba ponerse viejo no era tan bochornoso. Las mujeres mayores se veneraban y se las buscaba para que dieran buenos consejos. Estaban rodeadas de sus familias y muchas veces vivían hasta ver crecer a sus bisnietos. Las abuelitas eran los ojos y los oídos del clan, las que hacían la paz, contaban sus cuentos, eran las historiadoras. En sus manos llevaban el destino de todos los jóvenes. Aunque esto no fuera cierto en su familia, donde murieron jóvenes su madre y sus abuelas, no por eso Constancia dejaba de soñar con una rica ancianidad.

Constancia baja las persianas del dormitorio. Los vientos norteños sacuden las ventanas, mueven la basura en las calles. Estrellas verdes rozan el cielo esparciendo su luz olvidada. Se acomoda bajo su hedredón de diseño con punto cruzado y mide la progresión hacia su muerte. La muerte la inquieta profundamente, pero no tanto como la posibilidad de una traslación inoportuna. Si sólo pudiera escoger el momento y manera de su fin, podría planificarlo apropiadamente con los abastecedores, y así evitaría cualquier pánico desbordado. Ella es la primera en admitir que tiene muy poca tolerancia para el desorden.

El humo del puro de Heberto se filtra en su alcoba como la más tenue de las voces. Es lo último que nota antes de dormirse.

UNA SIGUAPA INFERNAL

Me llamo Ignacio Agüero y nací avanzada la tarde del 4 de octubre de 1904, el mismo día, me informaría después mi madre, que el primer presidente de Cuba, Don Tomás Estrada Palma, llegó a Pinar del Río para un desfile y un banquete, seguidos por una larga noche de discursos en la mansión del gobernador. Cuba había logrado su independencia dos años antes, y, no obstante la Enmienda Platt, que permitía que los americanos interfirieran en nuestro país desde sus inicios, los ciudadanos de Pinar del Río se lanzaron a las calles para darle la bienvenida al Presidente.

Un conjunto típico tocaba en la tarima de madera decorada con cintas y claveles, y los niños con vestidos domingueros se escurrían jugando, agarrando molinetes o globos. Los trabajadores tabacaleros, enfurecidos, avanzaban por entre la multitud, sacudiendo pancartas y protestando por las altas tarifas arancelarias impuestas al tabaco. Mi padre, Reinaldo Agüero, la persona que les leía a los trabajadores en su fábrica, marchó con ellos.

En nuestra casa de cemento de paredes blan-

queadas, ensombrecida por una corona de franchipanieros elegantes, mi madre se preparaba para las festividades cuando sintió en su vientre el primero de mis pataleos violentos. Se sentó al borde de la cama, frotó su estómago, y tarareó una sonata de Mozart, cuyo efecto sosegador en mí había notado anteriormente. Pero en lugar de calma, el pataleo se intensificó, seguido por una serie de contracciones rítmicas. Mamá estaba sola. Se perdería el desfile y el lechón asado y el salón de baile todo alumbrado con sus candelabros.

Tan pronto se hubo recostado en su cama matrimonial, Mamá notó la sombra en la pared más lejana. Frente a ella, en vigilia entre las persianas abiertas de la ventana, había un búho, una siguapa estigia. Mi madre no conocía su nombre oficial para entonces, sólo que era ave de mal agüero, sin orejas, negra, inconfundible. Verlas de día era doble mala suerte, ya que se sabía que volaban avanzada la noche, robándole el alma a la gente y dejándolos sordos.

Ju-ju, ju-ju, le llamaba mientras ella respiraba una bocanada voluminosa de aire que le llegó hasta las entrañas. Agarró la lámpara de cristal tallado y la tiró con toda su fuerza, pero no llegó a los ojos luminosos del búho. De repente, sintió un dolor partirla de arriba abajo como dos marejadas opuestas y a pesar de su miedo, o tal vez debido al mismo, dió a luz a un mucha-

cho de casi cuatro kilos y medio.

El búho se quedó inmóvil en su percha hasta que la placenta se escurrió hacia afuera en un derrame de sangre. Entonces con un aleteo oscuro, el ave bajó en picada, arrancó el órgano empapado del piso, y voló con él como un rumor por la ventana.

Después, mi madre se enteró que el ave con su placenta había volado a poca altura sobre el desfile presidencial, regando sobre los congregados una llovizna de sangre parturienta. Hasta el Presidente Estrada Palma, temblando de miedo, se persignó dos veces antes de lanzarse de cabeza en un arbusto con su traje de lino manchado con la sangre de Mamá.

La noticia se regó rápido por toda Cuba. Mamá me dijo que por primera vez estuvieron de acuerdo los sacerdotes y los santeros en sus interpretaciones: la isla se encaminaba hacia el descalabro. Desde entonces, las siguapas estigias no son tan comunes en Cuba, diezmadas por campesinos supersticiosos y por la desaparición de vastos y oscuros bosques que en una época las albergaban.

Desde el comienzo, mi madre culpó a la siguapa estigia de mi sordera, aunque estaba agradecida de que no se hubiera largado con toda mi capacidad auditiva. Mis padres fueron músicos destacados, y de niño estudié el piano, el violín, la flauta y el oboe, pero no pude extraer de ellos más que unos sonidos rudimentarios. Esto les partió el corazón ya que soñaban que algún día seríamos un trío.

Pinar del Río era un rincón caluroso y apartado del mundo en esos tiempos. Sus amenidades culturales incluían un teatro con un techo de losas rojas, donde mi padre, mi madre y yo asistíamos a uno que otro concierto, y un museo de historia natural que consistía de un cuarto polvoriento en la parte de atrás de un edificio municipal destartalado, donde se exhibía una clase de palma de corcho muy rara, especie nativa de la isla y cuyos orígenes databan de hace más de 250 millones de años.

La Sierra de los Órganos se erguía imponente hacia el noroeste y aunque las montañas estaban lejos, su presencia imprimía un ambiente sombrío al pueblo. Las vegas de tabaco se esparcían en todas las direcciones es: los valles, las colinas, encima de los montes y en los empinados flancos de los mogotes, que los trabajadores subían o bajaban con sogas. Aunque había siembra de piña, naranjales y extensiones de caña, nada competía con la supremacía del tabaco.

Mi padre, como lector de la Fábrica de Tabacos El Cid, fue venerado por su intelecto y sus espléndidas interpretaciones de las obras de Cervantes, Dickens y Víctor Hugo. Por dos ho-

ras cada mañana e igual después del almuerzo, Papá leía en voz alta de un surtido de periódicos, novelas, tratados políticos y colecciones de poesía. A veces tos obreros votaban sobre lo que querían que mi padre leyera, pero casi siempre dejaban la decisión en sus manos, testimonio de la confianza total que tenían en sus gustos. Por veintiún años (sin contar huelgas, días feriados y enfermedad), Papá se paraba en su tarima y les leía a los ciento y pico de trabajadores que se sentaban frente a él. La mayoría fumaba sin parar mientras le escuchaban, pelando, seleccionando y enrollando los mejores puros del mundo.

Papá tenía una voz honda y sonora, curtida a la robustez por tantos años de haber inhalado un volumen inmenso de humo. Aunque cuidaba su garganta con miel y limón regularmente, nunca cedió a las tentaciones del micrófono, convencido estaba de que distorsionaba el timbre grave y fuerte de su voz. En las tardes, cuando acostumbraba leer de las novelas, la gente del pueblo se juntaba fuera de la fábrica con sus mecedoras y sus trastes de coser para escuchar los intrigantes relatos que flotaban por las ventanas abiertas.

Mi padre se sentía particularmente orgulloso del nombre literario que portaban las tapas de las cajas de cedro y sus aros dorados. Una vez al año, día en que se vestía de smoking, mi padre leía El Cid entero, ese gran poema épico del medioevo, y su lectura dejaba hasta al impasible director de la fábrica bañado en lágrimas.

Lo que la mayoría de la gente no sabía era que mi padre era un violinista magnífico. Muchos que oían sus serenatas desde la calle o en la plaza cercana, daban por sentado que venía de la vitrola de mi padre, tanto objeto de admiración para el pueblo como prueba de su refinamiento colectivo. El violín era un vínculo a su pasado, a su propio padre, quien había vivido paupérrimamente en los montes de Galicia, tallando violines robustos que nadie compraba. El padre de mi padre se fue quedando demente en sus últimos años, convencido de que era de la familia de los grandes fabricadores de violines de Cremona, quienes habían legado al mundo los genios sucesivos de Nicolò Amati y Antonio Stradivari.

Siempre me he preguntado por qué alguien con el talento de mi papá nunca trató de dejar una mayor huella en el mundo, por qué había cercenado sus sueños y qué sueños habría tenido para poder abandonar a España. Ahora me parece que Papá había agotado su apetito de aventura de por vida en su único viaje cruzando el Atlántico. Los percances de ese viaje lo saciaron, lo curaron de cualquier nuevo deseo de maniobrar, de ingeniárselas. Al llegar a Cuba, mi padre no quería sino recuperar la estabilidad que tan precipitadamente había desechado en España.

En sus breves arranques de nostalgia, Papá recreaba sus platos españoles favoritos. Hacía sus propios chorizos, quejándose de que los chorizos locales se quedaban inermes en su paladar, y él mismo horneaba empanadas perfectas, rellenitas de una carne molida bien sazonada. Cuando cocinaba bacalao y sopa de judías, se le aguaban los ojos en una especie de alivio feliz. Un invierno sembró una mata de oliva enana en el patio trasero, pero a pesar de todo lo que la cuidó, nunca dio fruto. Mi madre, al darse cuenta de cómo mi padre extrañaba los montes verdes de Galicia, siempre lo embullaba a que regresara de visita. Pero Papá sacudía la cabeza y decía, "Mi destino se decidió hace tiempo".

A pesar de todo esto mi padre no era un hombre melancólico, todo lo contrario. Casi todo el tiempo se levantaba con un empeño exagerado. Sus lecturas lo absorbían enormemente mientras caminaba al trabajo, su garganta ronroneaba con anticipación lo que traerían las noticias de la mañana.

Mi madre era de una disposición más caprichosa. Su nombre era Soledad y más que nadie sabía lo que significaba la soledad: que el principio ya implica el final, y que al final vislumbramos sólo las dimensiones imprecisas de nuestra ignorancia. Al envejecer, uno cuestiona la utili-

dad de su propia vida.

Años más tarde, supe que mamá había tenido un hijo fuera del matrimonio mucho antes de que yo naciera, una niñita llamada Olivia que se ahogó cuando el Río Guamá se desbordó un septiembre muy lluvioso. Siempre recuerdo que mi madre estaba más triste en septiembre. Hasta el día de hoy me parece el mes más desolador.

CONDICIONES DE SOBREVIVENCIA

❄

SANTIAGO DE CUBA

ENERO DE 1991

S*e habla de una* epidemia de ceguera en el Hospital Céspedes. Miles de cubanos están perdiendo la vista en Santiago de Cuba. Hay especulación de que un virus yanqui o el pescado infectado tienen la culpa, aunque esta última razón se descarta porque es imposible obtener pescado. La ceguera, dicen, empieza con un dolor parecido a una mala picada de mosquito en el ojo.

Reina Agüero mira como los pacientes ciegos se tambalean por los pasillos, agitando los brazos como si fueran antenas, maldiciendo la Revolución y hasta El Comandante mismo. Hace diez años Reina no hubiera aguantado semejante blasfemia. Ahora ni se altera.

Otros todavía hablan del terremoto que sacudió la provincia en diciembre. Once personas murieron por los derrumbes de lodo, los fuegos y el colapso de la mina de El Cobre. Desde entonces el tiempo ha sido impredecible, un día de frío intenso y el otro de calor. La gente culpa la Fosa de Batle, por la desgracia. Con una profundidad de siete mil metros en el Pasaje de Barlovento esta situada frente a la ciudad de Santiago de Cuba. Cuando se revuelven demasiados ahogados, la desgracia no tarda en llegar.

De niña, Reina aprendió de su padre sobre las tensiones geológicas de la isla, sobre las fundaciones antiguas de piedra talladas por la erosión hasta ser convertidas en llanuras áridas. También aprendió que lo más seguro era que hace mucho tiempo Cuba hubiera estado conectada a Haití y a Yucatán. Que la profundidad de su piedra caliza sustentaba una variedad asombrosa de moluscos. Que su sistema subterráneo de drenaje prevenía que se formaran lagos y estanques. Ríos sí, pero lagos y estanques no. Salvo en la Ciénaga de Zapata, las aguas de Cuba nunca están quietas.

El Tana, el Najasa, el Jatibonico del Sur, el Toa, el Damují, el Saramaguacá son ríos apacibles que entrecruzan la isla con sus nombres caprichosos. Reina quiere flotar en ellos, apaciguar ese ardor incesante. Sin embargo, está de espaldas suspendida en una cama de hospital. A su alrededor, las máquinas guiñan con una seguridad impávida, lucecitas rojas y verdes, un desfile de ondas azules que se hinchan. Una ventana sucia da hacia la Bahía de Santiago. Una vegetación de arbustos y matas de sabana bordean la costa por millas en cada dirección.

Los doctores le dicen que tiene suerte de que haya sobrevivido un golpe de relámpago directo en el árbol de caoba. Ya han raspado hectáreas de carne achicharrada de su espalda quemada de un color gris ajeno. Las herramientas que llevaba herraron su silueta en sus caderas. Sus aretes de argolla quemaron huecos en su cuello. Por semanas, sus poros rezumaban agua y sangre hasta que Reina pensaba que mejor sería morir.

Contra todo precedente médico, injertos experimentales de piel provenientes de seres queridos, milagrosamente tuvieron éxito. Pepín Beltrán donó una parte de su fondillo, Dulcita un largo trozo de su muslo. Otros, tanto vivos como muertos, le han dado su piel sin ampollas o quemaduras a Reina. En los días malos cree que el esfuerzo ha sido en vano.

Nadie se atreve a traerle un espejo a Reina. Hay una bola de gaza donde se recompone su nariz, un pulso sordo donde la muela está suelta. Sus pulgares han perdido toda sensación. Dicen que su cara es la parte que mejor sobrevivió, pero a Reina no le permiten vérsela. Cada vez que lo pide, las enfermeras deniegan su pedido y luego le administran alguna droga. Reina sabe que lo puede aguantar todo menos las mentiras.

Nada ni nadie puede tocarla. La brisa más leve matiza con mayor angustia su dolor. Así que se queda inmóvil el día entero, recordando el momento antes del calor, cuando el movimiento masivo de hojas y las ramas violetas de luz la ofrecieron al cielo. En ese momento aprendió del lenguaje privado de la naturaleza y de la paciencia y las deudas que define. Perdió dos semanas de su vida a cambio de este conocimiento.

Cuando Reina se despertó de nuevo, creyó que el mundo se había convertido en fuego. ¿Sólo ella se había fijado? Todo ardía. La fiebre serpenteaba en su cuarto, como culebras que sacudían sus rabos de chispas. De su piel se desprendía un humo dulce. La electricidad había suplantado su voz.

Reina entiende que los relámpagos tienen que hacer su trabajo. Es una descarga atmosférica, suerte de urgencia entre nubes o entre las nubes y la tierra allá abajo. Muchos miles de rayos golpean la tierra a diario, inscribiendo con fuego sus señales fatales. Sin embargo, Reina no acepta una explicación racional. Lo que sabe es que fue señalada para morir y, en su lugar, ha sobrevivido.

En Cuba, Reina lo ha oído decir, Changó es dueño del relámpago, lo usa para indicar su desagrado, y su fuerza descarada. Oyá, su primera y preferida esposa, también es dueña del fuego. Ella se lo robó de Changó cuando él fue a batallar. Reina le pide a una enfermera que le amarre dos cintas para estos dos orishas, indóciles amantes —una roja, la otra un rojo pardizo— al pie de su cama, por si acaso.

Es invierno. Pepín Beltrán viene a La Habana a pasar el fin de semana, con una valija llena de los libros de su padre y los binoculares antiguos que Reina había pedido. Al oeste, un halcón Batista planea en lo alto llevado por vientos invisibles. Reina levanta los binoculares, los músculos de su brazo doloridos por el esfuerzo, observa el halcón volando en círculos justo por debajo de las nubes, e imagina su reclamo de tres notas. Una hora después, como si fuera convocado por las montañas para emprender hazañas desconocidas, el halcón se esfuma.

—Tengo sed —dice ella, todavía buscando el halcón, sus binoculares un poco tambaleantes. Su garganta está reseca, más allá de cualquier alivio, como la sed que perduró dieciocho meses mientras le daba el pecho a Dulcita.

—Tienes que aceptar esto como condición para sobrevivir —dice Pepín. Le ofrece una bebida local hecha de hojas de ají, vainilla, agujas de pino, jaboncillo, y raíces. Le sorprende su suavidad dulce y la bebe con un trago largo. Pero acto seguido vuelve la sed.

Su hija llega mientras está Pepín. Dulce tiene treinta y un años pero viste de mini con botas blancas de a go-go para lucir la lonja de piel que le quitaron del muslo. La cicatriz de su hija le recuerda a Reina las quemaduras moradas en los antebrazos de su propia madre. Blanca Mestre Agüero había comenzado su carrera como química y llevaba las muestras de dicha ocupación y el rigor de sus demandas. Pero para Reina, las cicatrices de su madre parecían más decorativas que desfigurantes, como tatuajes exóticos.

—Léeme algo —implora Reina. Raras veces le pide esto a su hija. Adrede, Dulcita arruina la melodía de una frase, salta palabras que no comprende. Su voz es alta, aniñada y le recuerda a Reina tiempos más felices. El padre de Reina tenía la costumbre de leerle desde que era muy tierna: *Las meditaciones de Marco Aurelio,* los clásicos de la zoografía, literatura francesa y rusa del siglo diecinueve, historias de los griegos, los romanos y los invasores mongólicos. No permitía ni siestas ni intermedios.

Dulcita acepta a regañadientes un tomo con pasta de cuero de su madre, ya abierto en su pasaje favorito. El dedo gordo de Dulcita oscurece la esquina de la página con su sudor, recoge flequitas doradas del filo de la página. Reina repite quedo las palabras mientras su hija lee:

> *La sustancia del univeso es obediente y dócil; y la razón que gobierna esta sustancia en sí misma no tiene motivo para causar el mal, porque no contiene malicia, ni tampoco le hace mal a nada, ni nada sufre mal por ella...*

Abruptamente, Dulcita deja de leer. Tiene que anunciar algo importante. Se va del país con un español de sesenta y cuatro años, dependiente de reservaciones de aerolíneas. Reina no tiene fuerza para decir lo que hace falta, de señalar que ciertas medidas no son nada más que el tedio disfrazado. Su hija tiene novios de Suecia y Francia, de Brasil, Canadá, Pakistán. Le mandan cartas, triquiñuelas y fotos de familia. Luego no le mandan nada. Dulcita no quiere hijos tampoco. Ni con el español, ni con nadie.

—Por lo menos no está casado —dice Dulce con desprecio, mirando fijo al amante de su madre.

—¿Lo quieres? —pregunta Reina.

—Claro que no.

—¿Qué vas a hacer en Madrid?

—Empezaré a boxear. —Dulcita blanquea sus ojos.

—Bueno, mi amor, hace tiempo que pasaste la edad de las ilusiones.

Pepín Beltrán alcanza un frasquito de polvo plateado escondido en el agujero de la colcha. Le da un toquecito al frasquito, y riega el polvo fino como talco en la lengua de Reina. La procuró de La Sequita, una herbalista famosa de Guanabo que dijo que, en cuanto Reina terminara de ingerirlo, estaría completamente curada o muerta.

—Es peor después de medianoche —le cuenta Reina después que Dulcita sale. El olor agudo de azafrán de su hija permea el cuarto.

—Así es siempre, querida.

Pepín se queda con Reina mientras el crepúsculo extingue las nubes una por una, y luego pasa ese interminable continente que es la noche. Reina mira fijo por la ventana durante horas, tratando de hallarle algún sentido a la densidad de las estrellas.

Al amanecer, Pepín entra cargando una bolsa de compras destartalada que había guardado de El Encanto, una tienda de departamentos de la capital que se quemó por completo hace años. Mete la mano dentro de la bolsa y saca un gallo blanquísimo. Sus ojos rosados se dilatan en la luz, pero fuera de eso no se mueve.

—¿Ves lo mansito que es Reina? ¿Lo perfecto? —Pepín aguanta el gallo al revés por las patas y comienza a circular por el cuarto. Se arrima a una silla, se balancea en el apoyo de la ventana, agitando el pájaro hacia las esquinas más lejanas del techo. El gallo se queda completamente tranquilo.

Con la vista, Reina sigue la carne roja y bruñida de su cresta. Se había enterado de que en Moscú se comen las crestas de los gallos en salsa de crema cuando escasea la carne.

—Así, así —canturrea Pepín casi inaudible. Aguanta el gallo sobre la panza de Reina y comienza a rezar una oración que ella no puede entender.

Pepín insiste que hay un mal de ojo persistente que está interfiriendo con la cura de la Sequita. El gallo, dice él, lo buscará, lo absorberá, y lo echará de vuelta hacia su desagradable origen.

Reina se siente atraída por la semblanza de orden en el universo que alega Pepín, por los principios unificadores de lo que él llama los dioses. Igual que él, ella cree que el mundo funciona mediante una miríada de vínculos vitales, animados e inanimados, infinitos e infinitesimales, una gran interdependencia que sobrevive para perpetuar el crecimiento, el cambio y el decaimiento. Reina sabe que no hay nada que pueda ser desestimado.

Estudia el lustre que tiene la capa del ave, el arco que dibujan sus plumas en forma de hoz. Las espuelas son particularmente sobresalientes, las garras y su pico son fuertes. Pudiera haber sido gallo de pelea, un campeón. Ella desaprueba de las peleas de gallo de todas maneras, pero no puede sino admirar los atributos del gallo.

—¿Dónde lo encontraste? —pregunta mientras un pulso misterioso desata una tempestad en sus venas.

—Concéntrate Reina. Cierra los ojos.

En un momento, todo se acaba. El gallo da un graznido mientras vuela por la ventana, trazando una silueta contra el cielo, silvestre, indómito y confabulatorio.

KEY BISCAYNE, FLORIDA

C*onstancia Agüero Cruz* estudia el cadáver iluminado de su suegro al pie de la baranda del altar. La cara de Arturo Cruz tiene una barbaridad de colorete y sus manos, enlazadas con un rosario de madera muy usado, parecen tiesas y con las puntas de los dedos cuadradas como teclas de piano. Su familia y sus amigos, desgastados por el trastorno de su muerte, están reunidos en los primeros bancos de iglesia. Constancia se ajusta el sombrero con velo y alisa la faja de su vestido negro de chifón. Contra la pared trasera del presbiterio, hay un dominio de santos desteñidos que revolotean con éxtasis olvidados.

El ocaso irrumpe por los vitrales de la iglesia mientras las velas se funden goteando, como si las acechara un viento colado. Constancia se sorprende. En el trópico, el anochecer es tan veloz que una capa ostentosa cubre el cielo con otra con cierto dejo y una vuelta súbita. En la ciudad de Nueva York, recuerda un poco triste, los días se retiran gradualmente, refunfuñando por horas.

—Es una temporada de ruina, una temporada de salvación. Constancia ignora el sacerdote que con enormes ojos abolsados e himnos molestosos prescritos para el luto. Su suegro murió de un derramamiento de sangre que le ahogó el cerebro mientras jugaba un partido de dominó en la carnicería de Gerardo. Constancia no cuestiona su partida. Hay, bien lo sabe, suficientes razones para todo lo que ocurre.

Maldición, maldición, maldición. Constancia se imagina las palabras chocando con el piso de piedra, sacudiendo el ataúd y los santos narcisistas. Ella busca la mano de su marido, fría y carnosa. Heberto ha estado de mal humor por semanas, peor ahora que murió su padre. La familia había sido muy unida en la isla, antes de que la deuda y el exilio los apartara. Ahora Constancia teme que Heberto también escoja morir, como los aborígenes que se pintan las caras y desparecen en el bosque cuando les llega su momento.

Desde un banco cercano, su primer marido, Gonzalo Cruz, se arrastra hacia el féretro de su padre apoyándose en su bastón de madera de flamboyán. Constancia no lo ha visto en treinta y tres años. Difícil es reconciliar la imagen de este hombre con la memoria que tenía de él, con el desespero en que la dejó manchada para cualquier otro amor.

La pierna izquierda de Gonzalo era más corta que la derecha a raíz de una herida en la Bahía de Cochinos. Cuando Constancia lo conoció no tenía cojera. Sus piernas eran lo mejor que tenía, musculares y suaves como las de un muchacho. Sin embargo, algo de su antigua rapacidad se vislumbraba en su porte marchitado, en esa cara de saqueador desvaneciente. Auscultando astutamente a su exmarido, Constancia se pregunta si así se verá su hijo a los sesenta.

Los parientes le han informado que Gonzalo Cruz se muere lentamente. Su enfermedad deja la piel amarillenta, culminando en un deslucido delicado, como si fuera privilegiada por el sol, y exuda un olor potente, llamativo. Desde su suite del onceavo piso en el Hospital Buen Samaritano, Gonzalo conduce corte como un dictador derrocado con todo tipo de refugiado o adulador. Le gusta cuando lo pillan, como sucede frecuentemente, *in flagrante delicto.*

Constancia reflexiona sobre lo que su hija le dijo por teléfono la semana pasada. Que hoy día los doctores saben cuando uno tiene treinta y cinco años qué es lo que te va a matar. Que hay máquinas que producen imágenes por medio de resonancias nucleares magnéticas, que te sacan una imagen transversal del torso, mostrando unos punticos petrificados que eventualmente señalan la muerte. Todos —puntualizó— irradiamos enfermedad.

Isabel tiene dos meses de embarazo. Lleva un año viviendo en Oahu con su novio Austin Feck que es pintor. Crea objetos de barro con formas extrañas, y los hornea según el estilo japonés. Varón o hembra, casados o no, Isabel y su novio piensan darle el nombre de Raku al bebé. Constancia no está preparada para ser abuela, pero durante las minuciosas deliberaciones de su día, va tramando cómo va a rescatar a su primer nieto de las garras inmerecidas de su destino.

Hacía poco que Constancia había recibido un catálogo de la última exhibición de Austin, *Imágenes de Isabel.* La cara de su hija, su cuerpo desnudo en vista entera o en tomas de primer plano, flota en una luz desquiciante. Constancia palideció al ver las partes privadas de Isabel, vulnerables y rosadas sobre papel brillante. Su hija dice que piensa seguir modelando para Austin durante el embarazo, con más razón ahora que dejó de trabajar el barro porque teme que el plomo de los barnices pueda hacerle daño al nonato.

Oscurece cuando llegan al cementerio. Constancia nunca había visto un entierro de noche, pero su suegro había dejado en su testamento instrucciones precisas. Con la llama de una antorcha cada uno enciende una vela y despacio rodean el toldo fúnebre. Dos clarinetistas vestidos de smoking tocan una melodía que Constancia no reconoce. La querida de mucho tiempo de Arturo Cruz, Jacinta Fuentes, cargada de perlas que parecen tamarindos, trata de lanzarse dentro del hoyo, pero un grupo de amigos la detiene.

La noche siguiente, el esposo de Constancia decide ir a pescar en la Bahía de Biscayne. Constancia sabe que Heberto regresará al amanecer sin un solo pescado. Una noche promete traer un buen surtido de pargo; la próxima una docena de róbalos para cocinarse en un bouillabaise. Heberto se mantiene al tanto de los informes pesqueros. Que si una escuela de peces vela se mueve cerca de la costa, que si un pez espada del tamaño de un hombre fue atrapado en la Corriente del Golfo de México. Constancia imagina a su marido parado en su lancha motorizada, dirigiendo la palabra a los cielos con un ademán grave y formal. Está convencida que ni se molesta en lanzar su línea de pesca.

Cuán diferente es Heberto de su hermano menor. Los dos sueltan embustes sin parar, congénitamente, pero las mentiras de Heberto son más inocentes, una costumbre tranquila, pensativa y melancólica. Las de Gonzalo eran descaradas, sin trazo de pena, tan imprecisas como el lenguaje mismo. De hecho, Constancia podía acusar a Gonzalo de haber cometido sólo dos actos honestos durante su matrimonio: preñarla y haberla dejado cuando lo supo. En todos estos años, nunca había puesto ojo en su hijo, Silvestre, sordo desde los cuatro años. Otra baja de la dichosa revolución.

Es el último día de enero. Constancia dobla una hoja y coloca adentro un par de billetes de a cien para su hijo. Antes Silvestre la reprochaba por enviarle la plata, pero ya ni acusa recibo del suplemento mensual. Constancia no sabe si lo guarda o lo tira. De todas maneras, no importa. Hace rato se dio cuenta que lo hace más por ella que por él.

Constancia guarda una gran cantidad de billetes de gran valor, escondiéndolos en el fondo secreto de un neceser de viaje y en una cuenta secreta de un banco local nicaragüense. Ella se llevó el dinero de la tabaquería en los últimos meses antes de que se vendiera. Pensó que era prudente acapararlo para cualquier cosa imprevisto. Sorprendemente, Heberto no se enteró del dinero que faltaba.

Las luces desfilan en las puertas de cristal deslizables de su balcón que dan hacia el mar. El cielo está borroso, con nubes que cuelgan bajas y Constancia imagina las crestas de las palmas agujereándolas, embebiendo la pureza de las alturas. Esta noche, está agradecida por la ausencia de luna. Sin luna y mar cerca, puede perderse en las imprecisiones de la noche.

Abajo en la piscina, una mujer arrugada nada con careta de esnórquel y aletas. ¿Qué podría estar buscando a esta hora en el concreto azulado?

Constancia se va a la cocina, calienta un plato de arroz, y cocina un boniato a punto de reventar en el microonda. Sus pantalones le quedan ajustados, también las alpargatas. Ha aumentado un kilo y medio desde que llegó a la Florida. Sus conocidos en el club náutico le dicen que las libras extras le sientan bien. Pero Constancia no cree en estas mujeres. Ella sabe que no forman parte de su círculo, que viniendo de afuera siempre la van a tildar de extranjera.

El problema, decide Constancia, es que las cubanas de aquí no pueden hacer atribuciones cómodas sobre ella. Una mujer de sociedad llamada Rosalina Bellaire de Lavigna, le preguntó donde se había "hecho" la cara y luego levantó las cejas cuando Constancia juró que no se había hecho la plástica. En otra ocasión, Constancia mencionó que había votado por los demócratas (sólo una vez, por Jimmy Carter) y de repente hubo un silencio atronador. ¿Cómo podría definirse ella en términos tan poco ambiguos?

Constancia no se considera una exiliada igual a los otros cubanos. Es más, huye del hábito de la nostalgia feroz, de traficar con el pasado como exagerados vendedores ambulantes. Su padre había sido científico, preocupado con las exigencias biológicas de los orígenes y el trueque. La evolución, su padre le había dicho una y otra vez, es más precisa que la historia. ¿Entonces quién podría aspirar a las respuestas?

Claro, ella no podría decir esto en voz alta en Miami y contar con sobrevivir.

Constancia se mudó a Key Biscayne un poco antes de Año Nuevo. Decoró su apartamento todo en blanco, gracias a una venta de remate de Burdine's. Aun así, no sabe si se quiere quedar. Ha pensado en conseguir un trabajo en ventas —Avon tiene un puesto para gerente de distrito— pero Heberto la ha persuadido de que espere hasta que se establezcan un poco más. Constancia extraña su trabajo, además Miami le causa desconcierto, siente un choque cultural ineludible, el aire siempre está cargado con sueños que se extinguen.

La luz la enceguece también, una condena la lleva hacia su pasado, a su vida en Cuba. Hay en todo una masa de detalles inquietantes. Las croqueticas enchubadas de grasa de venta en la esquina, el acento del valet que estaciona su coche, el punto tradicional de su costurera y las canciones en la radio por las tardes, con su lentitud de remordimiento.

En la mejor bodega de La Saguesera, hay decenas de variedades de plátano a la venta. Hay pirámides de mangos jugosos, guanábanas, anones, chirimoyas y papayas. En un dos por tres, le hacen una batida que tiene el sabor de su pasado. Todos los viernes llena su Cádillac descapotable rosado con toda clase de cosas, desde fruta hasta purés y llora todo el camino a casa.

Constancia se acuerda de la vez que acompañó a su padre al mercado central de La Habana. Mamá ya había muerto. Deambularon por horas, entregándose a miles de aromas. A su padre le encantaban los quioscos de los avicultores más que nada, chillando con todo tipo de aves de corral y el clamor más delicado de los faisanes, perdices, y codornices. Ella prefería el despliegue de los vendedores de pescado cangrejos morros, papagayos, ostras, anguilas, y siempre unos tiburones de buen tamaño —quizás porque cuando era niña en Camagüey, el mar le parecía tan lejos.

Cuando Constancia tenía cinco meses, su madre abandonó el hogar. Poco después de su tercer cumpleaños, Mamá regresó con ocho meses de embarazo y cubierta de moretones. Había marcas por todo su cuerpo y un ojo tan hinchado que estaba cerrado, pero Mamá no lloró ni se quejó. Constancia se acuerda que deseaba que su madre se fuera y que no regresara nunca.

Encontró un polvo negro perloso en la gaveta de su nodriza Beatriz Ureña. Había visto a Beatriz emplearlo en la fotografía de su último novio. "¡Fuera diablo!", gritó antes de incendiar la foto. Constancia tomó el mismo polvo y lo regó en el apoyo de ventana de su madre para que pareciera hollín. Pero a pesar de las primitivas invocaciones de Constancia, Mamá se quedó y su media hermana Reina nació ese junio.

La bebé era de piel oscura y regordeta, increíblemente plácida, y con manos más grandes que las de Constancia. Era tarea formidable hacerla llorar, aunque Constancia trataba de lograrlo con frecuencia. Dejaba caer arañas en la cuna de su hermana, a la fuerza le metía trozos de fango en su diminuta boca. Constancia se dice ahora que si no fuera porque su madre se dio cuenta, Reina no hubiera sobrevivido.

Después de que Mamá había amenazado con irse de nuevo, Papi se llevó a Constancia a la finca de su abuelo en Camagüey. Era sólo por el verano, pero duró los próximos seis años siguientes. Constancia se acuerda todavía del calor zumbante de la finca, de la monotonía de cualquier expectativa, de la consolación de tormentas repentinas. Aunque su padre visitaba con frecuencia, y cuando era mayor la llevaba en sus expediciones de colección, nunca volvió a compartir un hogar con sus padres.

Constancia vivió con abuelo Ramón y sus seis hijos solteros hasta poco antes del entierro de Mamá en 1948. Fue allí cuando vio de nuevo a su odiada media hermana.

Reina todavía vive en La Habana, en el antiguo apartamento de la familia en Vedado, del cual Constancia fue echada de niña. El hecho de que Reina siga allí le molesta. ¿Por qué su hermana pudo heredar el pasado —las aves y murciélagos disecados de Papi, sus libros, las fotos de la familia— mientras que ella no recibió nada?

Su hermana le escribe de vez en cuando con noticias de las penurias sucesivas. Reina dice que es triste ver las canastas y los estantes casi vacíos en Cuba, los vegetales marchitos, las gallinas tan enclenques que apenas sirven para sopa. La gente cambia cualquier cosa para obtener lo que quieren, café molido en casa o su ración de cigarrillos por un ajustador usado o un galón de gasolina. Le han contado de cirujanos horneando bizcochos los fines de semana para sacar un poco más de plata.

Qué va, no hubiera estado contenta en Cuba después del 1959, piensa Constancia.

Hace casi treinta años que Constancia huyó de la isla en una de las navieras de los Cruz. Ya se había casado con Heberto, el hijo mediano del propietario, quien la había perseguido después del divorcio con Gonzalo. Se entregó a Heberto, no con pasión, sino con un sentido de alivio. Constancia dio a luz a su hija Isabel el mismo día que el nuevo gobierno expropió la compañía naviera de su suegro.

Ella y la criatura cruzaban los estrechos de La Florida cuando oficiales revolucionarios vinieron a bordo buscando desertores. Constancia se escondió con Isabel en un recipiente para toronjas de dos toneladas, con suficiente aire para subsistir una hora. Isabel se desmayó tanto por el calor como por el olor de cítrico que asfixiaba. Constancia trató de todo para revivirla: le dio palmadas duras, la agarró bocabajo como hizo el médico cuando Isabel había nacido y le fallaba la respiración, hasta se abrió la blusa y le ofreció el pecho, que se había secado del miedo. Pero Isabel ni se inmutó. Por fin, Constancia le mordió tan fuerte en el talón que le arrancó una pulgada de carne.

A las cuatro de la mañana, Constancia se despierta perturbada. Se pone los pantalones y una blusa de seda y va directo al garaje del condominio. Su Cádillac convertible rosado no está en su lugar habitual. Con la vista Constancia revisa el nivel más alto del estacionamiento, pero el carro no se ve en ninguna parte. Toma prestada una bicicleta del guardia nocturno y recorre los dos kilómetros de casa al club náutico donde Heberto guarda su lancha motorizada.

No hay nadie en el camino. Los músculos de sus piernas se doblan y se trincan, moviéndola hacia adelante con una velocidad peculiar. Todo parece del mismo color velado: las palmas, la carretera de superficie bituminosa, los pequeños centros comerciales con sus promesas deslucidas, un grupo de flamencos de plástico en una laguna artificial. Nadie de la caseta de guardia solitaria la detiene.

La pequeña embarcación de Heberto se mece en su lugar. Constancia desata el motor fuera de borda y lo deja hundirse en el agua aceitosa. No hay señal de su marido. La puerta del club está cerrada. La piscina está sin agua, pintada de un azul poco natural. En la bahía, un manatí sale a la superficie buscando agua dulce.

Constancia sigue el sonido bajo y monótono que viene del almacén. Su Cádillac, con el motor prendido, está entremetido entre anclas y sogas. El aire está permeado de mortales gases de escape. Heberto está en el asiento trasero desnudo, inconsciente, con una gruesa media sucia metida en la boca. Hay un cubo de pargos pudriéndose ásperamente en el asiento del chofer.

Por un momento Constancia vacila, azorada por la tranquilidad extraña de la expresión de su marido. Se monta encima de Heberto, se resbala, se sube de nuevo, y empieza a golpearle en el pecho hasta que lo resucita, lo golpea una y otra vez hasta que parpadea.

Dulce Fuerte

LA HABANA

E*l sexo es lo único* que no pueden racionar en La Habana. Es la mejor moneda después del dinero y mucho más democrática, a decir verdad. El problema más grande es la competencia. Y luego la policía. Casi toda la gente de mi edad, macho o hembra, de vez en cuando se acuesta por dinero. Es lo más fácil del mundo, y casi siempre puedes convencerte que fue una cita donde las cosas se pasaron un poco. Los extranjeros encantados con nosotros porque Cuba casi no tiene SIDA. Quizás sea la campaña de propaganda más exitosa de El Comandante hasta la fecha. Pero es sólo eso. Propaganda.

Ven conmigo a dar un paseo por el Malecón y verás de qué se trata el asunto. Parece un safari, ¡del coño! Cualquier pelagato con un par de zapatos tenis o gafas oscuras de marca es presa fácil. ¿Ves esos jineteros por allí? Los conozco. Son muy ambiciosos. Se ganan la vida traqueteando. Con sus dólares y armarios llenos de regalos de las tiendas turísticas, son los intermediarios perfectos para los cubanos ordinarios. No te me azores. ¿Qué carajo esperas que haga la gente? ¿Tú crees que una familia de cinco puede vivir comiendo un pollo desnutrido al mes? ¡Por favor!

No importa lo que piense mi mamá: no soy una puta. Caballero, compro sólo lo que necesito. ¿Entiendes?, lo que necesito. Ahora estoy ganándome un dinerito extra hasta que me den la visa para ir a España.

Como dije, hay que tener un novio de vez en cuando para subsistir. Mamá no entiende eso. Ella está inmune a este brete diario desde los inicios de la revolución ya que ha tenido ese lambeculo burócrata de amante. Todas las noches Pepín le trae un banquete de a saber donde. Langostas frescas al vapor. Bistecs tan gruesos como mi pulgar. Mangos tan exquisitamente maduros y dulces —no los hilosos que nos dan con la libreta— que son un delirio. También le trae ropa bonita y perfume francés y champú que no te empegota el pelo como la marca local, cuando aparece. Vaya, la mujer no ha tenido que hacer fila desde el Año de los Diez Millones, cuando todo el país se volvió loco cortando caña.

Mamá no es la persona más revolucionaria del mundo, pero básicamente tolera el sistema. Ella y Pepín dicen que los jóvenes de hoy son malcriados y que no apreciamos todo lo que tenemos, que hay que ver cómo eran las cosas antes de la revolución para entender las privaciones. Toda la gente que conozco está harta de estos argumentos, está harta de recoger papas y construir residencias estudiantiles para después no encontrar un trabajo que valga la pena en lo que uno se preparó. Y hasta la coronilla de no poder lavarnos las manos después de cagar porque no hay jabón. Cansados de los apagones y las pilas sin agua. Y de no tener nada que hacer, punto. Como poco, puede hacer una persona permanentemente irritable.

Aquí nunca se puede trabajar lo suficiente. Cuba es como la madrastra mala, abusiva e insensible a todo esfuerzo y sacrificio. Trabajar más y más y más ¿para lograr qué, más de nada? Hasta el mes pasado, cuando me despidieron por haber fraternizado con un extranjero, yo era la dirigente del equipo en la Escuela Secundaria José Martí (llegamos de sextos en el campeonato nacional el año pasado), y gané $118 al mes. Créeme, no es fácil estar en forma a base de sándwiches de azúcar y manteca. Por lo menos de esta manera me gano unos dólares. Así se parte el mango aquí —los que tienen dólares y los que no los tienen. Los dólares significan privilegios. Un rollo de papel higiénico. Una botella de ron. Tener sólo pesos es joderse. Así es de sencillo.

Ven acá. Mira esta vista, esta bahía, la bella curva de la costa. Hombres de todas partes del mundo me dicen que La Habana es la ciudad más bella del mundo. Entonces ¿cuándo nos la devuelven? ¿Cuando será verdaderamente nuestra? Coño, el Caballo tiene cuatro patas jodidas y nadie tiene los cojones para sacarlo de su miseria.

Mi padre, José Luis Fuerte, era uno de los revolucionarios originales. Estuvo en Moncada y en la Sierra Maestra al lado de ya tú sabes quien. Parte de una exhibición en Santiago de Cuba está dedicada a sus proezas. Mamá me llevó allí cuando era niña. Había una foto agrandada de él con un rifle a sus espaldas. Está fumando un puro demasiado enorme y tiene un brazalete de abalorios en la muñeca. Lo raro es que me parecía tan familiar aunque nunca lo había visto antes. Entonces me di cuenta de que era porque había heredado su misma cara.

Mientras tanto, crecía y hacía maldades,

Mamá me decía: "¿Qué diría tu padre si estuviera vivo?". En el momento, me daba vergüenza, aunque sabía que cuando él tuvo la oportunidad no quería verme para nada. Tengo un tatuaje en mi hombro izquierdo, tres trepadoras entretejidas con el nombre de mi primer novio, quien, casualidad de la vida, también se llamaba José Luis. Cuando tenía catorce y quedé embarazada de él, fue mi padre en quien primero pensé. Mamá nunca lo supo o hubiera insistido en que tuviera el niño. Ella tenía dieciséis cuando nací y dice que no puede imaginar su vida de otra manera. Mamá me está chivando para que tenga un hijo. ¿Para qué? ¿Para que pueda susurrarle al niño antes de mandarlo a una escuela en el campo como hizo conmigo? Olvídate.

En estos días me encuentro preocupándome no de lo que mi padre pensaría de mí, sino de qué pensaría de su revolución y sus antiguos héroes.

La gente sabe que mi padre era José Luis Fuerte así que eso hace la cosa difícil a veces. Esperan más de mí. Antes era amiga del hijo de Ché Guevara en la escuela secundaria. Bromeábamos sobre nuestras respectivas cargas revolucionarias. Lo último que sé de él es que es un músico jevimetal, con aretes dondequiera, y quiere largarse del país.

Yo he pensado en irme también. De noche en un tubo interior con otros balseros desde la playa en Jaimanitas o Santa Fe. Una amiga de escuela media, Lupita Núñez, lo in tentó en 1989, pero la agarró la Guardia Costanera Cubana y le dieron tres años de cárcel. A otros se los comen los tiburones, o se enloquecen de sed. Los que llegan a Miami se hacen los verdaderos héroes de la revolución. Mis amigos y yo escuchamos radio de onda corta y nos pasamos horas sintonizados a Radio Martí para recibir las noticias. O si tenemos suerte, un reportaje televisivo del sur de la Florida.

Largarse. Largarse y dólares. Aquí es lo único de lo que habla la gente. ¡Basta ya!

A veces, tarde por la noche, me pregunto cómo hubiera sido mi vida si Mamá se hubiera ido a los Estados Unidos con su hermana. Tía Constancia vive en Nueva York y tiene dos hijos ya crecidos. Me gusta imaginar cuán frío se pone allí. Me gustaría envolverme en pieles y patinar sin parar sobre hielo en lagos congelados. Daría vueltas y vueltas, mi aliento dejando su vapor tras de mí. En Cuba, no hay lagos. Y lo único que está congelado es el futuro.

Cuando no estoy aquí en el Malecón, paseo en bicicleta para pasar el rato. No por elección, créeme. No al principio. La jodida isla se quedó sin gasolina y entonces el gobierno empezó a importar esos trabucos de bicicletas negras de China y trató de comerle el coco a todo el mundo de que era bueno para su salud. Pues mira, por primera vez tuvieron la razón. La gente perdió cantidad de libras y les dio más energía para el sexo, aunque nunca ha habido escasez de eso aquí. Ahora hay como un millón de bicicletas congestionando La Habana con un caos total en las calles. Es como si nunca hubieran existido los carros.

Me gusta sacar mi bicicleta fuera de la ciudad y pasear por horas en el campo. Los fines de semana he ido hasta el Valle de Viñales en la provincia de Pinar del Río. Hay campos de tabaco dondequiera. Mamá me dice que la familia de mi padre es de allí, que era gente muy refinada que recitaba poesía y tocaba música todas las noches. Ella todavía tiene el violín hecho a mano de mi bisabuelo, Reinaldo, traído de España en 1903. De vez en cuando, mamá saca el violín de su pequeño ataúd y frota la mecha del arco del violín, hecha de pelo de caballo, con un poquito de resina. A menudo pienso en mi bisabuelo mientras monto en bicicleta, suspendida cerca de la tierra, rozándola con suficiente velocidad para darme cuenta de todo lo importante.

Mis novios son de todas partes. Pero los canadienses son los clientes más fáciles porque quieren creer todo lo que uno les dice. Ñames con corbata. Como ese tipo que está allí. Fíjate cómo no puede quitarle los ojos a esa cualquiera vestida en *hot pants.* ¡Qué nalgotas! Algo les pasa en la mente cuando caen en Cuba. Mi teoría es que esta locura se explica con las proporciones: de luz del sol a oxígeno a océano. El noventa por ciento de sus células están dormidas hasta que llegan y ven una habanera que está buena. Y allí se descojona todo. Desgraciadamente, como sufren de una privación sexual tan extrema, te hacen trabajar más que nadie en el planeta.

Por mí, la única gente ganándose buena plata aquí son los babalawos. Hay uno que vive a la vuelta de la esquina que ha remodelado su casa con el dinero que cobra por los asientos. Hace un par de años todo el mundo sabía dónde encontrar a Lisardo Cuenca si hacía falta, pero todo era muy tapaíto. Su casa era como cualquier otra, con la pintura descascarándose. Sólo el balido de una cabra ilegal o la llegada de un montón de paralíticos a su puerta daba indicio del poder secreto tras bastidores.

Y ahora, tienes que verla. Una estatua de treinta pies de San Lázaro acapara su minúsculo patio del frente y su casa está pintada con rayos blancos y azules. Hay diecisiete banderas que la circundan con colores que combinan con los de la casa y viene gente de donde sea cargando abiertamente palomas, sacos de frijoles y maíz tostado. Los mejores clientes de Cuenca se los recomienda el gobierno: extranjeros que quieren una iniciación auténtica. Cuenca también les cobra un ojo de la cara. Cuatro mil dólares en efectivo es lo que he oído. Claro, el gobierno se lleva su parte. Todo para conseguir divisas.

La cosa tiene que estar de apaga y vámonos cuando el Partido necesita sobornar a los babalawos. A mí no me importa si una paloma se posó en el hombro de El Comandante durante su discurso de inauguración, o que haya sido el escogido de los dioses. No creo que nadie, dios u hombre, se podría haber imaginado cuán malas se pondrían las cosas aquí, o a qué extremos iría la gente para conseguir un pernil o un serrucho enmohecido. Siempre se oye que la revolución dividió a las familias, a diestra y siniestra. Pero lo que ocurre ahora es peor que cualquier cosa que vino antes. Cosa más grande. Oí de una familia que colocó a su abuelita en un asilo para ancianos para coger su apartamento en la Habana Vieja, de un hermano que mató a su gemelo para obtener una batería usada para su Chevrolet.

Ultimamente el Malecón se ha puesto bravo con la chusmería y los que bregan en el mercado negro. Los joseadores usan navaja ahora, trabajan el área en pares. Hay que tener cuidado. No aprecian a las muchachas como yo que salen sólo a cada rato y les hacemos competencia. ¿Ves el tajo este en mi estómago? Alguna cabrona se me lanzó encima con un afilador de uñas de metal cuando el novio francés se atrevió a echarme una mirada. Allí fue que decidí probar mi suerte en el Hotel Habana Libre. Ninguna cubana que se respete se atrevería a ponerse esas sandalias feas y faldas por debajo de la rodilla que usan las turistas, pero yo me pongo eso para pasar por extranjera. Mi inglés es bastante convincente, también, como por minuto y medio, lo suficiente para que me den un asiento en el bar de la azotea. Allí fue que conocí a Abelardo.

Al principio pensé que a lo mejor era un policía encubierto, por lo de su acento castizo, uno de sus trucos más imbéciles. Empezó con decirme que vivía con su hermana viuda en un apartamento pequeñísimo de un edificio de muchos pisos. Su mano izquierda estaba seca y encogida y la levantaba hasta donde se le veía con la poca luz que reflejaban esas bolas espejadas, como queriendo decir *¿Segura que quieres seguir hablando conmigo?* Se mostró sorprendido cuando le dije que sí.

Entonces me dijo que tenía un tumor en los huevos del tamaño de un ciruelo, pero los médicos le aseguraron que era benigno. Allí por poco me largo pero entonces me tomó la mano y me dijo, con toda sinceridad, creo, que yo era la mujer más hermosa que había visto, y la más bondadosa, y que si le daría el placer y honor de ser su esposa.

El viejo me dió un susto del carajo y parece que se notaba porque se retiró un poco, pidió disculpas profusamente, y —¡Coño! ¡Cojones! ¡Hijo de la gran puta que es su madre!— se echó a llorar. No unas lagrimitas de desilusión sino unos sollozos fuertes, que partían el alma. Todo el mundo se viró a mirarme. Todo se quedó en silencio. Fuera. Fuera. Lárgate de allí. Pero yo como una idiota me quedé clavada en mi asiento y Abelardo siguió el llanto. Vino la seguridad del hotel en filas de a tres y me arrestaron. *Yo* fui arrestada en el bar de un hotel cubano porque no podía mostrar un pasaporte extranjero.

El resto de este cuento es muy aburrido

contarlo con lujo de detalle, pero en resumidas: me detuvieron por prostitución, perdí mi trabajo de dirigente de voleibol, trabajé dos horas en una fábrica de cemento que no tenía cemento hasta que me fui, y decidí casarme con Abelardo.

PATOS ARBÓREOS

A mi padre le gustaba jactarse de que había llegado a Cuba con diez pesos en un bolsillo, un tomo de los versos de los grandes poetas románticos en el otro, y su violín hecho a mano. Por un mes tocó sus capriccios y sonatinas, coleccionando monedas en las calles de La Habana, mezclando con sus conciertos algunas canciones más mundanas que le pedían los que pasaban a su lado. Un día en el Paseo del Prado una joven viuda le escupió. Su marido había muerto en la Guerra Hispanoamericana y no podía soportar oír el acento castellano de mi padre.

El recepcionista que trabajaba en la pensión de mi padre le recomendó que con esa voz grandilocuente se hiciera lector. Una semana después, Papá consiguió un puesto en una fábrica de tabacos en la región de Vuelta Abajo de Pinar del Río. En su primer día en la plataforma, sudando con nerviosismo y rodeado por humo de tabaco y los ojos escudriñadores de unos cien trabajadores, comenzó a leer:

> *En un lugar de La Mancha, de cuyo nombre no quiero acordarme, no ha mucho tiem-*

po que vivía un hidalgo de los de lanza en astillero, adarga antigua, rocín flaco y galgo corredor.

De niño, siempre me preguntaba cómo Papá había aguantado esos primeros meses fuera de su patria, rodeado de extranjeros, un inadaptado refinado entre gente más tosca, un hombre cuyo primer gasto importante en Cuba, después de mucho sacrificio y ahorro, fue un gramófono y un disco grueso y negro de las "Danzas de las brujas: variaciones" de Paganini.

Después de un rato mi padre conoció a Soledad Varela, una flautista local que le llevaba diez años. Era un domingo por la tarde y asistían a un concierto de música de cámara de un cuarteto de La Habana. Es más, eran los únicos en el público. Mamá se sentó con su ancho sombrero de paja. Papá alisaba su panamá en su regazo. A ella le gustaba como movía él su boca, su bigote indecoroso. A él le gustaba como ella mantenía su silencio, sin miedo, midiendo las palabras como si fuera plata labrada en la lengua.

Resultó que tenían mucho que decirse, sobre la flauta que sonaba opaco y el violín una media nota muy alta. Continuaron su conversación después del concierto, comenzando un noviazgo de tres días que terminó en la municipalidad de Pinar del Río. Mamá tenía treinta y un años y para entonces ya había rechazado propuestas de pretendientes que mujeres la mitad de sus años hubieran deseado. Pero fue Reinaldo Agüero de Galicia, un recién llegado apenas bajado del barco, que o con quien halló su destino.

Desde la primera vez que se conocieron, ya mi futuro había nacido y el momento que vivo predestinado. Desde ese primer encuentro, hay dos personas más que caminan sobre la tierra buscando amparo, dos personas más con esa soledad proveniente de Papá haciendo eco en sus pechos.

La música es mi recuerdo más temprano, antes que la vista, el olfato o el tacto, más temprana que la conciencia misma. Mis padres pasaron muchas noches tocando duetos, para los cuales estaban técnica y temperamentalmente acoplados. Papá adoraba el magnífico "Carnaval de Venecia"; mientras Mamá prefería los adagios elegantes de Beethoven o la brillantez más restringida de la "Danza Rusa" de Tchaikovski. Recuerdo como el ambiente de nuestra casa fue coloreado por la música que en ella había, como si las notas, a brochazos, pudiesen pintar el aire.

Aunque no tenía habilidad musical en el sentido convencional, pude, desde edad muy tem-

prana, imitar los sonidos de todos los pájaros en los bosques cerca de Pinar del Río. Nuestro vecino, Secundino Robreño, me seducía a entrar al bosque para conseguir palomas para su carreta de aves de corral. Yo gorjeaba con tal destreza que en cuestión de instantes, decenas de aves caían de los árboles para darle la bienvenida a su escopeta. Secundino me premiaba con caramelitos pegajosos que tenía en sus bolsillos, por lo usual no muy frescos, o un puñado de balas usadas.

En una de nuestras expediciones, al norte del pueblo, descubrí el nido de un pato arbóreo. Adentro había cuatro huevos y, afortunadamente, ninguna yaguasa madre se veía por allí. Secundino me ofreció veinte centavos por cada huevo, una cifra estupenda en esos tiempos, pero lo rechazé y yo mismo decidí criarlos. Recogí los huevos con cuidado, colocando uno en cada bolsillo del pantalón y los otros dos en la cuenca de mis manos. En camino a casa, equilibrándome en los pulpejos de los pies, silbé la canción de la yaguasa para sosegar a los paticos no nacidos.

En esa época, la gente reunía los huevos de patos arbóreos para lucrarse. Los nidos se encontraban entre grupos de bromelias regias o en los recovecos de árboles cubiertos de barba española. La gente común y los más aficionados criaban las yaguasas entre sus aves de corral porque ponían fin a las riñas entre los animales y silbaban cuando se acercaba gente extraña. Los patos arbóreos eran, valga decirlo, una especie de mezcla avicular de apagabroncas y guardia rural.

Mis yaguasas crecieron hasta convertirse en aves elegantes, con cuellos largos y exquisitos y la clase de altanería que tienen los gansos más finos. Claro, también eran excelentes guardias. De hecho, mi madre dice que le salvaron la vida a mi padre durante una huelga muy conflictiva en la fábrica de tabacos.

Una mañana temprano dos hombres que no conocía tocaron en nuestra puerta. El más alto llevaba un tronco de madera con clavos. El más bajo, sin afeitarse, tenía puños que parecían manoplas. Sin duda venían a entregarle a mi papá un mensaje dado con paliza por su papel tan clave en la huelga.

En cuanto Papá llegó a la puerta, mis patos dieron carrera desde el patio trasero, silbando y chillando y regando plumas por dondequiera. Atacaron a los hombres con el empeño de gallinas viejas, mordisqueando y arañando hasta que los maleantes se fueron tambaleando, aturdidos. Nadie más ha vuelto a estorbar nuestra paz.

Tristemente, han ido desapareciendo las antes abundantes yaguasas junto con los bosques de tierra baja de la isla. Con suerte, uno puede verlos en las regiones más remotas del Zapata y otras ciénagas menores. De noche, salen volando a visitar las arboledas de palmas de las plantaciones cultivadas para comer los palmiches, la fruta de la palma real.

Ninguno de mis padres tenía la más mínima inclinación hacia la ornitología, así que era aún más notable que me motivaran en un tema tan lejano a lo suyo. Me mimaron con todo tipo de viajes al interior para alimentar mis observaciones de campo. En un viaje cerca de Bailén, vi un par de grullas, ya muy raras cuando era niño. Estaban excavando en la tierra reseca de lo que era su antiguo criadero. Con sus picos, escarbaban raíces o larvas de escarabajo, en una tierra que había sido arrasada para sembrar más caña.

En otro viaje a Lomas de los Acostas, pude ver mi primer gavilán rabirrojo. Localmente se le conocía como el gavilán del monte por los campesinos que vivían en los bohíos en las alturas de las colinas de Sabana Abierta. —¡Gavilanes del monte! ¡Gavilanes del monte! —gritaban las mujeres de loma a loma cuando avistaban los gavilanes. De allí le avisaban a sus gallinas, que veloces y aterrorizadas, se metían en los gallineros.

Cada primavera y otoño, buscaba en los árboles las aves migratorias y que se quedaban en Cuba en ruta o de regreso a Suramérica.

Coleccioné cientos de aves, disparándoles con mi honda y unas piedras bien escogidas para cazar. Mamá se quejaba de que la casa siempre estaba llena de plumas, pero ¿de qué otra manera iba a estudiar mis queridos pájaros? Observaba sus migraciones y me imaginaba volando entre sus inmensas formaciones, oscureciendo con ellos las partes inalcanzables del cielo. A menudo viajaban de noche, mil millones de ellos, a alturas que no podían observarse, tomando sus señales del sol y de las estrellas, la dirección de los vientos y los campos magnéticos de la tierra. Así me gustaría viajar, pensé.

Durante el invierno de 1914, una cifra récord de colirrojos y sílvidos azules de pecho negro de los Estados Unidos hicieron morada breve en Cuba. Los árboles de nuestra casa se estremecían con tanta conmoción que mi padre quien se había enfermado con la fiebre amarilla no podía soportar tanto alboroto. Con la temperatura por las nubes, vomitaba continuamente, y apenas podía levantar la cabeza de la almohada. Después de varios días le dio ictericia. Aún así los pájaros seguían riñendo y cantando.

Mi madre y yo nos turnábamos leyendo en voz alta Las Meditaciones de Marco Aurelio, *a las que Papá acudía a menudo cuando se sentía con problemas:*

Piense en la sustancia universal, de la cual

tiene usted una muy pequeña porción; y del tiempo universal, del cual un intervalo corto e indivisible le ha sido asignado; de aquello fijado por el destino, y de cuán pequeña es su parte.

Mamá calmaba la fiebre de Papá con paños fríos y le aguantaba la mano por horas como si por las yemas de los dedos le transmitieran la vitalidad de su propia vida. Le hacía caldo gallego y le daba aceitunas negras de España para chupar. Poco a poco, su salud mejoró, aunque nunca volvió a ser igual que antes.

El primer día que regresó a la fábrica de tabacos los pasos de Papá eran pesados y tropezantes, y estaba seguro que no podría caminar los dos kilómetros enteros hasta las afueras del pueblo. Lo acompañé, apoyándolo por el codo. Los amigos lo saludaban por el camino, ignorando el sudor que se le escapaba por debajo del sombrero, y parece que esto lo animó.

Cuando por fin llegamos a la fábrica, y Papá, con gran dificultad, subió las tres escaleras a su plataforma, el cuarto estalló con gritos roncos de alegría. —¡A-güe-ro! ¡A-güe-ro! proclamaban al unísono los trabajadores, y aplaudían, golpeando con los pies al ritmo de nuestro nombre.

—Por favor, hijo —mi padre se volvió hacia mí, con la voz apenas audible. Levantó la palma de la mano hacia los reunidos y el lugar se

tornó silente, colmado por el humo y el olor dulce de cedro.

—Lea por mí hoy.

Me dio un libro pesado, su cuero rojo desgastado, el dorso roto por tanta lectura, y tomé su lugar en el atril. Viré a la primera página. El aire humeante me hizo aguar los ojos. Las palabras se me escurrían como bancos de peces espantados.

Los obreros hacían el esfuerzo de escuchar sin moverse. Mi voz era pequeña, vacilante. Abajo, un abanico de papel se agitaba. Llegué hasta el segundo párrafo y paré.

—Dale Ignacio, sigue —susurró mi padre.

> *Habíase un rey con una quijada enorme y una reina de cara fea en el trono de Inglaterra; habíase un rey con una quijada enorme y una reina de cara bonita en el trono de Francia. En ambos países era más claro que el agua para los señores del estado a cargo del pan y el vino, que las cosas en general estaban establecidas para siempre.*

MIGRACIÓN PRIMAVERAL

❄

LA HABANA

MARZO DE 1991

E*s la estación* de la migración primaveral. Reina Agüero abre las puertas francesas del estudio de su padre y sale al balcón cuadrado del tercer piso. Busca en el cielo la prueba más mínima de la mañana, pero nada, la luna todavía está a sus anchas. A esa hora, los vientos han purificado el aire de los bruscos acrecimientos del día, y es bueno respirar.

Reina estira el cuello a la izquierda, hacia la oscura cima de árboles que se mecen, cobijando a los muertos del Cementerio de Colón, hacia las poincianas antiguas que guardan la tumba de su madre. Después mira a la derecha, más allá de la procesión de balcones labrados en hierro, más allá de los semáforos, cuyos colores cambian lentamente al dirigir el ritmo de tráfico en el Paseo Aranguren. Si escucha atentamente, Reina puede oír un carro tartalear por la Avenida de los Presidentes. ¿No es verdad, piensa ella, que siempre hay alguien que se quiere escapar?

La calle está desierta salvo una luz de una antigua mansión en la esquina. Es ahora una sede para asociaciones de poetas y pintores, escultores y ceramistas. Sus paredes están cubiertas de murales optimistas. ¿Es el olvido o la necesidad, especula Reina, lo que mantiene esa luz prendida?

Pepín Beltrán está dormido en su cama, roncando tan fuerte como siempre lo hace después de hacer el amor. Aunque él insiste en sentirse tan excitado como nunca por el nuevo y discorde paisaje de su piel, Reina se ha fijado que Pepín se queda más tiempo donde el ha donado la piel, surcida en la lustrosa hondonada de su espalda. Casi todo el color nuez moscada ha sido reemplazado por una confusión de matices y texturas. Algunos parches de su piel son tan rosaditos y elásticos, tan perfectamente sin pelo, que parecen de un cochinito recién nacido.

Al hospital de Santiago llegaron médicos de todo el país para admirar la recuperación maravillosa del pellejo fruncido de su trasero. Pero después de un rato, su lascividad disgustó a Reina, y les negó entrada a todos.

A Reina no le molesta su piel, toda mal emparejada y con picazón, pero lo que no puede tolerar es el hedor. Parece que nadie más se entera, pero a ella le huele a sangre reseca y a leche agria. Ella se acuerda de cómo los animales rechazan a los suyos cuando son traspasados por un olor desconocido. Ahora entiende por qué.

Trata de disimular el olor enjuagando su pelo con toronja ahumada, pero el alivio es sólo temporal. La peste arruina todos sus placeres familiares. Se fugaron sus arrebatos de éxtasis. Se fugó su olor caliente, de negra. Cuando Reina hace el amor, nadie, ni Pepín, cuyas manos pueden borrar todas las fronteras, cuya boca se estremece contra la suya en el amor, puede hacer que vuelva el embeleso. Quizás era su propio olor lo que la había conmovido todo este tiempo.

Es el primer día de su regla. Reina se siente orgullosa de que, a pesar de su edad y su piel incongruente, por lo menos su sangre menstrual siga intacta.

Los restos de un nido de pájaros cuelgan de la araña de luz del estudio de su padre. Reina se acuerda de cómo Papá dejaba abiertas las puertas francesas del cuarto para que los pájaros pudiesen revolotear de aquí para allá con sus ramitas, retazos de hilo o soga. Se alimentaban con las migajas de sus sándwiches y las croquetas de papa majada que comía con desaliño en su escritorio.

"Dime lo que quieres y te diré quién eres". Su madre había leído esas palabras de un libro que tenía en la falda. Ella era demasiado joven para entender la pregunta, pero la recuerda de todas maneras. Bueno y ¿qué es lo quiere ahora? Reina se pregunta si es nostalgia añorar a su madre, nostalgia recuperar sus sombras maternales durante todos estos años. ¿Entonces por qué escoge vivir así, entre los escombros de su niñez y los especímenes muertos de su padre? ¿Pueden decirle a ella por qué murió su madre, por qué su hermana fue mandada a otra parte?

Después de la muerte de su madre, Reina recuerda como la visión de todo el mundo se desperdigó. Había un ave que flotaba sobre el lote de sepultura en el Cementerio de Colón. Su padre dijo que era un cuervo común. Constancia, recién llegada de la finca en Camagüey, insistió que era de un azul acerado. Reina quería creer a su hermana, pero ella vio un ave ardiente, diminuta y bañada en una luz violenta que rompió el aire que les rodeaba, convidando a que atardeciera más temprano. Reina recuerda cómo el vacío las circundó en ese entonces, un triste azoramiento que jamás se ha alejado.

El día anterior Reina había acompañado a su padre a la funeraria Flores y Jorganes en la calle Obispo. Ella llevaba una piel de culebra muy codiciada en un pequeño bolso de felpa para colocarlo en el féretro de su madre, pero Papá no la dejó acercarse.

El olor dentro de la funeraria hizo que Reina se quedara sin aliento. En un cuarto vio a un hombre con un bigote ridículo cubierto de hojas. En otro, una mujer regordeta sin las puntas de los dedos, descansaba en un mar de satín. Al lado de ella, una muchacha pálida y delgada como una astilla, descansaba en un féretro de color rosado sin lustre. Era temprano en la mañana, pero Reina se acuerda que pensaba que ya podía oír la luna, su largo e hiloso gemido de soledad.

Silenciosa, Reina se zafó de su padre mientras él hablaba con el director de la funeraria. En la última cámara de embalsamar, su madre estaba tendida sobre un pedestal mohoso, su garganta estaba hecha añicos, destrozada, un estuario de color y desorden, como si una guerra sangrienta se hubiera librado debajo de su cara. Reina miró fijo a su madre, se esforzó por verla entera de nuevo; por respirar el incienso perdido de otoño en su pelo.

Se oían pasos en el corredor. Reina besó rápido la mejilla de su madre y se escapó al patio, entrando a la luz chillona del día y esparciendo al viento los fragmentos apapelados de la piel resecada de culebra.

Cuando Reina regresó del hospital en Santiago de Cuba, el Comité de Defensa de la Revolución local insistió en que hiciera turno de noche ya que estaba despierta de todas maneras, pero Reina se negó. Como sus compañeros maldicientes, cegados y medio locos del Hospital Céspedes, Reina decidió no hacer nada más por La Revolución.

Reina no puede precisar cuándo cuajó su descontento. Pepín, por ejemplo, le echa la culpa a El Comandante. Después de todo, fue él quien causó los líos al permitir que los exilados regresaran a Cuba de visita. Lo que trajeron esos gusanos en sus maletas a punto de reventar —fotos de casonas y Cádillacs, zapatos de cuero de todos los colores, relojes que decían la hora en la China, hasta aspirina de mayor potencia —fue lo que empezó a desarticular la revolución. Y en un dos por tres, buenos ciudadanos empezaron a faltar a las concentraciones del Primero de Mayo y se abstuvieron de cortar su cuota de caña.

Al transcurrir los años, Reina esperaba

que su hermana regresara a Cuba, pero Constancia siempre hallaba una razón para no volver. En su lugar, mandaba paquetes en las Navidades con budín de vainilla instantánea, cubitos de consomé de carne, y bolitas agridulces de fresa que ella sabía le encantaban a Reina. Constancia se refería a su marido y a los hijos sólo de paso, poniendo al día lo que Reina no sabía desde un principio. Heberto pasó la piedra por el riñón; Isabel se pintó el pelo color índigo, como tela de Indonesia; Silvestre cambió su nombre a Jack. Detalles curiosos.

Reina se dio cuenta en ese momento que entendía tan poco de la vida de su hermana en el norte como cuando estaba en Cuba. Cuando eran niñas, Reina siempre se preguntaba por qué habían mandado a Constancia a vivir tan lejos. Pero su madre sólo le decía que ella y su hermana tenían que vivir separadas.

Hace seis años Reina tuvo la oportunidad de irse del país. Viajó a Venezuela con una delegación de maestros electricistas para instalar unos generadores por el río Orinoco, donde los mosquitos se daban banquetes con cada centímetro de piel expuesta. Al terminar la segunda semana todos sus colegas se quedaron y Reina regresó a Cuba sola.

Ahora es casi imposible irse de la isla sin el permiso particular de El Comandante mismo. Las fugas se han hecho más audaces, los repudios hirientemente severos. El año pasado, Osoris de León, un ex-amante de Reina de Tunas de Zaza y condecorado por su valentía en la guerra de Somalia, se fugó de la isla en un helicóptero robado al gobierno y aterrizó en el techo del Holiday Inn del aeropuerto de Miami. Un grupo de exilados jubilosos lo esperaban y pronto Osoris estaba dando entrevistas deplorando la revolución por Radio Martí. Ahora, la hija de Reina también se ha ido de Cuba. Su Dulcita, una desesperada jinetera cualquiera.

Reina tiene curiosidad por saber lo que pensaría José Luis de su revolución ahora, del abandono de Dulcita, tomada del brazo por un turista execrable. José Luis había sido uno de los asesores de confianza de El Comandante, su vínculo con la juventud del país que simpatizaba con el proceso. Sólo tenía catorce años cuando dejó la secundaria para unirse a los rebeldes en la Sierra Maestra. Reina descubrió a José Luis varios años después, demacrado y malhablado, subsistiendo de naranjas de la arboleda de su escuela. Lo escondió en un palomar, lejos de los hombres de Batista, y luego en su cama. Cuando Reina supo que estaba encinta, le rogó que se casaran.

—¿Reina, tú crees que lo que amamos se puede retener? —demandó José Luis.

Cuando Dulcita tenía cuatro años, Reina oyó que su querido se había ahogado cerca de la Isla de Pinos, aprendiendo a nadar. Fue entonces que decidió darle a su hija su apellido: Fuerte.

Reina sabe que Dulcita resiente a su padre y a la veneración que todavía recibe como héroe de la Revolución. Mientras su hija se hacía mayor, su foto le devolvía la mirada desde sus propios libros de historia, con sus lemas enaltecidos, mientras recogía la cosecha de limones o boniatos. Para Dulcita toda su vida ha sido José Luis Fuerte esto, José Luis Fuerte lo otro, hasta darle asco.

Si era un hombre tan grande ¿por qué nunca me vino a ver? Dulcita tenía seis años cuando se lo preguntó a Reina. Iban en un tren hacia Matanzas, hacia la primera de muchas escuelas de internados donde asistió Dulcita (fue expulsada de once en total). Reina trató de explicarle a su hija la naturaleza de las añoranzas, esa presión nerviosa en el corazón que nunca se extingue. ¿Cómo podría decirle que José Luis nunca había querido tener hijos, que no era nada personal en contra de ella? Reina le dijo a su hija que había nacido de una gran pasión, que en un momento dado lo único que le importaba era la cara de su amante.

Cuando José Luis murió, Reina sabía que él había elegido fallecer pues tiene la certeza de que la muerte empieza desde adentro; no espera fuera del escenario como un general retirado que quiere tomar el podio, sino que vence el cuerpo célula por célula. Para algunos pocos, esto ocurre mucho antes que los accidentes y las arrugas, mucho antes que las conjugaciones del remordimiento.

Reina se acuesta al lado de Pepín y cierra sus ojos. Hay voces que se agrupan en su cabeza, dispersando códigos sin sentido. Desde que se quemó en la copa de un caobo, escucha voces muy avanzada la noche, libres de lógica, de una total imprecisión. *Las estrellas han muerto, asesinadas en sus nidos. Las mentiras, almidonadas de la soledad son tuyas. Oye, mi hijita, la paciencia condena.* A veces, como esta noche, chirrían un estribillo o dos del himno nacional:

Al combate corred, bayameses
que la patria os contempla orgullosa:
no temáis una muerte gloriosa
que morir por la patria es vivir…

Desvelada, a la deriva en la oscuridad, Reina da vueltas y vuela sobre décadas de su vida como los murciélagos y búhos que su padre tan asiduamente estudió. Deja escapar silbidos, rechina y se regaña por lo que ve, por lo que pudo y no pudo haber cambiado. Evita la imagen de su madre muerta en la funeraria, que aparece a lo lejos como algo peligroso y calientemente cegador, y avierte los ojos como para evitar los rayos directos del sol. ¿Es por esto que ha permanecido consciente por tanto tiempo?

Cuando abre los ojos, las voces e imágenes se retiran. Tiene sed de nuevo. Reina toma agua de una jarra mexicana que Pepín le trajo de un viaje a Tampico, y luego chupa los últimos pedazos de hielo. Descalza, anda a pasos regulares por el piso de mármol frío. Definitivamente, La Virgen de la Caridad del Cobre le ha fallado. El gallo voló llevándose algún hechizo. Pepín insiste que el polvo que compró de esa bruja, La Sequita, le salvó la vida a Reina. Quizás tenga razón, pero ¿para qué?

Reina mete la mano en una gaveta del escritorio de su padre y saca su viejo pasaporte, cuidadosamente guardado en un sobre de papel encerado. Se lo dieron en 1948, la primavera antes que muriera su madre. Reina examina la foto, la expresión congelada del instante. Papá tenía cuarenta y tres años cuando se tomó la foto, un hombre robusto con brillantina en el pelo y peinado por la mitad, distinto a la moda de entonces.

Un permiso azul desteñido de los Estados Unidos está acuñado en la primera página. Reina se acuerda vagamente de un viaje que él y su madre pensaban tomar a los desiertos de América. Pero no recuerda por qué nunca fueron. Las páginas que siguen en el pasaporte están en blanco. A Reina le parece que este pasaporte, archivado por años entre los otros documentos importantes de su padre, dice más la verdad sobre sus vidas que ninguna otra cosa.

También Reina se pregunta qué pasó con el huesito que su madre llevaba en un bolsito de franela roja colgado de la cintura. A veces Mami la dejaba tocarlo, la dejaba frotar el dedo contra el nudo acampanado de uno de sus extremos. Reina nunca supo de dónde vino el huesito o por qué su madre lo guardaba.

En el armario, Reina desentierra el fusil de caza en su estuche de terciopelo. Lo saca de su soporte y lo aguanta firme contra su hombro. Entonces toma puntería contra varios blancos en el cuarto: el periquito que su padre había matado en un bosque virgen cerca de Guantánamo; el globo opaco de la luz de la calle justo fuera de su ventana; la cara oblonga de Pepín, tumbado del sueño.

Hay un retrato de su madre en el escritorio. Se ve mucho más joven que Reina ahora, con unas mejillas redondas que terminan en una barbilla que sobresale un poco. El pelo está suelto y le cae en ondas más allá de los hombros, por su garganta suave y blanca. Le parece a Reina que su madre siempre le habla desde esa foto, susurrando su nombre.

Constancia creció y llegó a ser a ser muy parecida a su madre después de su muerte. Parece que absorbió el errático vigor de Mama, los movimientos fríos, arácnidos de sus muñecas. Hasta la inflexión de su voz cambió, de una nasalidad uniforme a la vacilante y alada música de la voz de Mami. Reina se acuerda como en el funeral, Constancia tomó la apariencia espectral de su madre muerta y asustó a todos los que estaban presentes. Sin embargo, Reina no tenía miedo. Después de no conocer a su hermana, sólo añoraba quererla. Por supuesto, Constancia no se lo permitía. Una semana después, su hermana recobró su propio rostro.

Reina pone el fusil en su estuche y lo lleva abajo. Afuera el viento es agudo pero no siente su punzada. Parece como si ella, tal como el fusil, estuviera atrapada en un terciopelo negro. Camina rápido a la Avenida de los Presidentes, y luego vira a seguir por

La Rampa. No hay un alma por ningún lado. Pasa por el domo blanco de Coppelia y las luces ásperas del Hotel Habana Libre. Una música de ritmo fuerte desciende del bar de la azotea, el mismo bar donde Dulcita conoció al español, pero Reina no la oye. Pasa por los ministerios y las agencias de viaje, los restaurantes, los cabarets, los cines, todos cerrados.

Cuando llega al muro que da hacia el mar del Malecón, para. El aire está preñado de sal y ella se lo traga, hambrienta. Reina siente que el aire rebosa su corazón, expandiéndolo, dándole valentía. En la próxima manzana un pescador lanza su anzuelo, pero Reina no le hace ningún caso; se aparta del muro un poco y con toda la fuerza que puede acumular, lanza el fusil de caza lejos, hacia la noche sin estrellas.

MIAMI

L*os trajes de noche* hacen alarde de sus colores brillantes, como si forzosamente florecieran en la luz artificial. Jades, azafranes, bermellones, negros glamorosos. Las mujeres que los lucen se viran y vacilan, moviendo las faldas con un ruidoso ademán de seducción. Los hombres usan guayaberas blancas con estolas de puntada discreta y su piel ha absorbido el sol que sus esposas han hecho gran esfuerzo por evitar. Es Noche Tropical en el club que da hacia la bahía, y la orquesta toca un cha-cha-chá tan candente que por poco achicharra el lechón.

Constancia arrastra a su marido a la pista de baile. Es diminuto como ella, vestida de blanco, como él. Juntos se ven como una pareja de primera comunión. Heberto es buen bailador, pero un poco reacio a hacerlo. Constancia no baila bien pero lo hace con un entusiasmo excesivo. Tambalea hacia la derecha cuando hace una vuelta, pero Heberto la atrae hacia él con un aire diestro. Entonces la equilibra con una palmadita en el centro de su espalda y la lleva por todo el salón.

Los moratones de Heberto tienen una lumbre que se ve a través de su guayabera de lino, como un bosque húmedo. Se mueve con cautela, sintiéndose adolorido por la paliza que le dio Constancia en el asiento trasero del Cádillac para revivirlo.

—Carajo, casi me trituras —dice acusando a su esposa sin previo aviso, sobándose el estómago. Heberto dice que no se acuerda qué le había pasado antes de que Constancia lo encontrara amarrado e inconsciente en el almacén del club náutico.

—Por favor, Heberto —dice Constancia en contraataque algo despectivo. —Estabas ya medio muerto. Suerte tienes que llegué allí a tiempo.

Según Gonzalo Cruz, el asalto de medianoche para matar a Heberto fue ejecutado por un grupo fanático de exiliados que se enteraron de que Heberto vendía contrabando en forma de tabacos cubanos en Nueva York. Por supuesto, piensa Constancia, mandaron a una Mata Hari latina para hacer el trabajo.

Constancia da por sentado que Heberto y Gonzalo saben más de lo que dicen, pero ¿cómo lo puede comprobar? Ella desconfía de la creciente compinchería entre ellos, sus interminables reuniones cara a cara, alimentadas de ron. Mira en lo que ha caído Heberto en sólo dos meses.

Las trompetas y las congas entablan un fogoso diálogo. Pronto Constancia y Heberto están en la pista de baile. Sus caderas asimilan esa medida extra de ritmo, las de ella se quedan una cuarta nota en retraso.

Constancia se acerca y presiona su boca sobre la de su esposo, saborea la oscuridad que lleva adentro. En ese momento se pregunta si todas las criaturas se enfrentan a su final frente a los hombres. Quiere decirle a Heberto que los métodos de los ornitólogos han cambiado desde los tiempos de su padre. Que en vez de escopetas ponen redes en las selvas, y se enfrentan a las aves cara a cara presionando los dedos pulgares de la mano sobre los pechos de unos pájaros exóticos para extinguir los delicadísimos motores de sus corazones.

—No tienes que morir todavía mi cielo —dice en cambio Constancia, con voz más suave de lo que quería. Su propio pecho se hincha con dolor, con demasiado aire exhalado. —No te vayas mi cielo.

El sonido de un mambo nuevo se apodera del salón. Una mujer en un vestido rojo atómico se tropieza con Heberto. Tiene veinte años menos que cualquier persona allí. Donde quiera que se mueve, los bailadores pierden el paso. Heberto se para en medio de una vuelta, mira fijo e indefenso en su dirección. Entonces se enfrenta a Constancia, el enojo brotando inesperadamente de su boca. —No voy a vagar por allí como un cualquiera —grita. Entonces gira al compás de la música como si fuera una extensión de la orquesta, y con su esposa en sus brazos, la baja hasta el piso.

Heberto se va el martes y Constancia culpa a Gonzalo por esto. Sabe de primera mano qué vendedor más persuasivo puede ser su ex marido. Hace treinta y cuatro años Gonzalo vino a enamorarla con la ferocidad de sus sueños. Se cortó una vena en su pierna para impresionarla y le trajo una guirnalda de abejas muertas. Dijo: —Mi vida, te lo juro, yo sé lo que te hará falta.

Constancia lo consideró un peligro, como una languidez o una insolación, y resistió su contagio, cosa que le hizo buscarla con mayor empeño. El día que Gonzalo le tomó de la mano, dejó una mancha viva. Colonizó su brazo y se adueñó de su corazón. Quebraron todo tipo de lenguaje durante sus primeros meses juntos. Después, Gonzalo no tuvo nada que decir.

Poco antes que atacaran a Heberto en el Cádillac rosado, se había integrado al grupo exilado clandestino de Gonzalo, La Brigada Caimán. La organización toma responsabilidad por todos los complots y bombas contra gente que se sospecha comunista, aun cuando en realidad no sean responsables. Gonzalo se jacta de que La Brigada Caimán hace maniobras militares en los Everglades, como preparativo para conquistar a Cuba. La gran invasión podría ser este mismo verano.

Constancia se da cuenta que su marido ha sido lesionado por la enfermedad de lo posible, con la grandeza prometedora de un llamado cuasi-histórico. Ya ha comprado fatigas nuevas de guerrillero y un cuchillo de cazador para su cinturón de utilidad. ¿Cómo podía haberse imaginado que las crudas instigaciones de Gonzalo conmoverían a Heberto? Ella pensaba que su marido era un puro comerciante, con escaso interés por el ocio o la política. De hecho, nunca gozaba de nada menos que involucrase una rentabilidad definida y probable.

—No seas ridículo, Heberto —dice Constancia husmeando mientras esperan su turno en la mesa de banquete. —No hay nada que heredar en Cuba, ya no queda nada para repartir.

Su marido abarrota su plato con trozos enormes de lechón asado, arroz con frijoles, ensalada de aguacate, y yuca en salsa de mojo. Y luego se sirve de postre una gran porción de flan.

Constancia piensa cuán íntegro es para los hombres el autoengaño, hasta en las empresas más sin sentido. —Vinimos a Miami para que puedas relajarte —insiste ella. De inmediato, se da cuenta que ha dicho algo equivocado.

Heberto se niega a decirle adónde va, pero de todas maneras espera que ella le haga las maletas. Constancia le encogió los calzoncillos para que no se pudieran usar y le escondió los cordones de las botas. Y cuando se le ocurra usar el desodorante, le va a salir miel de primera calidad.

—¡Los hombres siempre confunden el patriotismo con el amor propio! —espepita con sarna entre bocanados de plátano maduro frito. Es una forma perversa de idealismo. ¿Cómo explicar todo el acicalarse, las medallas, todos los uniformes planchados y botas lustradas? A su manera de verlo, la guerra debe ser algo estrictamente personal, como la filosofía o la preferencia sexual.

Más tarde esa noche, Constancia se acerca a su marido quien finge dormir en la cama. Se quita el vestido de noche, se desliza desnuda sobre las sábanas y se impulsa hasta quedar parada, colocando un pie a cada lado de la cabeza de Heberto. Mira fijo hacia abajo a su marido, a la humedad plegada de su cara. Poco a poco, baja su cuerpo hasta que él tiene que respirarla entera. Con un deseo que la inquieta, empieza mecerse con los talones hasta que la cama entera tiembla.

Constancia sabe que su marido está perplejo con su urgencia sexual reciente. Es como si un placer vital nuevo se le hubiera revelado desde que lo encontró inerte en su Cádillac. Ahora ella siente como si no existiera historia, memoria, ningún futuro entre ellos excepto la muerte.

La próxima mañana, Constancia sigue a Heberto por el Causeway Rickenbacker, en un sedán alquilado del hotel que está en la playa. Su descapotable era demasiado conspicuo para seguir a otro carro. La bahía es un azul perfecto, una abstracción inmaculada. Los veleros se deslizan por el agua con una rectitud almidonada. Constancia se da cuenta de cómo las distancias se distorsionan por este tipo de azul, como un espejo que engaña.

Su marido se dirige hacia el norte. Constancia odia manejar por la carretera I-95, pero quiere seguirlo. El tráfico es errático, grupos de autos y luego por kilómetro tras kilómetro de carretera despejada. La forma irregular del contorno de la ciudad en el horizonte aumenta su inquietud. Miami es una ciudad demasiado joven para dar una sensación de paz. Hay nueve cruceros atracados en la Isla Dodge, con banderines y banderas triangulares. Todos los sábados en la noche, Constancia espía su avance por el horizonte, imperceptibles, como el tiempo mismo.

Constancia maneja a ciento diez kilómetros por hora detrás de su marido. Sabe que no la va a ver, pues Heberto va demasiado rápido, nunca mira por el espejo y cambia de carril con descuido. Además, Constancia se ha disfrazado para que no la reconozcan. Su pelo está recogido en un turbante florido, sus gafas oscuras son demasiado grandes. Usa una pintura de labios color fucsia que desborda exageradamente la forma de su boca.

Su esposo continúa hacia el norte, más allá de los carteles para ir al aeropuerto, más allá de las salidas que Constancia se imaginaba que podía tomar. Entonces, para su sorpresa, Heberto se encamina hacia el oeste, a Bird Jungle. Constancia la visitó una tarde cuando Heberto fue a pescar. Conoció a un guajiro que le contó todo lo que sabía: que los huesos de los somorgujos eran los más parecidos a las primeras aves que volaron; que en las Islas Chincha de Perú, hay cinco millones de cormoranes; que de todos los pájaros en Cuba, el codorniz tenía el azul más atrayente.

Heberto continúa más allá de Bird Jungle, más allá de Lejeune Road hasta la entrada de Hialeah Park. Aunque las pistas de carrera están cerradas por ser fuera de temporada, hay hombres con arados y podadoras que meticulosamente trabajan los terrenos. El guardia de la entrada lo deja pasar como si fuera un cliente regular. Algunos momentos después sigue a su marido y entra.

Constancia deambula por el club desierto, salobre con los olores de la temporada previa, y da golpecitos en las ventanillas de hacer apuestas. Inspecciona los baños de los hombres, las gradas de la tribuna principal. Todo esta vacío, ni rastro de Heberto.

Afuera, en un jardín de bromelias, una iguana con manchas toma sol sobre una piedra. Constancia evoca una iguana negra que vio una vez, colgada a secar desde una yagruma en Pinar del Río. Su padre le explicó que las iguanas estaban en vías de extinción porque los campesinos las mataban para prevenir la mala suerte.

Los potreros están verdes, tanto del cuidado como de las lluvias recientes. Dos ranas croan en un charco, en pleno cortejo o quejándose, ella no sabe cuál de los dos. Los flamencos están por todas partes, torpemente arreglándose las plumas con los picos. De repente, Constancia añora un caballo al que pudiera cepillar. Por años, su papá usó las mismas dos yeguas en sus expediciones. Gordita era multicolorida, y le gustaban las uvas despellejadas. Epícteto era color de nuez y le encantaba correr. Las dos yeguas murieron el mismo día en la Ciénaga de Zapata, enloquecidas, había dicho su papá, por los mosquitos incansables.

Su madre murió junto con ellas ese día. Su padre le había dicho que Mamá se había ahogado después de que ellos se separaran para tener mejor oportunidad de atrapar los evasivos patos chorizo. Dijo que se había resbalado y que su sien chocó con un tronco, que había tragado el agua de la ciénaga mientras respiraba, inconsciente, hasta que murió. Constancia se acuerda de la cara de Papi mientras él le contaba con ojos de augurio atroz. Tiene presente haber pensado que sí, que podría ser que Mamá hubiera muerto, pero sería imposible enterrarla, que tan sulfúrica como su ausencia formaría parte de sus vidas para siempre.

Cuando Reina insistió en que había visto a Mamá en la funeraria con su garganta desgajada, Papi negó que fuera posible. Reina pegó unos gritos de animal cegado y arrancó todas las flores de su árbol de tulipanes favorito. Entonces se fue de casa en casa, desenterrando los jardines de los vecinos, regando pétalos y abejas.

Cuando su padre las mandó al internado protestante de en Trinidad, su hermana se quedó sentada en la lluvia, aturdida como una flor silvestre, chupando hojas caídas. Constancia no quería nada que ver con Reina, rechazó cualquier acercamiento de parte de ella, y se negó a oír una palabra más sobre Mamá. Se sentía celosa del sentimiento de luto de su hermana, ya que ella no sentía nada.

Un año más tarde, Papi le confió a Constancia que lo que había dicho Reina no era mentira. Su madre se había matado en la Ciénaga de Zapata, dijo él, con la escopeta dirigida a su propia garganta. Le dijo que no se lo dijera a Reina para que no se abrieran de nuevo viejas heridas. Esto la asustó más que la versión original, porque ahora sabía que no podía rescatar a Papi, sabía con certeza que él sería el próximo en morir.

Constancia cruza la pista de carreras de Hialeah en el calor del mediodía. Muy por encima de ella, en la cabina del locutor, ve un par de tacones con lentejuelas moviéndose en la brisa. Las implicaciones de los tacones le causan malestar. Rehúsa aceptar tal descubrimiento sobre su marido. Constancia se queda al borde del estanque que está dentro del círculo de la pista y arranca la fronda de una palmera corta y, con cuidado, limpia la pintura de labios de su boca.

Atardece. Heberto no ha vuelto a casa todavía. Constancia sube una escalerita y, de esquina a esquina, va retirando la bandera cubana que su marido había puesto en la pared de su alcoba. La sacude hasta que se infla como una sábana recién lavada. Luego la dobla en cuadros contra su pecho. Constancia desconfía de las banderas, comprende demasiado bien esa pasión inquebrantable por los muertos.

Va a la sala y selecciona un disco de su colección de sinfonías cubanas del siglo veinte. La música revela regiones crudas pobladas de miseria que le conectan lesiones que van de nervio a nervio. Cuando escucha los tambores que repican, cada recoveco de su alma se trastorna.

Su hijo tenía siete años cuando le dio unos bongós para tocar. Silvestre los golpeaba con violencia hasta que pudo sentir el latir de su ritmo. Entonces dijo que todavía podía oír ciertas cosas.

—¿Cómo qué? —le preguntaba Constancia.

Silvestre imitaba el rugir del océano, daba gritos como los vendedores de fruta que andaban por el Malecón: —¡Mangos preciosos, mangos deliciosos! —Constancia se dio cuenta de que él estaba recreando en su mente los sonidos igual que los amputados que sienten sus brazos y piernas perdidos. Finalmente, Silvestre imitaba la voz de Constancia, estruendosa y en español: *Tienes que ser un hombrecito y no llorar Silvestre. Eso es mejor que ser comunista.*

En 1961 se corría el rumor en Cuba que todos los niños iban a ser recogidos y mandados a internados en Ucrania. En estado de pánico, los padres cubanos enviaron sus hijos a orfelinatos en los Estados Unidos donde esperaban recuperarlos después de que la crisis se resolviera. Constancia envió a Silvestre a Colorado. Hacía tanto frío en Denver, que Silvestre se ponía capa tras capa de ropa que ella le había empacado. Sólo unos pocos niños más hablaban español. Fueron enviados a un orfelinato católico por la misma razón que Constancia lo había enviado a él: para que los rusos no lo agarraran.

En menos de una semana, Silvestre estaba en un hospital de Denver con una temperatura de 42 grados y una hinchazón terrible por toda la parte derecha del cuerpo. En cuanto mermó la fiebre, estaba irreversiblemente sordo.

Un año después, Constancia vino con Heberto y la bebé Isabel a recoger a su hijo. Encontraron a Silvestre secuestrado en la enfermería del orfelinato. Constancia sencillamente no podía creer que Silvestre no podía oír nada. Aplaudía a sus espaldas esperando que diera un brinco de susto y cuando no hizo nada, llena de culpabilidad y desconsolada, destrozó el cuarto, y ella misma terminó hospitalizada temporalmente.

Hay una foto de Silvestre en la mesita de la sala, en un marco de plata muy pulida. Tenía dieciséis años y estaba vestido con smoking azul claro y una camisa extravagantemente fruncida para su *junior prom.* Constancia se acuerda de haberlo dejado a una manzana del evento para luego colarse desapercibida para verlo bailar. Todos los estudiantes de su escuela eran sordos, pero de todas maneras se movían con la música, porque respondían a las vibraciones que emanaban de la madera encerada del piso. Constancia vio a Silvestre bailando un bolero con una muchacha alta y pechugona con un vestido que le llegaba hasta el piso. *Ella no se parece en nada a mí en nada,* pensó Constancia. El rozó el cuello de la muchacha y pronto empezaron a besarse, aunque Silvestre tuvo que hacer un poco de esfuerzo para alcanzarla.

Dicho espectáculo reavivó la tristeza de Constancia, la azoró con la fidelidad de un dolor tan certero como ineludible.

Constancia apaga el estéreo y cambia de la estación que da los cambios de marea veinticuatro horas al día a *La Hora de Los Milagros,* en su versión nocturna, y en la cual actualizan previos reportajes. Hay otra historia de visiones de la Virgen en Cozumel, que los animadores locales ya comparan con los milagros de Lourdes y Guadalupe.

Aparentemente, la Virgen siente cierta preferencia por la lavandería del Hotel El Presidente, donde se le ha aparecido nueve veces a la lavandera Bernarda Estrada, quien se ha ido al claustro de las Hermanas de la Merced. La Virgen también se le apareció dos veces a una asistente de cocina, Consuelo Barragán, cada vez que empezaba a pelar papas para hacer la aclamada sopa de langosta del hotel. Y en el lado sur de las canchas de tenis del Hotel El Cozumeleño, el guardián, Gustavo Rubio, ha jurado por su madre que ha visto a la Virgen flotar dos metros por encima de la valla, su brazo derecho en recio movimiento, como para hacer un servicio de tenis poderoso.

Constancia se acuerda de su propia devoción religiosa, inspirada al principio por su nodriza, Beatriz Ureña, y luego por ese grupo abigarrado de tíos en Camagüey. Había rituales en la finca, hombres vestidos de blanco, cantando, siempre cantando hasta las últimas horas de la noche. Cuando Constancia tenía siete años, ella se lanzó de un trolley para demostrarle a su tío Dámaso que Jesús la haría volar. En vez de volar, cayó en el carrito de un vendedor de mangos, haciendo añicos su muestra de frutas. Por semanas, atrajo a todos los gatos realengos de la vecindad, con su olor carnoso y dulce.

En otra ocasión, con el cuchillo de bolsillo de su abuelo, talló sus muslos, haciendo pequeñas pero no muy profundas cruces en la piel que sanaron para dar unas cicatrices en forma de crucifijo. Pero nadie, ni las monjas susceptibles del Convento de Santa Ana, creyeron que eran estigmas.

Después de que se suicidara su padre, dejó de orar por completo. Para entonces ya sabía que con suerte, podría controlar sólo las minucias de su vida. Todo lo demás estaría fuera de su alcance.

Hay una libra de carne molida en el congelador. Constancia la descongela en el microondas y calienta un chispín de aceite de oliva en su sartén más grande. Pone una olla de agua a hervir para hacer arroz. El ajo está duro pero lo pica en pedacitos pequeños de todas maneras, pica una cebolla, los restos de un ají, y lo pone todo a freír en el sartén. Luego dora la carne, le añade una lata de salsa de tomate, pimientos, aceitunas rellenas y media cajita de pasas.

Mientras el picadillo se cocina a fuego lento, Constancia regresa al balcón con un cuchillo de pelar para ver la tormenta que se acerca. El calor presiona contra su cara como una mano cálida. Piensa en algo que le había dicho Isabel hace una semana (¿dónde aprende su hija esas cifras tan raras?): que si cada persona, en el planeta quisiera tomar vacaciones en la galaxia, cada individuo tendría treinta sistemas solares para escoger. Constancia repite la cifra a Heberto pero no le impresiona para nada.

El mes pasado, Isabel les mandó un regalo para su trigésimo aniversario: una colección de unos reyezuelos muertos en jarras de formaldehido, vestidos con unas boticas de lana y chales. Ella misma tejió los chales de color pastel. Dice Isabel que desde que dejó de hacer cerámica, ha estado experimentando con piezas conceptuales, usando artesanías más tradicionales. *Pájaros de Ani-*

versario, dijo, eran muestra de su nuevo rumbo artístico.

Constancia corta la tela metálica de las alambreras en cinco lugares. Los tajos metálicos se encorvan hacia dentro como hojas lesionadas. Constancia se pregunta si sería capaz de matarse. Lo haría distinto a sus padres, escogería un lugar elevado y abierto, una cumbre adecuada, un pedazo soleado de la costa mediterránea. Por cierto, un lugar donde no pudieran encontrar su cuerpo quebrado para que lo vieran su marido y sus hijos y tener que lamentarse de lo ocurrido.

Constancia da un paso hacia adelante y pone las manos contra la parte cortada de las alambreras. Es contra la naturaleza escoger la muerte, pero la alternativa, esta vida entera de lento morir a veces tiene poco de digno. Sus brazos y piernas sienten la pesadumbre de su sangre. Constancia trata de recordar los sueños de anoche, pero no puede acordarse de uno solo, recuerda sólo el peso y el trastorno de haberlos soñado.

La ausencia de sol se esparce hacia la playa, y luego se acerca por sí misma, ola por ola. Es un desprendimiento colosal, una indiferencia que arde. Deja en el camino un paisaje que ninguna oscuridad común pueda esconder.

LA TORTUGA

Mis padres celebraron mis catorce años de la misma manera que celebraban cualquier evento importante en nuestras vidas, con bombos y platillos. Papá horneó un bizcocho de almendra con cotorras hechas de marzapán de una repostería en La Habana, y luego los dos me hicieron una serenata de una hora como un par de mariachis. Mamá cantó en su voz chillosa y rasgosa, tan opuesta a su voz meliflua cuando hablaba, y Papá, poco a poco, sacó a relucir su voz de barítono hasta que el "Feliz Cumpleaños" sonó más a discurso que a canción.

Había esperado que me dieran un regalo pero nada tan espectacular como el tomo a todo color de la Enciclopedia Británica: Aves del Mundo. *Un volumen de mil cuarenta y tres páginas en total. Años más tarde, ese tomo fue robado de mi oficina de la Universidad de La Habana. Las ilustraciones terminaron en los mercados por toda la isla, enmarcadas en madera barata y vendidos por kilos a los guajiros para decorar sus casas. Lo sé porque yo mismo compré varias de las ilustraciones en Guardalavaca y Morón.*

Después de la cena, mi padre y yo caminábamos por las calles calurosas de Pinar del Río, parando aquí y allá para saludar a un amigo o admirar el último modelo de binoculares en la vitrina de una tienda de productos fotográficos. Este andar sin rumbo continuó por una hora o más, poco usual en mi padre, que siempre tenía un fin determinado. Parece que Mamá le había dado instrucciones a Papá para explicarme las realidades de la procreación —¡A mí, un observador tan minucioso del reino animal desde que empecé a caminar! Papá tosió y estuvo incómodo con sus palabras hasta que me encontré agitando las manos de la misma manera que lo hacía él cuando estaba impaciente o ansioso.

—De acuerdo —dijo él. —Pero en caso de que tu madre te pregunte, dile que hemos hablado.

Desde su ataque de fiebre amarilla, Papá me pidió a menudo que lo sustituyera en la fábrica de tabacos. Ya no me ponía nervioso ante un grupo de gente, y los obreros tabacaleros me halagaron la voz —no tan sonora como la de mi padre, decían, pero alta y con el sonsonete tan singular de las campanillas. No es lo que yo quería oír de su parte, pero acepté su elogio de todas maneras.

Un día tal, organicé la lectura de la mañana: dos periódicos locales, una revista de cine, el boletín informativo más reciente del Sindicato Internacional de Trabajadores del Tabaco, y la receta favorita de mi papá para una torta de veneras, a la gallega. A mi padre le dio por compartir sus conocimientos culinarios con los enrolladores de tabaco, quienes apreciaron enormemente sus buenos consejos. Una vez, cuando Papá intentó mostrar cómo se preparaba una tortilla a la española perfecta sobre un hornillo portátil, el director lo paró a medio camino por miedo a un fuego. Un banderín que rezaba no se permite conocinar en este local todavía colgaba al fondo del salón, todo desgarrado y amarillento por el humo. Por las tardes, seguía con la traducción al español de La Béte Humaine, que había comenzado la semana anterior.

Después del almuerzo, una nueva empleada entró por las puertas de la fábrica. Era la misma imagen de voluptuosidad sandunguera que yo había admirado en grabados de carnaval del siglo diecinueve. La mujer joven, que usaba un vestido de guinga y un pañuelo blanco almidonado, tomó asiento en primera fila y sacó una navaja circular de su cartera. El capataz le trajo un montón de hojas de tabaco. Era una despalilladora, cuya especialidad era sacarle los tallos a las hojas.

Allí arriba en la tarima, todo mi antiguo nerviosismo volvió. Me sentía como si sólo la despalilladora estaba debajo de mí, juzgándome con sus ojos luminosos. Despejé la garganta y empecé a leer:

> *A las once y quince, justo a tiempo, el hombre que hacía guardia en el puente Europa dio dos sonidos en su corneta para señalar el acercamiento de un tren expreso de Le Havre, mientras éste emergía del túnel Batignolles…*

Me sentí en exceso caliente, ahogado, pero no había ventana para abrir, ningún lugar para tomar aire. Me di cuenta que la despalilladora no fumaba puros pero que inhalaba el humo profundamente, con satisfacción, como si los brochazos de humo que la circulaban fueran brisas frescas del mar.

> *… pronto las plataformas giratorias chacoloteaban mientras el tren entraba a la estación con una breve nota de pitazo, dándole a los frenos que chirrían, emitía un vapor y chorreaba agua a causa de la fuerte lluvia que caía desde que partió de Rouen…*

Un cosquilleo inquietante se regó por mi cuerpo, empezando en el pecho, donde mi corazón martillaba, luego apoderándose de todas mis extremidades a la vez. En pocos instantes mi piel se cubrió de sudor y cada vena en mi cuerpo latía con los espasmos de mi sangre. Abajo, la despalilladora me miró fijo, con las cejas arqueadas, preocupada, su navaja circular en el aire lista para cortar.

Me desperté de espaldas en el piso de la oficina del gerente general de El Cid. Mi madre estaba parada sobre mí, pasando la mano por mi frente. Olía rico, a vainilla, a los jabones cremosos que ella usaba. Me ayudó a sentarme de nuevo, enderezó mi cuello y corbata y me miró de lleno a la cara.

—Estás enamorado, Ignacito —susurró Mamá para que nadie la oyera, y me aguantó fuerte contra ella.

Aunque duró casi un año, mi obsesión no llegó a nada, salvo que falté a la escuela muchos días por estar espiando a Teresita Castillo. Mis sentimientos, rebosantes de inseguridades, fomentaban en mí una falta de humor tan severa que rayaba en el desgarramiento. ¿Cómo era posible reírme cuando mi gran temor era que yo mismo fuera el objeto de la risa?

Averigüé que Teresita recién se había casado y mudado a Pinar del Río al otro lado del Valle de Viñales. Su esposo, Rodolfo, un hombre delgado con una fuerza fibrosa inesperada, manejaba un camión para una fábrica de cajas y se ausentaba por días a la vez, cuando hacía entregas por todo el país. Me imaginaba rescatando a Teresita de su destino inmerecido, a la vez ofreciéndole una vida a mi lado, pero yo había comenzado el bachillerato.

Cada vez que Teresita y yo nos encontrábamos —nunca por azar, ya que yo sabía su horario hasta el minuto y la buscaba varias veces al día— ella preguntaba sobre mi salud, como si yo fuera alguien enfermizo o propenso a desmayos. Esto me carcomía más que cualquier ácido, cosa que pensé beber en mis momentos de desesperación. Si no pudiera ganarme el amor de Teresita, tendría que conformarme con su misericordia. La misericordia, algo que había aprendido de las lecturas de las novelas de mi padre, a menudo era un fértil aunque no muy profundo abono para la tierra del romance.

—¡Qué pensamientos tan tontos, qué corazón tan tonto! Todo esto me hubiera parecido casi cómico si no fuera porque, al recordar, no sentí un espasmo de esa angustia que había sentido antes.

Mi madre fue la persona más bondadosa conmigo en este período, quiero decir que me dejó solo, no me preguntaba nada, y se ocupaba de que yo comiera sin hacer caso de mi estado distraído. Papá era menos reconfortante. Perdía la paciencia cuando yo lo fastidiaba por detalles de mi enamorada. Sólo quería oír elogios supremos sobre Teresita Castillo. Que era la mejor depalilladora de la fábrica, la más rápida y eficiente con su cuchillo. Que era la más amable de todos los trabajadores tabacaleros, la que tenía el corazón más generoso. Pero mi padre no se dignaba a complacerme con lo que yo quería oír.

Durante la época en que estuve enamorado de Teresita, Papá nunca me pidió que leyera por él en la fábrica. Seguro que mi madre garantizó esta prohibición con gentiles pero bien dirigidas amenazas.

Poco antes de las Pascuas, Teresita, me confió que su techo se había infestado de murciélagos. ¡Qué dicha la mía! Claro, yo ya sabía de sus murciélagos de tanto espiarla, pero me hice el chivo loco. La mayoría de los cubanos en esos tiempos eran bastante tolerantes con los murciélagos —así es la vida, después de todo. Actitud que no prevalecía entre los norteamericanos y hasta entre los pocos europeos, quienes erróneamente le achacaban a los murciélagos todo tipo de comportamiento antisocial. Aún así, la cantidad de murciélagos en la casa de Teresita era inmoderada y la peste que emitían algo imposible de ignorar.

Llegué a la casa de Teresita poco antes del anochecer, vestido de chaleco y saco prestados de mi padre, luciendo más apropiado para una cena formal que una exterminación masiva. Me invitó a entrar, ignorando deliberadamente mi atuendo, y me ofreció algo de beber.

—Un whisky, si lo tiene. O un coñac. Por favor. Inmediatamente me arrepentí de haberlo dicho.

—¿Qué tal un poco de ron? —me preguntó

con cara seria. Le quería dar un beso de agradecimiento.

—Sí, sí. Gracias.

Tomé el licor en tragos pequeños y ardientes.

—A esta hora empiezan a agitarse —dijo Teresita. La miré fijo, sin comprender, mi cara y pecho llenos de un ardor. —Los murciélagos —enfatizó. —¿No los oyes?

De hecho los murciélagos estaban chirriando y moviéndose encima de nosotros con un clamor creciente. Un momento después, los sonidos confluyeron a ser lo que parecía el zumbido de una colmena gigantesca.

—¡Allí van! —anunció Teresita por encima del estruendo.

—¡Mira!

Afuera de las ventanas, un río de murciélagos se lanzaron, formando un gran remolino color gris negruzco. Dieron vueltas y vueltas, centenares de murciélagos más alzaron vuelo, circulando a gran velocidad hasta que se dispersaron volando en todas las direcciones.

—Tedarida murina —dije. —Son los mejores voladores de la isla. Quería decirle a Teresita que los murciélagos eran los segundos más abundantes en Cuba después de Molossus tropi dorhynchus, que ocupan una posición parecida a los vencejos entre los pájaros, que sus largas y finas alas baten en el aire tan rápido que los murciélagos oscilan de lado a lado, que *su hábitat se extiende hasta Jamaica, Santo Domingo y Puerto Rico.*

Con desgano, le dije cómo tapar las aperturas de los aleros con paja y cemento, dónde colocar el veneno para ratones y así causar mayores fatalidades, y qué hacer sobre la peste persistente. Me dio tristeza hablarle sobre todo eso. Una hora más tarde, camino a mi casa, todavía un poco borracho por el ron que había tomado, mi amor por Teresita Castillo empezó a apagarse.

Ese verano, en parte para consolarme por el fracaso de mi amor, mis padres me llevaron a la costa sur de Cuba para mi primera expedición solitaria. De allí hice escala en un barco de vapor que me llevó por el Golfo de Batabanó a Nueva Gerona, la capital de la Isla de Pinas. Antes de abordar el barco, Papá me entregó un cesto de mimbre cargado de comida que él mismo había preparado: tortillitas de camarones, pan fresco con una pasta de anchoas, chorizo de cordero, y una sopa de mariscos todavía caliente. Ocupó el doble del espacio del bolso que llevaba para mi viaje.

Mientras cruzaba las aguas turquesas del golfo, más allá de archipiélagos de pequeñas islas con nombres caprichosos, pensé en lo que los primeros exploradores deberían haber sentido al ver la vista de un nuevo horizonte, al rugir de posibilidades en sus mentes. En como habrían imaginado las vastas riquezas que les esperaban, todo disponible para llevarse con un mosquete y un par de manos fuertes.

En el barco de vapor, una mujer norteamericana con dos niños jóvenes hizo amistad conmigo. Había vivido en la Isla de Pinos desde 1913 cuando su marido había comprado una plantación de toronjas. En las calurosas noches de verano, suspiró, el aroma de los cítricos untada en cada partícula de aire. La Señora Crane recomendó que yo visitara las cuevas de la Punta del Este. Recién habían sido descubiertas por unos náufragos, explicó, y contenía pinturas precolombinas. En la cueva más grande, petroglifos de círculos concéntricos en rojo y negro eran conectados por flechas que apuntaban hacia el este.

En mi estado exaltado, alimentado por el calor sin tregua de la Isla de Pinos, encontré que era imposible dormir. Me calmaba todas las noches nadando en las playas norteñas, con sus brillantes arenas negras. Fue en la quinta noche, flotando perezosamente sobre el mar, que algo enorme nadó cerca de mí, rozándome la pierna. Me invadió un pánico, y rápidamente calculé cuán probable era que un tiburón nadara tan cerca de la orilla. Esa tarde, me había cortado el pie en un trozo de mármol en la Playa de Bibijagua, y la herida todavía estaba fresca.

Con cautela, chapoteé hacia la orilla, mante-

niendo a la vez mi pie herido fuera del mar lo mejor que pude. Llegué a la playa respirando con tal fuerza que pensaba que se me desplomarían los pulmones.

Fue entonces cuando la vi. Su espalda encrestada y la enormidad de sus aletas hizo que la identificación fuera fácil, sobre todo a la luz de la luna. Medía más de ocho pies de largo, una media tonelada de maravillosa lentitud. La tortuga, viró su cuello arrugado, con manchas de colores y me clavó la mirada, para comprobar si yo era de fiar. Pude verle los ojos claramente, el pico tan único, como una entrada triangular de pelo en la frente. Procedió hasta llegar a la playa, arrastrándose con sus aletas, parando cada varios pies para descansar. Detrás de ella dejaba una huella imponente de arena.

Era rarísimo ver una tortuga de este tipo tan grande en nuestras orillas. Las tortugas se crían principalmente en el Golfo de Guinea en el África Occidental y depositan sus huevos en las aguas poco profundas de Ceylán. En ese entonces sabía que las tortugas se aparecían en Cuba una vez en muchos años y casi nunca para depositar huevos.

Cuando la tortuga encontró un lugar para hacer su nido, se hundió profundo en la arena, notando varias veces hasta hacer una hendidura. Otra vez me miró como para avisarme que no me acercara. Entonces continuó excavando su hoyo para depositar huevos, usando una aleta y luego la otra, arqueando los filos de las mismas hacia adentro para desenterrar más arena.

Después de un escarbar que parecía interminable, la giganta juntó sus aletas, estiró el cuello hacia adelante y comenzó a moverse con un ritmo privado muy suyo. Cuando terminó, la madre exhausta cubrió de nuevo el hoyo. Le dio palmadas a la arena hasta que borró cualquier trazo de su nido, y, cansada, se dirigió de nuevo hacia el mar.

Toda la noche busqué en las olas una señal de ella, pero sólo el oleaje continuo contestó mis escrutinios.

Al amanecer, una gaviota gorda que hurgaba cayó directo sobre el nido enterrado de la tortuga. La maldije y le tiré un puñado de arena. Acto seguido aparecieron más gaviotas, suspendidas en formación en lo alto, y un perro realengo se acercó husmeando la playa.

¿Qué otro recurso tenía? Me senté todo el día encima del nido de la tortuga hasta la próxima noche, vigilando los huevos para que no cayeran en garras de predadores, vigilándolos para ella. Me imaginaba a sus bebés en carrera hacia las olas afines del verano, y todavía me pregunto cuántos de los que nacieron habrán sobrevivido. Quizás sólo uno o dos. A estas al-

turas, las tortugas estarían crecidas ya, padres por su propia cuenta, deambulando por los sietes mares.

VIAJES DE FAMILIA

❄

LA HABANA

ABRIL DE 1991

R*eina trabaja toda* la calurosa noche de abril, escarbando entre los libros, papeles y pieles de animales de su padre. Las puertas francesas de su estudio están abiertas por completo. A ella le parece que esta noche el cuarto forma una íntima parte de la ciudad, que no está sellado por yeso y piedra, sino que es uno de sus pequeños órganos vitales, una cavidad esencial. Esta vez está contenta con su desvelo, con el gentil consuelo de la oscuridad. El pasado que ella rastrea murió hace tiempo, deslizándose de la vida de su padre como la piel reseca de una culebra.

Aún así, decenas de sus especímenes están allí esperando que se les observe, todas criaturas oriundas de Cuba. La mayoría de estos objetos los donará al Museo de Historia Natural de Gibara. Los mejor preservados serán entregados a la colección Carlos de la Torre en Holguín. Su padre había tenido amistad con de la Torre, el naturalista cubano más destacado de todos, un experto en moluscos quien una vez había efectuado una notable demostración en la Universidad de La Habana. Tapados los ojos y con una celeridad asombrosa, de la Torre pudo distinguir noventa y dos caracoles con sólo tocarlos con las yemas de los dedos. También estaba viejo, lo suficiente para casi no necesitar que le vendaran los ojos.

Reina se pregunta quién evocaría a de la Torre hoy. Todos los amigos de su padre están muertos, sus huesos hace tiempo envueltos en los círculos infinitos de la tierra. El doctor Sergio Manubens Quintana. El doctor Víctor Rodríguez y Fuente. El doctor Mario Sánchez Roig. El doctor Eliseo Pérez y Tovar. El doctor Isidoro Castellanos Solís. Todos científicos estupendos en su época, ahora reducidos a un trozo de músculo de pez por aquí, el respiro de un pulmón de ave migrante por allá. Ser olvidado es la muerte final, piensa Reina.

Papá, sin duda, hubiera estado sorprendido de su devoción a sus cosas, sorprendido de que era ella y no Constancia quien se había ocupado de sus tesoros todos estos años. Su padre se refería a Constancia como la perfección in absentia, intrépida y talentosa, aunque Papá nunca explicó por qué ella no podía volver a casa. Con Reina, siempre mantuvo un comportamiento más formal. Le leía con frecuencia y trabajó con ella para mejorarle sus aptitudes para el raciocinio. Lo que no pudo hacer fue evitar que Reina lo quisiera.

Reina se pone el overol de trabajo, cosa que la consuela aún sin el reconfortante peso de su cinturón de herramientas. Amarra sus botas de suela de goma, se pone su chaqueta oficial de gobierno, ropa que no se había puesto desde la quemadura de El Cobre. Brinca en el mismo lugar, sobre un pie y luego el otro, disfrutando de la exorbitante liviandad de sus caderas. Entonces desengancha la argolla metálica de sus llaves de un clavo en la puerta y, apacible, se integra a la noche.

Guagua tras guagua pasa mientras Reina deambula hacia el este por La Rampa. Durante el día a menudo tiene que esperar dos horas para montarse y aún así no puede entrar ni a codazo limpio, por la cantidad de gente. ¿Quién puede explicar este tipo de planificación? Los bancos vacíos están por toda la vía de la Avenida de los Presidentes. Una mujer de edad no discernible viene hacia ella, alborotadamente empujando un carrito de madera amontonado de paquetes rancios. Está vestida con sucesivas capas distintas y rajadas de muchos colores. Reina piensa que de lejos la mujer podría verse con un aire festivo, como una aparición del medioevo, pero de cerca no hay manera de confundir su miseria. A la vuelta de la esquina, un Plymouth negro se desliza por la calle, ensanchando el aire con los tenues compases de un danzón.

En el cruce de La Rampa y calle "L", Reina se dirige hacia el sur, camino a la Universidad de La Habana. Retiene la memoria de un sábado en que acompañó a su padre a la oficina cuando Mami estaba de visita con unas amigas. Reina jugó por horas con las aves y los murciélagos disecados, pero con cuidado para no molestarlo. Llevó a cabo matrimonios inverosímiles entre las criaturas con plumaje y los de piel, hizo una fiesta en la copa de un árbol, y estuvieron de luto en el entierro imaginario de una codorniz.

Esa tarde su padre volvió hacia ella, sus ojos un gris indescifrable, análogos al cielo gris de afuera. Reina se acuerda de la altura y curvatura de su frente, la vuelta que daba su corbata de lazo con diseño de puntos. En una mano, ella llevaba un búho sin orejas y en la otra, un murciélago tan diminuto que parecía una mariposa.

—Por favor, tenga la gentileza de decirme —comenzó papá como si se dirigiera con toda formalidad a un estudiante graduado— ¿qué nos separa de esas criaturas que tiene en la mano?

Reina estaba toda perpleja. Su padre a menudo le echaba largos discursos sobre la naturaleza del instinto y la inteligencia, pero ella era muy joven para seguir y entender sus argumentos. Sólo captaba una palabra por allí o una frase por allá. Normalmente, él no le hacía preguntas y mucho menos esperaba una contestación. Reina se pregunta si su Constancia querida hubiera sabido qué decirle.

La respiración de Papá venía en resoplidos continuos y arduos. Su aliento llenaba el cuarto, dictaba su calor y humedad, su composición química. De repente, dejó caer la vista y miró por la ventana, que nítidamente encuadraba una palma real que se inclinaba.

—Los receptáculos —susurraba, como si se acordara de algo de hace mucho tiempo. —Miles de receptáculos. Se le alzaba la voz, pero demorándose hasta lo imposible. Todavía estaba de espaldas.

—No... somos... abejas.

Y luego regresaba a su trabajo con un ardor renovado, dejando que sus palabras sin sentido bailaran en la cabeza de Reina.

Reina se encamina al edificio de biología en el medio del campo universitario. Afiches con lemas revolucionarios empapan las paredes como un mar estático. La entrada principal y las laterales están cerradas. Reina se remanga los pantalones hasta la rodilla, y alimentada por la fuerza aberrante de su desvelo, sube por un lado del edificio. Empieza a trepar, colocando los pies entre los paneles inmensos de cal, escalando saliente por saliente hasta que llega a una ventana cerca de la parte de arriba.

Demora un rato, pero encuentra el conmutador y lo prende. Está desorientada. No hay oficina ni aula allí, sólo una cruda exhibición de invertebrados contra la pared del fondo —esponjas, pólipos, gusanos planos, rotíferos—. En una esquina, dentro de una caja de cristal encrustado, un monstruo de Gila y una salamandra gigantesca están exhibidos uno al lado del otro; en otra vitrina hay una familia entera de camarones coralinos fijados a la pared con alfileres.

Reina recuerda una historia que le dijo una vez su madre sobre cómo las luces nebulosas que vislumbró Cristóbal Colón desde la cubierta de popa de la Santa María probablemente eran luciérnagas de Bermuda. —Las luciérnagas se emparejan dos veces al año —explicaba Mami— y convierten kilómetros enteros del Caribe en un verde fosforescente. Entonces tomó su cara entre sus manos y le habló tajante: —No sabes cuánto de lo que ves, mi hijita, no lo ves en absoluto.

Su madre le hacía muchas historias así, pero le salían de la cabeza, no como las de su Papá que casi siempre venían de los libros.

Desde que era bebé, su madre la llevaba por toda La Habana. La cargaba en una abrazadera mientras deambulaban por el Río Almendares, que serpentea hacia el mar entre El Vedado y Miramar, e iban hasta el Bosque de La Habana, con su árboles subtropicales y frondosos y los riscos color tiza. Su madre le señalaba los lagartijos y las culebras escondidos en los troncos o montones de hojas, viraba las piedras para examinar todo tipo de insecto.

Mientras crecía, ella y su madre visitaban el barrio Chino en los fines de semana, especialmente el Teatro Gran China, en el corazón de la zona prostibularia. Se sentaban a ver obras de teatro histriónicas, sin entender ni papa, pero atraídas por la música maravillosa y disonante.

Cuando Dulcita tenía sólo unos días de nacida, Reina le hizo una abrazadera con fundas de almohada y cargaba a su hija por el mismo camino que su madre y ella seguían por el río Almendares. Pero el río estaba cochino, destellante con mosquitos y algas, el camino atiborrado con basura y fruta podrida. De eso, Reina no se acordaba.

Reina se mueve por el pasillo, desesperadamente encendiendo luces por dondequiera. Si sólo pudiera alumbrar el lugar con suficiente rapidez, quizás encontraría a su madre doblada sobre un espécimen o escribiendo tranquila en su escritorio. En el zumbido de su inesperada iluminación, la penosa carga del edificio de biología hace alarde de sí mismo: una lavadera llena de platos Petri, aterciopelados de moho; las pieles descompuestas de decenas de pájaros descoloridos; un esqueleto al que le hacen falta huesos claves.

El fulgor cegador de las luces sólo aumenta la confusión de Reina. Nada le es familiar, nada le parece que está en el lugar apropiado. Corre de salón en salón como un aullido en la noche, buscando desesperadamente la oficina de su padre. ¿Su madre estaría allí disecada e inerte como todo lo que mataba Papá? ¿Estaría su garganta arreglada por injertos de piel? ¿Sus botas de montar a caballo brillosas hasta relucir? Y todos los verdes del mundo, ¿estarían allí muertos en sus ojos? Y alrededor de su cuello delgado ¿habría un rótulo escrito a mano que anunciara su especie, el lugar y la fecha de su captura, su hábitat normal?

Cuando Reina llega al primer piso y le da un gran empujón a las enormes puertas de bronce, está temblando y afiebrada. El edificio de ciencias está alumbrado con una luz tronante. Reina también se siente alumbrada desde adentro, ardiendo con una historia fraguada. Espera a ver qué es lo que traerán sus disturbios. Pero no ocurre nada, nada de nada.

Justo a las cinco y trece de la madrugada, Reina se acerca al reloj de péndulo en el estudio de Papá. Con un ademán dramático saca la capa negra que lo había cubierto desde la noche anterior, como si fuera un loro voluble. Entonces apunta la hora en un cuaderno de espirales. Su misión es clara, aunque los motivos son ambiguos todavía. Reina sólo sabe una cosa con entera certeza: ya no se puede quedar en Cuba. Confía en que el resto que le tocará aprender se le anunciará a su debido tiempo. Le tiene envidia a la claridad de su hija para abandonar el país, su disponibilidad de hacer lo impensable para lograr lo que ella piensa que quiere hacer.

Reina coge su jabón, su cepillo de dientes, el rasurador antiguo de oro de Papá, y se va al pasillo y se dirige al baño. Siente orgullo en poder arreglarse toda para el día en menos de cinco minutos. La clave, ha descubierto ella, es lograr hacer una multitud de cosas molestosas —cepillarse los dientes, soplarse la nariz, limpiarse las orejas, y mear— mientras está duchándose. A pesar de la interrupción de meses en el hospital, ella mantiene un horario cargado y preciso.

Hoy se viste con una saya de franela suave, una blusa blanca de mangas cortas y un chaleco de seda con botones de hueso, éste prestado del ajuar de Papá. Se pone los aretes de argolla que de alguna manera sobrevivieron el tronazo. Sus zapatos de charol, que sólo se pone en ocasiones especiales, tienen el tacón grueso, con una hebilla enorme, como el calzado de un cochero de otra época.

Afuera, empieza a llover reciamente, lineal y sin tregua, como hombres engreídos, colmados con su propia importancia. Reina busca el antiguo paraguas de su padre. La oficina de emigración y visas no abre hasta las ocho de la mañana, pero está dispuesta a esperar. Marcha por las calles dormidas, girando el paraguas de Papá, con la seguridad de su propósito. La lluvia reduce el hedor de su piel a una mezcla apenas aceptable de vinagre y gamuza, y esto la complace.

Pronto Reina toma su lugar entre los descontentos en el cuartel que otorga las visas, localizado en la Avenida Bélgica. Su foto de pasaporte, tomada seis años antes para su viaje a Venezuela, ya no se le parece. Ella quiere clarificar esta discrepancia, explicar la condición maloliente de su piel, pero nadie se molesta en preguntarle.

¿Por qué se quiere ir de Cuba? Se le ocurre que esta pregunta, la tercera en la solicitud de emigración, requiere de ella una contestación más amplia que la pulgadita de espacio que proveen en la hoja. Su padre le decía que las burocracias prefieren la tiranía de las soluciones tajantes y claras, del saber irrefutable, de lugar y tiempos definidos. —Las verdaderas preguntas —Papá le repetía— siempre insisten en dar a conocer mejores preguntas.

—Vuelva usted en tres meses y le informaremos sobre el progreso de su solicitud —dice la oficinista automáticamente cuando Reina le entrega la solicitud de la visa.

—Pero ustedes ni han revisado mis papeles.

—Yo no hago las decisiones. Sólo acepto las peticiones. —El pelo de la mujer está arreglado en un moño, al estilo antiguo, pero su uniforme, planchadito, de precisión revolucionaria, muestra ángulos modernos.

—Entonces aquí me quedo hasta que me avisen.

—Compañera, le dije que viniera en tres meses. No tendremos nada que informarle antes de eso.

—Pues allí les espero —dice Reina indicando un banco en el vestíbulo.

Reina se nuestra muy cortés, no muy común en ella, durante los cuatro días y noches que acampa en la oficina de visas y emigración; resiste levantar la voz o hacer cualquier tipo de amenaza. Sencillamente afirma, mientras un oficial tras otro le ruega que sea razonable, que no abandonará el local hasta que primero reciba permiso para largarse del país.

El Ministerio del Interior inicialmente rechaza su pedido porque su expediente está seriamente comprometido por el precedente de la ida de su hija a España, y por el hecho de que sus destrezas como electricista todavía son consideradas como indispensables para la revolución. Pero Reina permanece inmutable.

Durante el día, pasa el tiempo jugando cartas con otros descontentos, compartiendo con ellos su café y frituras de yuca frías. Pero de noche Reina descansa en el mismo banco hecho de tablas, sus pensamientos, como una galaxia de andar pesado, dando vueltas por el espacio. Piensa en Dulcita, y la soledad que debe bajarle todas las noches en Madrid. Reina recibió una tarjeta postal de su hija hace una semana. Dulcita le escribió que había visto un rótulo en la Calle Alcalá que decía *Jesús alquila la gracia.*

En la quinta mañana de la vigilia de Reina, llega palabra de El Comandante mismo: —Deje que se vaya la yegua esa a Estados Unidos, si le complace. ¿De qué nos sirve ahora? —Y con ese directivo irreversible, a Reina le dan sus papeles de salida.

Durante todos los años que se habían conocido, Reina nunca había puesto pie en casa de Pepín. La noche antes de irse de Cuba, se le aparece en la puerta con su falda de franela arrugada. Su esposa abre la puerta. Gloria Beltrán la mira de arriba a abajo. No hay necesidad de presentarse. Después de un cuarto de siglo ella sabe quién es. Antes del alejamiento de su marido, antes de que sus hijos se fueran del hogar a lugares que le mostraron en mapas, lugares fríos en Europa Oriental o Rusia, o países más calientes que Cuba en el verano, ya se había imaginado la cara de esta mujer.

—Está en el cuarto —dice plácidamente.

Es psicóloga en la escuela elemental 26 de Julio y está acostumbrada a hablar en tonos sosegadores. Lleva a Reina adonde su marido.

La alcoba está recogida, es rectangular y está pintada de un rosado descolorido. Una araña de luz cuelga desbalanceada sobre una cama doble que se hunde. Más allá de la ventana cerrada, un enrejado de buganvilias domina el patio interior. Reina piensa en algo que le dijo Pepín hace años, que hay un lugar desatado del cerebro que si se manipula adecuamente, puede mantener una persona feliz por décadas.

Ella cierra la puerta, y espera hasta que oye las pisadas de Gloria haciéndose más tenues por el pasillo. Con las dos manos alcanza y lleva la boca de Pepín a la suya.

Sus labios están secos, calientes, combustibles. El aire del cuarto cunde cerca, preñado de un olor rancio, floral, de mujer, como si unas rosas se hubieran marchitado en el mostrador o debajo de la cama donde están acostados. Entonces Reina y Pepín hacen el amor por última vez, con la infinita ternura que sólo pueden tener los viejos amantes, brevemente cobijados de la noche larga y murmurante.

MIAMI

H*ay un zumbido* tenue que Constancia no puede identificar en la blancura lenta que la circunda. Suena justo debajo de la superficie, esmaltado y un poco metálico. Sus ojos están cerrados pero puede oír el respirar del cirujano, algo apagado y cercano. Sus tijeras rojas chamuscan su piel con nitidez. Hala y repliega los delicados labios de la herida, arraigados muy fugazmente; hunde la mano y hace un círculo con su hilo especial que se disuelve solo, un puntillista sangriento.

Constancia escucha la presión de los dedos que dan apoyo al cirujano. Crujen y gimen como glaciares en miniatura, tan vivos contra su cara. Constancia está dentro del zumbido ahora, su inmediatez, una furia. El cirujano corta raíces y nervios inservibles, reinventa la arquitectura de su cara. ¡Ay qué ruido hace la corona firme recién hecha para caberle a su cráneo! Ahoga cualquier sonido.

Por un momento resiste la blancura ensordecedora, pero entonces, como si fuera una zozobra sagrada en el mar, se entrega a su paz singular. Hay un arte secreto de los sentidos, decide ella; nada es percibido directamente. Comprende que el tiempo se arquea de manera distinta para los que intiman con la sangre.

Son las seis de la mañana. Constancia despierta de su sueño y va al baño. Prende las luces de su espejo, encuentra su cara desaliñada, todo moviéndose a la vez como una criatura primitiva. Su cuello y sienes le pican furiosamente, y le salen ronchas cada vez que trata de rascarse.

Respira hondo, y se enjuaga con un rociador de plantas de agua salada que mantiene para hidratarse. Luego mira en el espejo de nuevo. Su cara se ha cuajado, pero se le ve distinta, más joven, como si hubiera sido rehecha en la noche. Se frota los ojos, pellizca sus mejillas límpidas. Sus ojos le parecen más redondos, un verde más deliberado. Entonces le da con la fuerza de una bofetada. Esta es la cara de su madre.

Constancia apaga la luz y nerviosa se mete en la cama. Siente una especie de frialdad en las entrañas, como si se congelara de adentro para fuera. Su sangre se espesa, sus nervios una red fina de hielo. Por un instante Constancia teme que ya no exista. —¡A!, ¡E!, ¡I!, ¡O!, ¡U! —grita ella con toda su fuerza. Si todavía puede recitar las vocales, no puede ser que esté muerta.

Desde que Heberto se fue en su misión clandestina, no ha sido la misma. Está perdida sin su presencia robusta, aún con lo volátil que estaba en las semanas antes de su partida. Si sólo estuviera él para calmarla, decirle que se ve tan bella como siempre. Entonces lo premiaría, le metería la mano por los pantalones, le respiraría caliente al oído: *Eres un vendedor ambulante de joyas en Cienfuegos. Soy una ama de casa rica y solitaria, con un marido que me pega los tarros. Véndeme un anillo de rubí, mi cielo.* Últimamente, sus fantasías se han hecho más y más desbordadas. Con miles de personas. Lugares exóticos. Close-ups crudos de una masculinidad descarada.

Sale de la cama y se pone el traje de baño. Una caminata por la playa le vendrá bien, cree ella, le depurará la cabeza de su delirio. Tal vez tenga demasiado tiempo para pensar. Tal vez deba llamar y solicitar ese trabajo de la Avon después de todo. Mientras pasa su reflejo en el espejo del pasillo, apenas ahoga un grito. La cara de su madre flota en el cristal, viéndose tan aterrada como Constancia misma.

Se apura para llegar al clóset y saca un montón de ropa de cama, y coloca sábanas de color pastel sobre todos los espejos de la casa. Aún así, todavía es imposible evitar su reflejo por completo, el diálogo renuente con la luz de todas las superficies de la casa.

Afuera, el sol se siente como un cazador tomándole puntería a la piel. Camina sin rumbo por la playa, moviendo su cabeza con cuidado, habitando un presente en vilo, sacando fuerza para no tocar sus mejillas. Se pregunta si la cara de su madre pudo haberse construido cumulativamente, capa por capa, como si fuera cal o un coral desatado.

En lo alto, las gaviotas parecen extrañamente magnificadas, haciendo rayas en el cielo con su arrogancia. El condominio donde vive Constancia, edificio circular de diecinueve pisos, está echado atrás en la arena. Detalles incongruentes se desprenden del mismo, bien definidos como vistos a través de una lupa, vinculados por un lazo común que todavía no le resulta evidente. En el techo una bandera norteamericana revolotea desde su asta delgada.

Constancia saluda a un vecino pero no parece reconocerla. Su voz parece fuera de registro —más alta, aniñada, con un ritmo alado, efímero. Cada respiro le parece que va forzándose por un bulto en el pecho.

El mar despide una luz azul de acuario. Constancia sabe que Miami está repleto de biólogos marinos y dizque expertos marítimos. Se acuerda de ese francés medio echón de la televisión con sus cámaras y sus tanques de oxígeno, su negocio algo melodramático de ciencia submarina. Pero, igual a su padre, Constancia le tiene desconfianza al mar. Papi le había dicho en broma que compartían un miedo irracional a la devolución biológica, que, de alguna forma cuando estuvieran dentro del mar, iban a regresarse a una forma más primitiva, que se harían langostas o calamares malhumorados.

La noche que murió su padre, Constancia dejó de soñar del todo. No fue hasta que estuvo encinta con Isabel muchos años después, que comenzó a soñar de nuevo. Su primer sueño fue fácil de interpretar: un paisaje baldío, fango seco rajado, un ruido monótono de mediodía. Un retoño espigado aparece, de un verde tierno, y luego otro hasta que la tierra arde con la densidad de la vida.

Ahora se pregunta por qué su primer embarazo no interrumpió su estado de no poder soñar. Mientras cargaba a Silvestre en su vientre, lo sentía como un nervio dentro de ella. Tenía que luchar contra el impulso de irse contra los filos o bordes agudos, trató en vano de normalizar su corazón errático. Tampoco ayudó que su hijo creció hasta verse igual a Gonzalo. Ya a los doce años Constancia lo espiaba en la ducha, levantaba la frazada sobre su cuerpo desnudo y dormido, pasándole un dedo sobre el hueso quieto de la cadera.

El amor de Constancia hacia su hija fue enteramente distinto, una irradiante y fácil devoción. Un equilibrio necesario.

Ya de vuelta en casa, rebusca en su armario de roten la cámara instamática de Heberto y toma treinta y una fotos de sí misma. Luego envía el rollo sin revelar a su hija en Hawaii. Siempre puede contar con Isabel para que le diga la verdad. Su hija no tiene ningún sentido de las normas de cortesía, y es invulnerable a las tentaciones ordinarias. Constancia no podría convencerla de que usara pintura de labios; más fácil sería construir una bomba de hidrógeno. Cada vez que intenta persuadir a Isabel que haga o diga algo, o que se ponga ropa en contra de su forma de ser, la respuesta no falla en ser negativa.

Constancia mira su horóscopo en el periódico. Como siempre no le da ninguna clave. "Todo vive en la noche, envuelto en la duda secreta. Algo te dice que morir es despertar". Considera que el astrólogo del Miami Bugler es extraordinariamente poético, pero en nada iluminador. Decide vestirse en su traje Adolfo azul marino, dándose cierto acento con su bufanda de seda a cuadritos y un collar ajustado de perlas. El traje le da seguridad, la hace sentir sustancial, preparada para lo peor. Difícil es entretener la duda en sí misma cuando una se ve tan regia.

Conduce al club náutico en su Cádillac rosado convertible, con la capota abajo, el radio tocando un merengue bullanguero a todo trapo. Se menea un poco al ritmo, con las rodillas juntas en su asiento envolvente. El guardia señala para que entre al estacionamiento y ella se siente animada. Si la hubiera visto como alguien extraño, no la hubiera dejado entrar.

En el comedor del club náutico, hay un bistec de palomilla en rebaja para el almuerzo. Constancia lo ordena con papitas fritas y la ensalada de la casa, con un aderezo de queso azul aparte. Quizás su dieta está interfiriendo con sus percepciones. Toda la comida cubana que ha ingerido últimamente, tan cargada de grasa y de carne. Debe ser eso. Su consumo de grasa había aumentado dramáticamente. Llama al camarero y rápido cancela su orden de bistec.

Hay otra persona además de ella comiendo, devorando un pastel de limón verde. Es el postre favorito de su marido. En silencio, Constancia le promete a todos los santos habidos y por haber, que a Heberto le cocinará un pastel todos los santos días de su vida, si lo devuelven vivo. A ver, ¿a quién podría suplicarle para deshacerse de la cara de su madre?

Constancia escarba en su ensalada, pone una gota de aderezo para cada hoja de lechuga romana. A las once y media, el grupito regular de damas cubanas llega para tomarse sus cafés cargados de azúcar. Constancia las saluda con la mano, pero le devuelven unas sonrisas heladas.

—¿No me reconocen? —pregunta Constancia, caminando a su mesa, desesperada por obtener aprobación. Pero las cinco damas sencillamente le fijan la vista, azoradas de sorpresa.

Constancia se va rápido por la puerta y prende el auto. No hay ningún sitio para ir manejando, pero quiere guiar de todas maneras, lejos del mar y su gramática de ruinas. Añora un cuerpo de agua pequeño, contenido en sí mismo, seguro.

Se acuerda de un viaje que ella y su padre hicieron a las cuevas en las afueras de Matanzas en 1948. Armados con antorchas y redes de pesca, Constancia siguió a su padre hacia lo hondo de una cueva subterránea hasta que llegaron a un cuerpo de agua tan quieta que parecía congelada. Con cuidado, Papá rajó una superficie de cal para descubrir las aguas cristalinas donde miles de peces pálidos nadaban, pareciendo, a su manera de verlo, como si hubieran devorado estrellas.

—Son ciegos —dijo Papá. Es más, los peces eran tan sensibles a cualquier movimiento o sonido, por menudo que fuese, que les tomó casi tres horas atrapar una docena de ellos.

Fuera de la cueva, otra sorpresa les esperaba: un grupo de guardias rurales a caballo había cercado la entrada. Su líder, un sargento grueso al que le faltaba un pulgar, pedía una explicación. Rápido se había regado la palabra de su hazaña en la cueva. Sólo pudiera haber una razón, según la gente de allí, y querían parte del tesoro descubierto. Sólo después de que Papá mostró algunos documentos de identificación empapados, y puso en alto el botín de peces capturados, los soltó el sargento con un profundo suspiro de disgusto.

Empieza a llover mientras Constancia maneja hacia tierra firme, pero no sube la capota. Saca un mapa de Miami del guantero y busca el lago más pequeño que puede encontrar. Hay uno en Hialeah, cerca de la calle 62 del noroeste. Las calles empiezan a hincharse con el aguacero y aunque se empapa sigue manejando. El rugido de la lluvia es como una especie de silencio, piensa ella; un precinto oscuro y temporal. Hacia el norte, el horizonte se ve como si estuviera bajo el nivel del mar.

Constancia dobla a la izquierda, en el Bulevar Dr. Martin Luther King y pasa una casa amarilla. Toca en la puerta, dejando caer un charco de agua bajo sus pies. Nadie contesta, así que entra a la casa y espera. Adentro todo es amarillo; pisos, paredes, techos, todo amarillo. Hay un sofá de algodón amarillo y cinco sillas pintadas de amarillo. Al lado de la ventana un girasol solitario crece en un tiesto de cerámica amarilla. Sobre ella, un ventilador de techo amarillo remueve con vacilación el aire.

Un hombre regordete, de apenas cinco pies, se aparece en el pasillo, vestido de blanco, con un gorro blanco en la cabeza. Su nombre es Oscar Piñango.

—¿Cómo se me ve la cara? —demanda Constancia como si él pudiera contarle todo.

—Puedo ver que la destrucción le es muy allegada.

—¿Es tan obvio?

—Todas las aflicciones son obvias.

Constancia sigue a Piñango por el pasillo sin muebles, dejando a su paso huellas de agua, entran a un cuarto dedicado por completo a la Virgen de la Caridad del Cobre. Hay una fuente de agua eléctrica en el medio, iluminada por unos focos, y en el altar un bizcocho blanco con un borde almenado en amarillo. Calabazas de todo tipo están adornadas con abalorios al pie de la diosa. El santero llama a la Virgen por su nombre yoruba, Oshún.

En Cuba Constancia había oído de Oshún, de su predilección por los ríos, el oro y la miel. Quita las perlas de su cuello y se las ofrece al santero. Piñango le indica que las ponga con las otras propiciaciones, entre el *ochinchín* —tortilla hecha de camarones y berro—, y un paquete de seis sodas de naranja. Entonces Constancia se arrodilla frente al altar, un poco desorientada por tanto olor mezclado de devoción hecha con urgencia.

—Va a complacerla —dice Piñango, sin sonreír. Su gordura tiembla mientras lleva a Constancia hacia una estera de paja cerca de la pared más lejana. Enciende un claro de buena calidad, que luce curiosamente femenino entre sus dedos amplios, y resopla cinco veces. Chupa hacia adentro con los labios hasta que desaparecen por completo, luego ofrece el puro prendido a Oshún para obtener *aché* adicional para su lectura de los caracoles.

—Tú cargas con tus enemigos aquí —le dice a Constancia mientras se da golpecitos en el pecho. —Tienes poder pero no tienes fuerza. Estás cansada de hacer demasiada vigilancia inútil.

El santero coloca el dedo cordial en un bol de agua y rocía el piso para refrescar los caracoles adivinatorios. Su voz se hace más profunda mientras reza en yoruba, primero a Oshún, luego a los otros *orishas* hasta que todos han sido honrados. Entonces junta a los cauríes y toca los puntos de bendición de Constancia para que los dioses puedan percibir sus penas.

—Los caracoles nunca mienten, por sus bocas los *orishas* revelan sus propósitos.

Piñango agita suavemente los caracoles antes de echarlos sobre la estera. El patrón que dibujan al caer es en ofún, donde nació la maldición. Este es el principio gobernante. Entonces tira los caracoles dos veces más. El mensaje no cambia: ody donde la tumba fue cavada, donde la tumba fue cavada.

El cuarto se pone más caliente. Constancia se quita la bufanda de seda de cuadritos. Está húmeda y huele a sal. El santero sigue rezando. Su suerte no es buena, dice él. Tiene que haber una *lariache,* una solución, una circunvención, pero no hay ninguna que se vislumbre. Humo negro del tabaco de Oshún ondea por el cuarto. El olor es pantanoso, podrido, en nada parecido al tabaco. A Constancia le cuesta trabajo respirar.

De repente el puro se enciende en llamas, alimentando el aire con su hedor de fósil caliente. Constancia está fascinada por la visión de las llamas, por el estocazo de dolor en su garganta. Piñango agita una maraca, rogándole a Oshún, el aire lento empieza a esclarecerse y una capa de ceniza amarilla cubre todas las superficies del cuarto.

LA NATURALEZA DE LOS PARÁSITOS

La Gran Guerra se había acabado hacía dos años cuando dejé Pinar del Río para irme a la Universidad de La Habana. Eran los días de La Danza de los Millones, cuando el precio del azúcar había escalado tanto que muchos cubanos se hicieron millonarios de la noche a la mañana. Los ricos erigieron palacios de mármol por el Paseo del Prado y otros vecindarios de moda capitalinos y en el atardecer podían verse paseando en sus suntuosos carros extranjeros para arriba y para abajo del Malecón.

Era una época de una extravagancia fuera de lugar, cosa que tenía poco que ver conmigo, un becario de dieciséis años medio guajirito. Pocos en Pinar del Río se habían beneficiado del auge del azúcar. En El Cid, donde mi padre seguía leyendo desde su atril, la mitad de los obreros tabacaleros perdieron sus trabajos a raíz del bajón de precio del tabaco. Los que quedaron tenían miedo de perder sus puestos debido a las máquinas modernas enrolladoras de tabaco, indígenas de los Estados Unidos.

Papá, como siempre, estaba involucrado en

políticas del sindicato y escribía editoriales para el Boletín de Torcedor, el periódico de los trabajadores tabacaleros, enalteciendo las glorias de la Rusia revolucionaria. No me era muy claro, qué tenía eso que ver con las preocupaciones diarias de los obreros y Papá y yo discutíamos frecuentemente sobre lo que considerábamos la política desatinada del uno y del otro.

Para entonces, mamá tenía artritis, lo cual limitó sus horas de enseñanza de flauta, y vi en sus coyunturas enrojecidas, las desfiguraciones nacientes que la iban a plagar en sus últimos años. Se hizo más distante, como si su inactividad hiciera que la tristeza de su pasado, de su hija perdida, la abrumara.

Se sobreentendía que yo trabajaría mientras asistía a la universidad, y en unos pocos días encontré un empleo que me quedó como guante: ujier de noche en un cine en la Avenida Galiano. Era un teatro chillón, según los tiempos, y tenía que vestir un uniforme con tantos flequitos, galones y borlas que parecía comandante de batallón. El trabajo en sí era fácil y la oscuridad perpetua me dio la costumbre de trabajar de noche, una ventaja incalculable para cuando comencé a hacer investigación en serio sobre los murciélagos.

La mayoría de las noches, después de acompañar al público a sus asientos, me iba al cubículo fétido del proyeccionista y allí estudiaba lo mejor que podía. Gracias a Dios, las películas eran mudas en esos tiempos, aunque todavía tenía que lidiar con el melodrama del órgano. En algunas ocasiones miraba por la ventanilla del proyeccionista cuando la música iba en crescendo, pero nunca entendía a aquéllos que preferían estar sentados en ese mundo de hadas oscuro cuando afuera les esperaba el mundo entero.

En la primavera de mi primer año universitario, el renombrado Dr. Samuel Forrest, de la Universidad de Harvard, vino a La Habana para enseñar un curso sobre zoología tropical. La palabra de que le hacía falta un asistente de campo se regó rápido, y los mejores estudiantes graduados se apuntaron para hacer una entrevista. Aunque apenas podía aspirar a ese puesto tan anhelado, también firmé la lista para entrevistarme con el gran hombre.

La semana siguiente, una docena de estudiantes esperanzados revoloteaban fuera de su oficina. Por tres horas esperamos mientras estudiante tras estudiante salía perplejo y estremecido de su oficina. ¿Qué es lo que quiere? nos preguntábamos aquellos que permanecíamos afuera. La única clave vino de un estudiante frustrado en extremo: —¡Lo que quiere es tu opinión sobre el universo!

—Por favor, siéntese —dijo Dr. Forrest un poco cansado cuando finalmente llegó mi turno.

Era bastante obeso y sus ojos, azules como pluma de codorniz, eran acentuados por una frente sin arrugas y por las patillas frondosas.

—Señor Agüero, usted me podría decir, por favor, ¿cuál de nuestros hermanos del reino animal es el que más admira?

Al principio pensé que había oído mal al Dr. Forrest, o que estaba en son de probar mi sentido del humor. ¿De qué otra manera explicar por qué me hizo una pregunta tan superficial? Alzó la vista de sus anotaciones y pestañeó impasivamente, apenas esperando, o así parecía, una respuesta remotamente satisfactoria.

Había muchas criaturas a las cuales les tenía mucho cariño: las yaguasas que le habían salvado la vida a mi padre; los gavilanes regios de Cuba, dibujando su inspiración con círculos más allá de la cima de las montañas; y claro, la tortuga que una noche húmeda en la Isla de Pinos confirió el destino de sus huevos a mi cuidado. Por instinto, sabía que no debía mencionarla al Dr. Forrest, que cualquier indicio de sentimentalismo tendría que ocultarse.

—Los parásitos —ofrecí como respuesta.

—¿Los parásitos? —el Dr. Forrest parecía sorprendido. Se sonrió un poco contenido, no sé si por gracia o desdén.

—Sí, señor. Creo que son los más originales de todos los animales.

—Sigue —me dijo, ahora en tono serio, como

tratando de medir mi audacia.

—Por ejemplo, tome los gusanos intestinales, los escarabajos, o las garrapatas. —Me puse más audaz. —Un buen parásito debe explotar una huésped más grande, fuerte y rápida sin causar el más mínimo disturbio. Cada fibra, cada función de su ser está inscrita con esa necesidad...

—de tosquedad tranquila. —El Dr. Forrest se sonreía más abiertamente.

—Así es —dije riéndome.

Se acercó inclinándose hacia mí en su silla, manoseando su patilla izquierda. Seguí, motivado por la atención constante del Dr. Forrest.

—La diferencia entre nosotros y las formas de vida menos evolucionadas, creo yo, estriba en que los seres humanos hemos desarrollado una variedad de receptáculos y recipientes para nuestras necesidades y los animales no. Me parece que la capacidad para hacer maletas, floreros o sartenes indica la capacidad humana de planificar para el futuro, de predecir el comportamiento de la materia de maneras completamente distintas a las de los animales. Las abejas, después de todo, han construido la misma célula diminuta por cien millones de años.

—Muy interesante —dijo el Dr. Forrest. —Y ahora una pregunta personal, si no le molesta, Señor Agüero. ¿Es usted católico?

—No —respondí veloz. —Es más, he sido

entrenado por mi papá para sospechar de cualquier religión organizada. Sólo que después mi padre vino a darse cuenta de que la política también podría ser una forma de religión in extremis.

El Dr. Forrest se paró y extendió su mano regordeta hacia la mía. —Esto concluye nuestra entrevista, Señor Agüero. Será un placer poder trabajar con usted.

Esa noche renuncié a mi trabajo en el cine.

Por los próximos seis meses, acompañé al Dr. Forrest mientras cruzó la isla en barco, y en tren y a caballo. A dondequiera que fuese, el Dr. Forrest se quejaba de la pérdida de los bosques de tierra baja de Cuba. Aunque la isla no podía sostener a la frondosa foresta real como en Centro o Sur América, decía él, sus vastas áreas de tierra calcinosas sostuvieron una vez una tupida y variada flora silvestre. El único bosque verdadero que quedaba en Cuba estaba en las montañas más elevadas de la provincia de Oriente, tan empinadas e inaccesibles que ofrecen refugio a especies valiosas.

Tristemente, era en las ciudades y sus alrededores donde podíamos apreciar los encantos de la flora tropical —los huertos de palmas reales, los grandes árboles de mango rojiverdes ofreciendo las sombras más densas, y toda variedad de flor tropical. En Cuba continuaban en existen-

cia áreas grandes de tierra de sabana, de granito y serpentina, pero sólo porque no servían para la agricultura. Con sus arboledas de jata y palmas de caña, estas regiones albergaban una población escasa de pájaros y animales.

Recuerdo bien nuestro primer viaje al corazón de la Ciénaga de Zapata, el constante zumbido de sus criaturas invisibles, el aire tan espeso como budín en nuestros pulmones. Seguía al Dr. Forrest mientras con cuidado ponía un pie tras otro, yendo por la superficie de juncios y juncos, su formidable masa amenazando con engullirnos en cualquier momento.

En otro viaje, el Dr. Forrest me pidió que coleccionara murciélagos caseros en unas barracas abandonadas de caballería afuera de Matanzas. La intención del Dr. Forrest era preservar una serie de embriones para poder estudiar el desarrollo inicial de su dentadura. Protegido con guantes fuertes, logré llenar dos sacos de murciélagos vivos y regresé al Hotel Mundo, donde dejé mi cargamento inquieto en la bañadera.

—Después de nuestro almuerzo —dijo el Dr. Forrest en su español correcto y alargado— mataremos los murciélagos y buscaremos sus embriones.

Durante nuestra comida, el Dr. Forrest discurría sobre las implicaciones más sutiles de las teorías de Freud cuando un estruendo y conmoción surgió de la cocina del hotel. En un instan-

te, el cocinero, dos asistentes y un camarero entraron frenéticos por las puertas movedizas, perseguidos por un montón de Molossus tropidorhynchus. *Atontados por la luz, los murciélagos zumbaban y caían y sobre las mesas de banquete, chapuceando en las sopas y haciendo volar la vajilla por el aire.*

—Naturam expellas furca, tamen usque recurret *—dijo el Dr. Forrest, dándole poca importancia al asunto. Era dado a filosofar en latín.*

En otra expedición, acampados tierra adentro en Sancti Spíritus, el Dr. Forrest estaba contento de haber atrapado una iguana para nuestra cena. Bueno, sé que en Centroamérica, donde el Dr. Forrest había pasado una parte considerable de su carrera, la carne de iguana era una delicia. Pero encontré mi repugnancia difícil de superar. Sabes, que cuando las iguanas se cuelgan para secarlas, un líquido pastoso como borras de café sale de sus bocas, cosa que me recuerda los vómitos de mi padre cuando padecía de la fiebre amarilla.

Esa noche el Dr. Forrest cocinó la iguana sobre el fuego de campamento y me ofreció una lasca de su espalda con mucha sal. No estaba para negarle la oferta. Me tragué la carne entera, apenas dejando que bajara por mi garganta. Luego me excusé, me escondí detrás de una ixora blanca y descargué mi cena entera sobre sus espléndidas flores que parecían bolas de nieve.

No obstante éste y otros percances, el Dr. Forrest siempre me trató como a un amigo y colega competente. Con el tiempo, y con su estímulo paciente, me hice uno. Mi deuda con él no se puede medir. Los éxitos modestos que logré bajo su tutela nutrieron la confianza para hacerme científico.

El Dr. Forrest había comenzado su vocación en la última parte de la segunda mitad del siglo XIX, cuando los descubrimientos científicos habían encendido la imaginación de miles de personas. La teoría de la evolución de Darwin. La ley hereditaria de Mendel. La identificación de la luz como fenómeno electromagnético. La ley de la conservación de energía. Y no hay que olvidar el desarrollo del espectroscopio. Cuando el Dr. Forrest llegó a ser adulto, era la ciencia, no la política o la economía, la que sustentaba la clave para conquistar el universo. La ciencia era su misión, y dentro de poco tiempo se hizo la mía también.

Quizás el descubrimiento más gratificante que hice bajo su supervisión, vino casi al final de su estadía en Cuba. Empezó una noche de mayo en la biblioteca de la Universidad de La Habana, donde me encontré una hoja de anotaciones de campo metida dentro de una revista National Geographic de 1907. Las anotaciones, que no tenían nombre ni fecha adjuntos, es-

taban escritas con una letra clara y pequeñita y decían que entre el manglar del Castillo del Morro y un pueblito de pescadores, Cojímar, había una lagunita que contenía unos camarones que "lucían como si se les había hervido". Esto me pareció curioso porque todos los camarones de cuevas que había estudiado con el Dr. Forrest eran pálidos. Sólo los camarones de alta mar tenían el color rojo oscuro que las notas describían.

El próximo día fui en búsqueda de dichos camarones misteriosos. El aire matutino estaba caluroso y caminé acelerado como para adelantar la aventura. Me sentía ridículo dejándome llevar por unas notas anónimas, pero el Dr. Forrest me había enseñado que ninguna expedición era inútil. A través de los años, había seguido a cuanto guajiro había —contaba con que ellos estaban entre los mejores observadores de la naturaleza— con sólo la vaga promesa de encontrar algo nuevo. El Dr. Forrest nunca rechazaba una pista o una historia descabellada sin investigar primero el asunto personalmente.

Me apresuré a llegar a la bahía y alquilar un bote de remo para que me llevara a través de la misma hasta el Castillo del Morro. Desembarqué en los peldaños cerca de la orilla del Grupo de los Doce Apóstoles, y luego caminé con dificultad por el bosque costanero de árboles de uvas marinas hasta llegar a un área grande de pie-

dra pelada. En el medio había una cuenca de agua más pura, donde parecía que se había caído el techo de una cueva. El canal, hondo y enrevesado, hacía la vista más allá de un pie o dos sumamente difícil.

Removí el agua con una red de mango largo que. había traído, y antes de que pasara mucho tiempo, camarones diminutos color carmesí salían de sus escondites y nadaban más cerca de la superficie. Los camarones eran imponentes, sus patas espigadas con puntos blancos, como si los hubieran sumergido en pintura. Una y otra vez hundí mi red, pero las criaturas eran casi imposibles de atrapar. Después de varias horas arduas, pude obtener veinte especímenes.

Esa noche, el Dr. Forrest pareció impresionado por mis camarones. Los mandó a la Señorita Barbara J. Winthrop, una autoridad sobre crustáceos del Museo Nacional de Estados Unidos en Maryland. Ella no tardó mucho en responder, identificando los camarones como un género nuevo. También se había tomado la libertad de sugerir un nombre para ellos: Forrestia agueri.

SEGUNDA PARTE

Una aflicción común

GEOGRAFÍA ORIGINAL

❄

LOS EVERGLADES
MAYO DE 1991

H*eberto Cruz no está* acostumbrado al sol aplastante, al goteo y sorbo de la ciénaga, al calor que pica detrás de los ojos enrojecidos. Grupos de mosquitos que no descansan, que gimotean, le atormentan, se acomodan y reacomodan en su cara alumbrada de sangre. Heberto avanza con dificultad en botas rajadas por el agua, la metralleta colgada en diagonal desde la cadera hasta el omóplato, con un hongo rosado que le sale del pulgar. Camina con cansada resolución, con un sentido nuevo del valor propio.

Constancia, lo sabe él, desconfía de su misión. Claro que lo estaba, si le escondió los cordones de los zapatos, le encogió los calzoncillos, bordó epítetos en sus medias.

Glorioso, vanaglorioso —¿qué importa lo que piensa su mujer? Está aquí ahora, ¿no es verdad? Aquí con hombres de acción, luciendo sus cascos. Aquí con centenares de hombres militantes y ordenados por el destino. El hedor que huele por kilómetros, un privilegio otorgado por su capacidad de perdurar. Él está aquí, ¿no? No meciéndose en su lancha, patético y suplicándole a la luna. No está restringido detrás de su mostrador repartiendo tabacos caros ni se está entregando a la república errática de la cama de Constancia.

Después de todo, piensa Heberto con amargura, ¿qué le ha traído la seguridad sino más seguridad baldía?

Atardece. Hay nubes que se apresuran desde el sur, resonantes de truenos. Dentro de poco, todo se hace agua y refracción, todo variante de lo vertical. El relámpago se apodera del cielo en brillantes filigranas. Los hombres gritan instrucciones, se sujetan a los cipreses. Heberto se queda en su lugar. Sabe que la única protección contra la tormenta es el tiempo. Salvo por la misión clandestina que deben cumplir, no tiene ningún sentido estar en la ciénaga en esta época del año, cuando la visitan solo unos turistas europeos despistados. Pero este calor, este entrenamiento es para endurecerlo, prepararlo para la invasión venidera.

Invasión. La palabra endurece a Heberto hasta hacerlo un hombre joven. Lo puede sentir. Esa tensión de expectativa que le da por la ingle. Sus cojones se contraen, los mismos que su padre le había acusado de no tener. Heberto coloca su mano sobre su corazón y lo imagina rugiendo de vida. Incansable. Inagotable. Vibrando con un ritmo fugitivo.

Para él, ya no habrá más espera en el imperio destartalado del exilio. Pronto va a confrontarse con sí mismo en la exaltación mayor —enfocado, vehemente, sin memoria. Sólo esto le brindará satisfacción.

Hace años, Heberto había querido unirse a su padre y hermanos exilados en la invasión de Bahía de Cochinos, añoraba manejar uno de los barcos donados en secreto por la familia Cruz. Pero Constancia había amenazado con dejarlo y mudarse a España. —¡No me sacrifico por tu dichosa política! —gritó, mientras empacaba su maleta. Así que Heberto se quedó en casa.

El hermano mayor de Heberto murió como héroe en La Bahía de Cochinos. Leopoldo Cruz se ahogó en la estampida hacia la orilla mientras el cielo se quedó vacío de aviones norteamericanos. A último momento, el Presidente Kennedy perdió las agallas y retiró el apoyo aéreo que había prometido. Gonzalo, el menor, fue herido en la pierna. Su rodilla fue tan estropeada que todavía camina con una cojera pronunciada. Gonzalo pudo haberse arreglado la pierna hace años, pero la prefiere así lesionada, so pretexto de) actarse de su valor. Su padre, Arturo, quien observó la invasión con binoculares desde la cubierta de uno de sus navieros, regresó de la invasión y para lo único que servía era jugar dominó y una nostalgia tediosa y desanimante.

Durante muchos años, el padre de Heberto lo trató fríamente. Amenazante, la vergüenza le venía a Heberto en sus horas de ocio, así que se mantenía ocupado cada minuto del día, para que no le quedara tiempo para algo importante. Los inviernos de Nueva York ayudaban, el hielo y la oscuridad que duraban una larga tercera parte del año. Con cada temporada que pasaba, Constancia, como cualquier mujer que dispone de su propio dinero, se hizo más segura de sí misma, y Heberto estaba acechado por todo lo que se le había escapado en la vida.

En una época, Heberto había amado a Constancia, la había deseado con tal ferocidad que le daba un miedo que lo redujera a la pasividad. Sobre todo, la quería proteger. Había sido la primera esposa de Gonzalo y había sufrido con su hermano. Pero con el transcurrir de los años, mientras su pasión mermaba y la autoestima de su esposa florecía, Heberto no podía deshacerse del sentimiento inquietante de que había heredado las sobras de su hermano. Heberto incluso crió a Silvestre, el hijo de Gonzalo y Constancia, le había pagado esa universidad carísima para sordos en Washington, D. C.

Por primera vez en su vida, Heberto quería algo que fuera enteramente suyo. ¿Era mucho pedir?

Recién se mudó a Miami, Heberto había evitado ver a Gonzalo, con la piel podrida por la enfermedad terminal. Pero la muerte de su padre los juntó de nuevo. La noche del entierro, Heberto llevó a Gonzalo al hospital. Su hermano lo invitó al pabellón de los pacientes terminales a que tomaran un trago, y rapidito, un enfermero les trajo dos botellas de ron cubano añejo de siete años. Lo bebieron despacio, con deliberación, vaciando la noche, fumando Montecristo No. 3, recordando el pasado hasta el amanecer.

Recordaban a su madre, María Josefa Escoto de Cruz, tan frágil y tan correcta, en llanto constante. En su día se les decía neurasténicas. María Josefa murió mientras dormía, el mismo día que su pelo tan perfectamente peinado se volvió blanco (esto no era impetuosidad biológica, dijo una vecina, María Josefa ya lo había planificado por varias semanas). Sus tres hijos eran adolescentes todavía. Casi llorando mientras bebían y fumaban, Heberto y Gonzalo estuvieron de acuerdo (con resguardo), que su madre sólo había querido al hermano mayor, Leopoldo.

También se acordaron de la noche en que su padre los llevó a un prostíbulo cerca de La Chorrera en La Habana. Heberto y Gonzalo tenían para entonces once y nueve años respectivamente, pero Papá hizo que lo observaran mientras se singaba una opulenta mulata con ojos orientales, hizo que miraran mientras sus prodigiosos cojones rebotaban contra el inmenso y temblante culo de color ciruela. El calor que despertó el polvo que se estaban echando casi ahogó la respiración de los muchachos. Finalmente, Papá ordenó a la mujer que le mamara la pinga por lo que parecía una eternidad hasta que emitió un quejido y se abalanzó hacia adelante como un toro herido. *Así jode un hombre*, dijo Papá, y retó a sus hijos a que hicieran lo mismo. Cuando se asustaron, aterrorizados por la extensión de carne desnuda de la puta, Papá se rió de ellos y los llamó un par de maricones.

Camino a casa, Papá les dijo que cualquier mujer que les mamara la pinga era una puta, que se deberían acordar de esto para que no los agarraran de pendejos.

Años después, esta imagen de su padre lo perseguía, lo acechaba en esas raras mañanas en que se acordaba de sus sueños. En su noche de boda, en un cuarto barroco todo iluminado de cirios ladeados, Constancia se inclinó con ternura hacia su ingle. Heberto le dio un empujón. —¡No quiero que hagas eso, jamás! —demandó, y le viró la espalda. Sospechaba que su hermano había corrupto a Constancia, humillándola de la misma manera en que su padre había humillado a la puta de ojos sesgados.

Las noches en la ciénaga son peores que los días. Heberto duerme inquietamente o no duerme en absoluto, mientras las linternas verdiazuladas queman con repelente de insectos. Los otros hombres sueñan rabiando desde la boca de sus tiendas de campaña. Todas las noches, en secreto, Heberto prende un puro cubano, una panetela, lejos del campamento. Cuando de tabacos se trata, Heberto echa a un lado la política.

Le dio placer saber que Gonzalo, quien se considera un líder de rectitud en el exilio (es conocido como El Gallo tanto por su éxito con las mujeres como por su capacidad de enfrascarse con cualquier contrincante), también sucumbió a los placeres trascendentales del tabaco cubano hecho a mano. Esa noche en el hospital, habían compartido el mejor ron del país y los mejores habanos, y una vez más sus vidas comenzaron a entretejerse.

¿Quién puede defender a Cuba hoy? ¿Sus males diarios, ordinarios? Gonzalo le preguntaba esto a Heberto detrás de una nube de humo fragante. Nadie, contestaba Heberto, poniéndose más desesperado, mientras inventariaba los años de su inactividad. *La revolución es un accidente histórico, enteramente reversible,* seguía Gonzalo con una elocuencia que dejaba a Heberto atónito. *Todo el mundo en la isla quiere un nuevo comienzo, un cambio radical en su destino, un par de bluyins de marca. Cualquier cosa menos que eso es insoportable.*

Ya en la mañana Heberto estaba loco por luchar junto a su hermano, por romper las ataduras de su vida. Estaba cansado de todo. De la parte donde peinaba su cabello, justo así. De sus manos inútiles sin callos. Heberto quería formar parte del rescate de

Cuba. Haría estallar puentes si fuera necesario, se tragaría los ladrillos de prueba. Para él, no habría ninguna vacilación más, ya no miraría ansioso hacia el pasado.

Debajo de él, el río de hierbas en lábil movimiento. Los ritmos de la oscuridad le parecen todos equivocados, chocantes y sin acoplación alguna. En la tienda de campaña cada una de sus piernas se agita a un ritmo por separado dentro de su saco de dormir de nilón. Oye los gritos de las aves espectrales, los cocodrilos torpemente deslizándose en el fango. Y aunque las panteras son escasas allí, Heberto se imagina una y otra vez el suave movimiento circular de sus pasos alrededor de la tienda de campaña.

Nadie es demasiado sagrado para morir, dice Heberto a sí mismo. Tal vez una muerte distinguida pueda redimir la impasibilidad en que ha vivido. Vivir con la muerte, cree él —vivir con ella como aliento caluroso en la nuca— eso sí es vivir de verdad. No importa, esta vez el va a ser deliberado. Sí, esta vez, Heberto Cruz sería resuelto y se salvaría.

KEY BISCAYNE

U*na tina del nuevo* emoliente de cara de Constancia se cocina a fuego lento en la estufa de la cocina. Le añade una taza de semillas molidas de papaya, y echa los pétalos doblados de una docena de rosas amarillas. Hay setenta y dos botellas de color esmalte de color cobalto en su mostrador de formica. Cada una tiene una etiqueta con el cameo que fue de su madre, y ahora de ella, debajo del logo ornamentado, *Cuerpo de Cuba.* Constancia coloca tapadores de palo de rosa en las botellas y les pone unas cinticas y borlas de seda para darles la imagen de algo de valor hereditario.

Son las siete de la mañana. Sube la radio, medio en espera de oír noticias de su marido. Hace dos meses que Heberto se fue y todavía ni una palabra. Al instante cambia el marcador a la edición mañanera de *La Hora de los Milagros.* Se entera de que en Xcalacdzonot, un pueblito no muy lejos de Chichén Itzá, una vaca moteada llamada Chuchi ha comenzado a recitar el Padre

Nuestro durante su ordeñamiento matutino. Al principio, el milagro fue desmentido porque Benito Zúñiga, el dueño de la vaca, era un bromista y jodedor de primera. Pero el cura del pueblo, un hombre no dado a la religiosidad excesiva, confirmó que la por lo demás normal Chuchi, de hecho, recita el Padre Nuestro, aunque sea de manera ordinaria.

Constancia frota un poco del emoliente caliente en la inclinación de sus mejillas y pondera el caso de la vaca rezadora. Traza una línea débil a través de la frente, donde se insinúa una arruga entre sus cejas. Hace un mes, se despertó y descubrió que la cara de su madre había reemplazado la suya. Desde entonces, Constancia sólo duerme cuatro horas por noche y su energía se ha incrementado hasta desbordarse. Encuentra que el trozo suave de la carne de Mamá sobre la suya, es, curiosamente reconfortante, como si estuviera animada por el poder de una marea tibia.

Aún así, los estados emocionales de Constancia cambian como péndulos impredecibles, desde estar contenta hasta el deseo incontrolable de destrozar esa cara a arañazos. Se pregunta por cuánto tiempo debe llevar el rostro de su madre, cargar con el peso de la juventud florecida de Mamá (tenía treinta y cuatro años cuando murió en la Ciénaga de Zapata) yuxtapuesto a su perspectiva de vida a medio camino. ¿Qué clase de penitencia es ésta? Vestir la boca de Mamá, sus ojos como una herencia rencorosa, sufrir el rostro que la desdeñaba, que la exiló a una infancia solitaria de tíos y caballos.

Y la pregunta persiste: ¿A dónde ha huido su propia cara? *Para cada acción hay una reacción igual y opuesta.* Su padre se lo había enseñado como una ley inmutable de la física. Si es verdad que nada se pierde en la gran hoja de balance de la energía, entonces su cara tenía que estar en algún lugar —se metió en alguna hendidura cósmica, está metida en un hueco negro frío, urgida por algún código desconocido de afinidad. Tal vez, Constancia espera que todo esto sea un extraño efecto de la menopausia.

Constancia espera una hora hasta que se enfríe el emoliente antes de vertirlo por unos embudos diminutos dentro de sus botellas de esmalte de color cobalto. La crema tiene una fragancia cortante, como de estación destilada. Constancia suda en el calor y el asombro de sus raras amplificaciones, en los veranos de antaño en Cuba que resucita. Recuerda a su Tío Dámaso parado ante una estufa de leña en la finca, removiendo su famosa sopa de plátanos. Aunque su abuelo y sus tíos eran ganaderos y criadores de caballos, eran casi vegetarianos. Había una regla no pronunciada que la carne de cerdo no se toleraba. Ni siquiera los chicharrones, que a Constancia le encantaban.

A veces, cuando recuerda esos años aislados en la finca, siente que el cuarto, el aire, incluso todo lo que la rodea va rotando despacio, imperceptible, como si ella fuera un pequeño sol, el centro de una nueva y modesta galaxia.

Afortunadamente, a Constancia no le ha tomado mucho tiempo para interesar a las tiendas de departamentos de Miami y a las especializadas en productos de belleza, en sus cremas y lociones hechas a mano. Su estrategia inicial había sido sencilla: mantener cantidades estrictamente limitadas para estimular la demanda. Su primer éxito, una crema para reparar los ojos, llamada *Ojos de Cuba,* se vendió en cuarenta y dos minutos en el centro comercial de Bal Harbour. Y su baño de pies, *Pies de Cuba,* recibió elogios en la Revista de Domingo del "Miami Bugle", en un artículo de dos columnas.

Constancia piensa lanzar una colección entera de productos faciales y corporales para cada centímetro del cuerpo hembra cubana: *Hombros de Cuba, Senos de Cuba, Codos de Cuba, Muslos de Cuba,* y de allí para abajo. Cada producto en su línea *Cuerpo de Cuba* encarna la imagen exaltada que tiene de sí misma la mujer cubana: como persona apasionada, sacrificada, y merecedora de todo lujo. La semana pasada encontró una fábrica de bolas de boliche que piensa convertir en una planta de cosméticos con el dinero que ha guardado en el banco nicaragüense.

Constancia le acredita su astucia en el negocio a la crisis de la cara de su madre superpuesta a la suya. Sus anuncios (fotos en brillo levemente desenfocados con espejos antiguos y follaje tropical) evocan gratas memorias en sus clientes, de los esplendores vividos de su juventud en Cuba. Su lema *—El tiempo es indiferente pero usted no tiene que serlo—* les da un jalón a su vanidad teñida de ansia. Acercamiento que nada tiene de sutil, pero es altamente efectivo.

Ha recibido docenas de cartas de mujeres que confiesan sentirse más cubanas después de usar sus productos, que les hacen recordar detalles muy olvidados de sus infancias en Saguá La Grande, Remedios, Media Luna, o Santa Cruz del Sur. Tal vez son los ojos preguntones de Mamá que fomentan estas reminiscencias, o quizás la vista de su cuello largo y sin adorno. Puede ser que la política haya traicionado a las clientas de Constancia, que la geografía que las haya pasado por alto, pero los productos *Cuerpo de Cuba* todavía logran tocar y conmover las raíces rosadas de su tristeza.

La misma Constancia no es inmune a estos ensueños. La última vez que se puso la crema para los ojos, recordó vívidamente el entierro de su madre, la paloma azul metálico que revoloteaba sobre el pozo de la tumba aleteando indefensa en el aire, el luto perenne de su hermana. Papi sujetaba un trozo de tierra mojada para lanzar a la sepultura, pero acabó tirándosela a la paloma. El pájaro flotaba interminablemente sin rumbo, hasta que descendió al féretro de Mamá. —¡Todavía se mueve! —gritó Reina, pero Papi no le hizo ningún caso. Agarró una pala de un trabajador del cementerio y empezó a llenar el pozo de la tumba rápido.

Constancia reorganiza los condimentos en su nevera para hacerle espacio al nuevo grupo de emolientes. No usa preservativos así que es esencial que mantenga fresca la crema, especialmente en este clima que daña todo tan pronto. Mientras alinea las botellas esmalte de cobalto en los anaqueles, la cara de Mamá no le quita los ojos de encima, con su forma miniatura y desorientada. Reflexiona sobre lo lejos que ha viajado de su madre para encontrarla esperando en cada esquina.

Hace poco, Constancia ha comenzado a usar ropa antigua y elegante. Trajes ajustados de los cuarenta, vestidos de verano sin tirantes que se abomban en las caderas. Compra viejos broches y aretes de perlas colgantes, y tacones cocodrilo, hechos en La Habana hace años. Ella no se acuerda de que su madre se vistiera así, no recuerda mucho de Mamá salvo el día en que regresó a la casa, con ochos meses de embarazo y llena de moretones. A Constancia le gusta imaginarse como hubiera sido su madre, tomada del brazo por Papi, asistiendo a una conferencia científica en la capital. El salón entero murmuraría con su presencia, su belleza perturbadora inquietado a los colegas de Papá.

Al atardecer Constancia se monta en su Cádillac para hacer la primera entrega del día. Piensa en Heberto mientras llena el asiento trasero con tres vaporosas neveritas de plástico, llenas con hielo seco. Si pudiera hacer una sola pregunta, ¿cuál sería?

Hoy, va a entregar *Cara de Cuba* a las cuentas en Kendall, Coconut Grove, y South Beach. Los demás clientes tienen que esperar varios días más por un envío. Constancia sabe que la gente aguanta casi todo para un producto que se considera de valor o fuera de lo común. Cuando llega a una tienda, detiene el Cádillac rosado, y sale del auto con su vestido de los años cuarenta, y sus tacones abiertos, todo el tráfico para en seco.

El sol, con una luz espesa e insoportable, teje el aire. Constancia maneja el Cádillac con la capota puesta y el aire acondicionado a todo dar, para proteger su frágil mercancía. Cuán distinto resulta ser al de sus viajes de infancia, cuando ella y su padre aguantaban todo tipo de inconvenientes que se les propinaba —lluvias torrenciales, nubes negras de mosquitos, caminos no pavimentados cuando los había, y el calor más bestial del hemisferio occidental— en la búsqueda de criaturas en vías de extinción.

En un viaje por la provincia de Pinar del Río, ella y su padre encontraron un terreno elevado cubierto de pasto, lleno de madrigueras de singular apariencia. Algunas eran un poco rudas y no terminadas, mientras otras tenían un aspecto liso y moldeado. Las más toscas, descubrió rápido Constancia, estaban llenas de tarántulas, bastante comunes en Cuba. Pero las más lisas, que tenían unos veinte centímetros de profundidad, contenían los sapos de gran rareza que buscaban: *Bufo empusas* o sapos de concha. Los sapos, que parecían más grandes que las madrigueras, usaban la parte superior de sus cabezas como tapas para cerrar herméticamente sus casas.

Esa noche, mientras acampaban bajo un cielo que se hundía de estrellas, su padre expuso los méritos relativos de los filósofos griegos. Sin embargo, abruptamente, cambió de tema. *Analizar a las personas es infinitamente más agotador que distinguir entre las variaciones más sutiles de las subespecies.* Era verdad que con una mirada veloz Papi podía identificar los rasgos esenciales de una criatura —sus prefencias alimenticias y rituales de apareamiento, sus características aberrantes o nobles—. *Los seres humanos son alarmantemente impredecibles. Tienen una propensidad natural para el caos. Es parte de su biología, como su capacidad para el desespero o la profunda alegría.* Su padre se calló, miró el hervidero hiriente del firmamento con sus millones de estrellas. *Hay algo reconfortante, mi hija, en saber lo que nos espera.*

Constancia estaba perpleja. Los pronunciamientos de su padre estaban por lo general circunscritos al presente, a la historia natural, o a las filosofías abstractas. Papi nunca aludía a su madre ni a su media hermana en La Habana, ni siquiera de paso.

Constancia luchó con el peso de ese vacío, de no poder compartir un pasado salvo el de la tierra y ningún futuro, excepto el de las criaturas que pronto estarían en posesión de ella y su papá. Pero el placer que producía la presencia de su padre, su voz reconfortante, con frecuencia echaban a un lado su descontento.

Constancia toma la carretera número uno, la U.S. 1 sur, hacia Kendall. La boutique de su cliente está situada al otro lado de la calle de un serpentario. Constancia está tentada a visitarlo —algunos de sus recuerdos más placenteros son los de atrapar culebras con su padre— pero tiene miedo de que su emoliente no aguante ni un instante más expuesto a ese calor. Un banderín afuera anuncia la entrega ese día de Cara de Cuba. Una larga fila de mujeres elegantemente vestidas espera para comprar su producto. Constancia llega en su Cádillac y saca las neveritas de plástico del asiento trasero. Las mujeres estallan en aplauso. Una riña se produce donde comienza la cola, y un guardia se apresura a poner fin a la bronca. El dueño le dice a Constancia que las primeras clientas empezaron a hacer fila desde el amanecer y están un poco malhumoradas.

En la tienda de Coconut Grove una hora

después, las barricadas han sido colocadas para controlar el gentío. Cuando las clientes se enteran que sólo dos docenas de botellas de Cara de Cuba estarán a la venta, empieza otra pelea. Una mujer desesperada, a rasgazo limpio, se mete por la ventana trasera del convertible de Constancia y agarra la última neverita, destinada para la tienda de South Beach.

Llevada por un impulso, Constancia maneja su Cádillac agredido al Hospital del Buen Samaritano en Coral Gables. Su ex marido Gonzalo todavía agoniza en el onceno piso. Se dice a sí misma que insistirá en averiguar el paradero de Heberto, que no se va de allí hasta que sepa cuándo regresa a casa. Culpabiliza a Gonzalo por la ida de Heberto, por haberle retado a su marido a que se hiciese un hombre audaz y apasionado.

Constancia está renuente a visitar a Gonzalo. Es más, no lo ha visto desde el entierro de su padre en enero. Su ex marido ya se veía bastante abatido en ese momento, pero su presencia la conmovió de todas maneras. En secreto, tenía miedo de que Gonzalo sería capaz de reencender una pasión dentro de ella imposible de apagar. Puede que Gonzalo la haya dejado hace muchos años, que le haya mentido con tal persistencia que se hizo una especie de verdad, pero Constancia nunca lo olvidó. Nunca lo olvidó, ni lo perdonó.

A través de los años, el hijo que tuvieron en común la enyugó a Gonzalo como si fuera un toro indomado. Sospecha que su decisión de mandar a Silvestre al orfanato en los Estados Unidos era más para el beneficio de ella que el de él. Ya para entonces estaba resignada a su nuevo matrimonio con Heberto —tan predecible, amable, y de una eficiencia tranquila en la cama (era muy sanitario, también, sin falta lavando y echándole talco a su pene después de cada polvo). Y, sin embargo, cada vez que ella y Heberto hacían el amor, Silvestre tocaba en la puerta de su alcoba pidiendo algo. El mero ver a su hijo, sus ojos el mismo marrón caprichoso que los de Gonzalo, continuamente revivía su desesperación. No fue hasta que Silvestre estuvo en Colorado, sordo y casi muerto de una fiebre, que le fue posible quedar en estado de nuevo.

En el hospital, a Constancia le sorprende lo robusto que se ve Gonzalo para un paciente terminal, aunque la enfermera le informa que el cuerpo hinchado se debe a la retención de agua. Su cabeza se ve grande, como difícil de balancear, sus dedos monstruosamente tumescentes. Lo peor son los ojos, apagados y pegajosos por una mucosidad.

Gonzalo no la reconoce a primera vista. Pero tan pronto que ella habla, él abre sus brazos para darle la bienvenida. —Ah, mi golondrina! —arrulla, usando su viejo apodo de cariño para ella. Gonzalo siempre mantenía que podía recordar mejor a una amante por la voz.

Hace años, Reina le confió que se había acostado con Gonzalo una vez, después de que se divorciara de Constancia. Su pinga era tan chiquitica, la de un muchachito, se quejó la hermana, que apenas podía sentirla dentro de ella. Constancia estaba azorada. Siempre le había parecido impresionante la pinga de Gonzalo, por cierto, más que la de Heberto. Pero sólo había tenido dos amantes en toda su vida. ¿Cómo se podría imaginar a qué se había acostumbrado Reina con sus numerosas conquistas?

—¿Te has fijado en la atracción mortal que tienen algunos agentes infecciosos para el hígado? —le pregunta Gonzalo, mirando muy fijo a Constancia.

—¿Dónde está Heberto? —demanda ella, tratando de amortiguar la rabia en su voz. —¡Se fue con esos piratas tuyos en marzo y hasta el sol de hoy ni una palabra!

—Los árboles se están desapareciendo

—susurra Gonzalo, virándose hacia la ventana. Las nubes están rosadas y carnosas en el cielo. Constancia le sigue su mirada y divisa un grupo de palmitos en los jardines del hospital, dos jacarandas, un solo árbol rojo y puntiagudo.

Gonzalo agarra el teléfono como si estuviera dirigido por una señal invisible y llama a una paciente que habita en un cuarto del mismo pasillo, una mística que se llama María del Carmen, quien, a pesar de una neumonectomía, todavía sigue fumando por un hoyo en la garganta.

María del Carmen llega en sus chancletas de papel. Su cabeza está rapada, sus uñas geométricamente barnizadas en oro. Ella insiste en que el Espíritu Santo vigila por los sistemas purificantes del cuerpo y le dice a Gonzalo que él también debe afeitarse la cabeza para que el Espíritu Santo pueda descender a su cuerpo con un mínimo de fricción.

—¿Así que debo cortarme esta melena? —dice Gonzalo, sateando con Constancia, jugando con las puntas de su pelo ralo. Hay una gota de saliva en su barbilla—. ¿Crees que haría alguna diferencia?

Constancia no dice nada. Trata de reconciliar la imagen de Gonzalo con el cuerpo marrón y esbelto que en una época había derrotado al suyo, que la dejó ensayada para hacer algo mucho más contundente, pero que jamás la tocó después. Estudia los diagramas de su fiebre, el registro de su enfermedad múltiple. Se le ocurre que a través de los años y seis matrimonios desastrosos, Gonzalo nunca ha buscado consuelo o refugio sino aventura. Su propia vida, al contrario, se ha marcado por una creciente búsqueda de una seguridad exaltada. Algo triste, se pregunta ¿cuál de los apetitos carece más de sentido?

María del Carmen saca una navaja y crema de afeitar de un repliegue de su bata de hospital y empieza a trabajar en la cabeza de Gonzalo. Comenzando con la entrada de pelo en la frente, metódicamente lo rapa desde el perfil del cuero cabelludo hasta la nuca.

Gonzalo se vuelve sentimental. Recuerda la primera vez que vio a Constancia, sentada en su escritorio de recepcionista, enmarcada por la vista de la bahía de La Habana. Era 1956. Calzaba sus sandalias de tacón bajo y sus diminutos pies se vislumbraban por debajo del escritorio.

—Vi esos piececitos de chinita y supe en ese instante que me casaría con ella —le dice a nadie.

Tan pronto sale María del Carmen, con la navaja sujetada en alto en un gesto triunfal, Gonzalo comienza a tocarse libremente, haciendo que su sexo pequeño se agrande debajo de la bata de hospital.

—Este verano tu marido será un héroe —dice Gonzalo en su voz más seductora. Mira hacia abajo a su bulto, de verdad poca cosa, y luego se come can los ojos a Constancia, expectativo, como si le ofreciera una oportunidad sin paralelo para cumplir un deber patriótico. —De verdad, mi vida, debes agradecérmelo.

Constancia da un paso hacia Gonzalo, absorbe una ola de su deterioro húmedo, y el olor a menta de la crema de afeitar todavía mojada en su cabeza. Quiere regañarlo, demandar el retorno de su marido, pero algo la detiene.

Se inclina sobre él, mete la mano por debajo de la bata de hospital, y agarra ese calor familiar. Constancia clava la vista en la cara de su ex marido, que ahora se disuelve en el placer, entonces rápido retira la mano. Cubre su nariz y boca con la mano, respira profundo, y, apresurada, se va del cuarto.

Constancia guía su Cádillac golpeado de vuelta a Key Biscayne. Desde la carretera interestatal, logra captar la forma borrosa y explosiva de las poincianas que florecen. Casi todas las poincianas de Miami están sin florecer, cargadas de semillas oscuras. En un mes, la ciudad estará encendida con sus despliegues brillantes. Constancia prefiere el escarlata profundo de las poincianas reales más que nada. Papi le enseñó una vez como cada una de sus flores rojas tiene un pétalo blanco distintivo que se abre cuando su polen está maduro. El pétalo blanco sirve de guía que señala el néctar para las abejas, pájaros y otros agentes polinizantes.

Constancia cruza el Rickenbacker Causeway en su Cádillac rosado. La capota está baja, y su pelo suelto se va con el viento. Qué alivio escaparse de las posibilidades opresivas en el cuarto de hospital de Gonzalo.

Alrededor de ella, la bahía en calma se mezcla con el crepúsculo. La marea está baja y hay un ejército de cangrejos irradiantes que corretean por la orilla. Hombres sin camisa, en pantalones cortos, recogen cangrejos en cubos de estaño mientras espirales de humo se levantan de las barbacoas de la playa. La luz desvaneciente se dilata sobre el agua antes de extinguirse del todo. La hora se esparce rápido, de manera vacía, en todas direcciones a la vez. Mientras el calor del día se vuelve tranquilo, la oscuridad absorbe el horizonte y las demás ilusiones.

Constancia cuenta las palmas viajeras por el Bulevar Crandon. Quiere parar y halar la base de cada tallo de hoja, extraer el litro de agua atrapado adentro. Ella y su padre bebían con frecuencia de los árboles durante sus viajes, apagando su sed, llenando de nuevo sus cantimploras vacías. Comían sus semillas, con sabor a nuez y un poco amargas, y se refugiaban en sus hojas enormes y rajadas por el viento. Papi le dijo que los guajiros pensaban que en la naturaleza, las palmas eran como una brújula natural, siempre alineándose de este a oeste. Después, Constancia se sintió decepcionada al saber que no era verdad.

Prende la señal para virar a la izquierda, se encamina hacia su condominio en la playa. El guardia gesticula para que entre y se estacione en el lugar de siempre. El Chevrolet feo de Heberto está en su lugar. No hay nada importante en el correo. No hay cartas de su hija o de su hijo en Nueva York. Sólo hay cupones de la pizzería de la esquina. Lento, Constancia sube los nueve pisos de escalera para llegar a su apartamento. Lo hace una vez al día para mantener sus piernas en forma.

Hay un telegrama pegado a la puerta. Parece confluir con la madera rubia que lo rodea. El mensaje es de su hermana Reina, en La Habana. Dice que llega a Miami vía Las Bahamas la próxima noche.

Dulce Fuerte

MADRID

A*quí en Madrid* el cielo es de un azul constante y plácido. No hay violencia por aquí que iguale a la mía. No ha sido muy bonito con este correcorre de ánimo y resolución desinflados. Para dejar a Cuba tuve que quemar todo lo que conozco. La memoria, estoy convencida, es el peor de los traidores.

Dos semanas con Abelardo, esa cordillera enfermiza de espina y hueso, y lo dejé para siempre. A veces me pregunto qué he ganado además de este nuevo encuentro con la soledad.

Le robé todo lo que pude a la hermana viuda de Abelardo, empeñé las joyas, y me embolsillé su efectivo grasiento. Esto fue después de nuestra primera pelea a puño limpio. Me arrancó el pelo, llamándome puta comunista. Allí fue que la tumbé por la escalera. Sobrevivió por haber caído sobre la espalda de una vecina que buscaba su correspondencia. Abelardo no tenía nada que valiera la pena robarse.

No me tomó mucho tiempo encontrar un trabajo. Soy la mujer que contrataron para limpiar la mansión y amar a la muchachita solitaria de dos años. Mi uniforme es un desastre: un rosadito de bebé y un delantal con festones y zapatos blancos de suela esponjosa. Digamos que mi presencia es una intromisión apenas tolerada.

El ambiente dentro de la casa es inquieto. Es obvio que hay un divorcio a punto de reventar. Prefiero cuando el Señor y la Señora me dejan tranquilita con la niña. Se llama Mercedes y es largirucha e inescrutable para ser tan pequeña. Apenas habla, así que le cuento las cosas que leo en el periódico. De cómo las capas de hielo polar se derriten y cómo el cambio de medio grado en la temperatura de la superficie terrestre está liquidando miles de formas de vida.

Por la tarde damos caminatas. Mercedes siempre para en frente de la tienda de cuchillería y mira el despliegue brillante. Pequeña cuchilla de carnicero, le digo en broma, vas a crecer y matar a tus padres. Pienso en cómo todo mal se origina en una ausencia primordial.

Nadie sabe dónde estoy. Es como si la noche descendiera sobre mí con aterciopelada anonimidad. Por supuesto, no uso mi nombre verdadero. No creo que Abelardo y su hermana franquista me estén buscando. No creo que nadie me esté buscando. Pero más bien lo hago para probarme una identidad fresca, sembrar una semilla tentativa. Ojalá que todo lo que yo quisiera se pudiera dar tan fácil.

No hay cuadros o libros en las paredes de la casa donde trabajo. Sólo hay espejos, decenas y decenas de ellos disparando luz. He llegado al punto de poder olvidar mi reflejo, aún cuando limpio un espejo frente a frente. Créeme, es un alivio ser tan invisible.

La Señora se emperejila en sus espejos todas las mañanas, ajustando su escaso peinado estilo paje rubio. Mercedes se sienta al lado de ella, halando sus orejitas de bebé, que son como las de un murciélago.

De alguna manera esto resulta más de lo que yo esperaba, y, a la misma vez, menos. Estoy metida en otro ritmo, suspendida en el tiempo, esperando privilegios que pensaba llegarían automáticamente al correr riesgos. Pero es un lugar de reglas que no comprendo. Busco alguna pista en los afiches de corridas de toro despedazados, en el graffiti separatista, en las conversaciones que oigo en la carnicería del Corte Inglés. Cada palabra es un mapa en el que voy siguiendo huellas hacia el mismo muro en blanco, densamente poblado de musgo.

El domingo es mi día libre y voy al Parque del Retiro a caminar por el lago artificial. Cada rizo en el agua hecho por un cisne que se zambulle incita pequeñas ceremonias internas de duda. Hay una gitana en el paseo con la cual me siento como por una hora. Es joven, como yo, con una piel tosca y ojos de un color distinto cada uno. Fumo cigarrillos y escucho su español machucado, veo sus ágiles dedos correosos colocar de golpe mi futuro en su lugar.

—Eres delgada pero hay mucha grasa en tu sangre —así comienza cada sesión, con sus ojos gris y marrón poniéndose serios.

—Dime algo nuevo —le pedí la última vez.

—Miro en tu corazón y sólo veo preguntas. —Dejó de mover las cartas y señaló la sota (el bribón) con un collar rojo de campanillas.

—¿Quién es ese hombre que todavía te susurra cosas al oído?

—El Ché Guevara —dije, riéndome. Entonces perdí la paciencia. —Mira, chica, ¿cómo voy a saber quién es? Vaya, tú eres la gitana. Me quedaba un último cigarrillo. Me hacía falta comer algo. Pensé en como los antibióticos perdían su efectividad contra la enfermedad.

La gitana juntó las cartas en una pila sin orden. —Hoy no te cobro —dijo ella y molesta se viró para otro lado.

La semana pasada llevé a Mercedes a El Prado. Salvo los archivos en Santiago de Cuba, donde la foto de mi padre está con otros artefactos de la revolución, nunca había estado antes en un museo de verdad. Tampoco he estado en una iglesia. ¿Quién carajo puede estar al tanto con todos esos santos y mártires? En Cuba nos enseñaron que la religión era un refugio para los débiles y los ignorantes. Pero cuando vi *El Cardenal* de Rafael, me di cuenta que eso no podía ser cierto.

—Mira la cara de ese hombre, Mercedes.

—Hombre —repitió ella en una voz alta.

—Todo lo que necesitas saber sobre la ambición se encuentra entre sus dos ojos.

Vengo de una extensa familia de ateos. Mi madre deposita su fe en la electricidad y el sexo. Y el lema anticlerical revolucionario de mi padre todavía se usa hoy en día. *¡Que se pongan a sembrar nueces de palma!* Mis abuelos del lado materno eran científicos y sencillamente rechazaban la religión organizada de antemano. *La religión es una forma* *de arrebato voluntarioso,* decía Mamá, citando a su padre. Sus padres murieron en espacio de dos años, allá por los años cuarenta, pero Mamá nunca me pudo decir por qué.

A veces anhelo haber conocido a mis abuelos. Mi madre los hace parecer más grandes que la vida, como esos carteles gigantescos del Ché incitándonos a un mayor esfuerzo por la Revolución. Viajaron por toda Cuba, estudiando pájaros y murciélagos y otros animales. Mamá dice que sus padres eran famosos en su campo, que científicos famosos de todas partes del mundo los venían a visitar en La Habana. Me pregunto si alguien se acuerda de ellos ahora.

Algunos días siento el pasado como una neblina caliente sobre mi espalda, todas las generaciones que me precedieron me susurran *así, así y no asao.* Debe haber rituales, como en las sociedades primitivas, donde poco a poco los ancianos confieren sus conocimientos a sus descendientes. Así podríamos deshacernos de todas las falsas historias que nos imponen, acumular nuestra verdadera historia como un río en temporada de lluvia.

Mi madre sólo me ha contado fragmentos de su pasado familiar, algunas citas de filósofos antiguos, una forma de ser que problematiza, que en muchos casos me ha traido muchos pleitos. De la familia de mi padre no sé nada. (Sus padres eran trabajadores dicen los libros revolucionarios. Vaya y ¿quién carajo no lo es?) Mamá no tuvo mucho tiempo para llenar los vacíos. Siempre estaba trabajando, iluminando las partes más remotas de la isla. Tiene un don especial con la luz. En cuanto a mí, pues, pasé casi mi infancia entera en internados, usando uniformes azul marino, recogiendo boniatos o lechuga o limones y recitando datos inútiles.

Todo en la cafetería del museo es tan caro que sólo compro un plato de gazpacho para compartirlo con Mercedes y todas las galleticas de sal que me caben en el bolsillo.

—¡Caliente! —grita ella, queriendo decir picante, así que le echo un poco de agua a la sopa para diluir el sabor. Esto le cuadra bien a Mercedes. Le he estado enseñando como manejar una cuchara y con ánimo sorbe ruidosamente el gazpacho.

Me doy cuenta que un hombre nos observa, pero se levanta y se va. No le doy más atención al asunto, hasta que el hombre se desliza en el puesto nuestro con dos bandejas de bistecs con vegetales cocidos y porciones de flan que se menean. Es altísimo. Hasta sentado es más alto que la mayoría de la gente. Una altura planetaria. Sus facciones son tan sosas que no puedo verlo bien. Es como mirar un boniato pelado.

—Estoy en Madrid por sólo dos días —dice finalmente. Ubico su acento como de sueco o noruego, y de hecho es de un suburbio en Estocolmo.

Nada es gratis, digo yo, pero tengo tanta hambre que corto un pedazo de bistec. Mercedes agarra el flan a su lado y lo aprieta en sus puños.

—No es mi hija —anuncio y luego me pregunto por qué esa necesidad de explicarlo. —Sólo la cuido.

El hombre no dice nada pero me sigue escrutando. Tiene una ampolla de sangre saliendo del pulgar.

—¿A qué negocio te dedicas? —le pregunto en inglés, que de pronto lo pone a sus anchas.

—A la farmacéutica. —Se endereza y parece listo para venderme algo. Tenemos antídotos para muchas enfermedades. La calvicie. Infecciones de los pulmones. Hongos de piel marroquíes.

—Tengo el gusto de informarle que no me harán falta ninguno de sus productos le digo de vuelta en español. Mercedes empieza a reírse, chillando como un lorito, como si entendiera mi chiste. Su cara y vestido están embarrados de flan.

—Tienes un pelo bello —carraspea, como si de repente fuera poseído por una revelación, luego baja la vista hacia sus inmensas manos.

Sus ojos son de un rosado delicado. Como de conejo, se me ocurre. O de una tristeza secreta.

Mercedes y yo acompañamos a Bengt a una corrida de toros. Su compañía le da boletos para entretener a los clientes así que tenemos asientos excelentes. Los vestuarios de los matadores brillan en el sol como insectos grandiosos. Cuatro toros son estocados sin mayor bulla, cosa que desata un torrente de abucheos, gritos, regocijo y lanzamiento de cojines. Es inútil tratar de saber qué es lo que complace al público. Sólo el disgusto es inconfundible.

El quinto toro es pequeño, sobrecalentado, brilloso de rabia. Una y otra vez quiere embestir al joven matador. Pierde su equilibrio y el gentío lo abuchea. La segunda vez que resbala, el matador se pone furioso. Sujeta en alto la espada, listo para matar, pero el toro lo tumba y le magulla su pierna con las pezuñas. Frenético, el matador da tajos de contraataque le descuartiza la oreja al toro; y le extirpa un ojo.

Por un instante, el toro se queda parado, atónito. Entonces va a la carga salvajemente atravesando la plaza de toros mientras la sangre chorrea de su cabeza. Los aficionados se vuelven locos, maldicen al matador y a todos sus antepasados. Por fin, hace falta una docena de hombres para matar la bestia. Cuando llega la ambulancia al estadio para recoger al matador herido, el público lanza piedras y refrescos, los paramédicos apenas se escapan con vida.

Es casi medianoche cuando me escabullo de la casa de los espejos para encontrarme con Bengt en su hotel. El pide servicio de cuarto, y se pasa una hora viéndome comer. Pato al horno en aceite de oliva, mollejas con salsa de pimientos, media hogaza de pan embadurnado con un bacalao majado y salado.

—¿Te puedo servir el postre? —pregunta Bengt un poco tímido. Hay una docena de yemas arregladas como ovarios en una bandeja de plata. Me toma de la mano y me lleva a la cama tamaño king-size en el otro cuarto.

La noche está vendida, pienso yo, y empiezo a quitarme la ropa. Él me para.

—Por favor, acuéstate —me susurra.

Tomo nota del trozo negro de su lengua, espeso e hinchado, rebozando de su boca. Tiene un olor agudo, trasgresor. Me da miedo.

Bengt me quita los zapatos, nada más. Por un instante, pasa el dedo por la cicatriz de mi muslo, donde doné mi piel para curar la quemadura de Mamá. Entonces se sienta en una silla al lado mío con la bandeja de las yemas de huevo azucaradas y un cucharón de servir de plata. Bengt pone la mano en la parte trasera de mi cabeza con gentileza, como si yo estuviera enferma y necesitada de asistencia. Con la otra, pone la primera yema en mi boca con la cuchara. Se disuelve en mi lengua con una dulzura húmeda y precisa. Luego otra yema, y otra después de ésa.

La tranquilidad es nada menos que el buen ordenamiento de la mente. Repito esto dos veces para calmarme. Pienso en mi mamá leyendo en voz alta a sus filósofos, su cara laxa con nostalgia, como si hubiera vivido en la Grecia o Roma antiguas. ¿Qué fue lo último que me dijo antes de que yo me largara de Cuba? De repente, me parece importante recordarlo.

Siete yemas, ocho. Las yemas se hinchan dentro de mí como soles gordos y pegajosos. Como la vez que yo tenía catorce años y esperaba un bebé. Nueve, diez, once yemas. *Todas las cosas cambian; y uno mismo está en continua mutación y de cierta manera en continua destrucción, y así el universo entero.*

Doce yemas. Doce. Bengt deja caer la cuchara. Desata su corbata y se cubre la cara con las manos. Parecen radiantes, y tiemblan, hundidas en luz. Entonces se monta en la cama conmigo y se duerme profundamente.

RARAE AVES

Durante mi último año en la Universidad de La Habana, diagnosticaron a mi padre un cáncer de la garganta. Los médicos decían que viviría sólo unos meses, pero su fuerza de voluntad desafió el pronóstico. Sobrevivió casi tres años más. Decidí regresar a Pinar del Río para leerle. Eso era un lujo para Papá, quien se había pasado tantos años leyéndole asiduamente a otros. Día tras día, tomo por tomo, le leí de nuevo su biblioteca entera.

Mi padre, como siempre, atesoró mayor goce y sosiego en los filósofos griegos y romanos —Platón y Epícteto y, sobre todo, Marco Aurelio. Se deleitaba también con la poesía de Don Miguel de Unamuno y de Rubén Darío, especialmente los poemas de Cantos de vida y esperanza. *Papá no era un hombre religioso, pero me sospecho que en esos poemas halló un camino hacia un consuelo privado.*

Papá recibió un sinnúmero de visitantes durante su enfermedad. Sus amigos ignoraban su salud que iba en deterioro y compartían con él noticias y chismes de la fábrica. De lo que se comentaba era de las máquinas enrolladoras de tabaco, esas monstruosidades estruendosas de los Estados Unidos que arruinaban la forma de vida de los trabajadores tabacaleros. No importaba cuántas marchas o motines se hicieran, las fábricas no se iban a deshacer de esas máquinas. Parecía que los trabajos perdidos se quedarían así para siempre.

Una noche, durante el jolgorio de carnaval, un grupo de hombres disfrazados entraron a El Cid y trituraron las máquinas enrolladoras, dejándolas hechas trozos de metal irreconocible. Más adelante, con explosivos demolieron los reemplazos que llegaron de los Estados Unidos. Papá, quien tenía el alma de un anarquista pero el pragmatismo de un contable, había desaprobado del plan de sus compañeros. En resumen, seis de ellos fueron encarcelados.

La tradición del lector también había menguado. Después de que mi padre renunció, no hubo ningún otro lector que llegara a tener su erudición. Nadie, no obstante las ventajas augmentativas del micrófono, logró captar el respeto que él había disfrutado. Me sentía halagado de que me ofrecieran el puesto, pero no pude aceptarlo. El mundo que yo había conocido de muchacho, el mundo de Papá, dejó de existir.

En cambio tomé un trabajo de tiempo parcial como guía de cazadores para ayudar a mis padres con sus cuentas médicas. Mis clientes eran principalmente turistas norteamericanos, todos ellos tan poco conocedores de la naturaleza y de destrezas ínfimas. Para mí, dispararle a los animales no es recreación ni deporte, sino algo que tiene que someterse a las necesidades del hambre o de la ciencia. Hoy día los naturalistas jóvenes usan cámaras y otros instrumentos de grabación que hacen el trabajo de coleccionar más humanizante. Pero en mi época, ese tipo de equipo, cuando existía, era difícil de cargar y manejar en viajes al campo. Sencillamente, para comprender a cabalidad una criatura, había que matarla.

Mamá me imploró que regresara a La Habana para finalizar mis estudios, pero rehusé dejar a mi padre. Afortunadamente, la degeneración de mi padre fue tan gradual que nos acostumbramos a ella. Su apetito disminuyó a nada mientras se marchitó a unas ochenta libras. El cáncer se regó a su boca y quijada hasta que la parte inferior de su cara se derrumbó. Se desorientó y me empezó a hablar como si yo fuera su padre. Cuando se acordaba de las cosas, sus dedos huesudos se movían involuntariamente, contorciéndose con la memoria de un centenar de músculos finos. Papá hablaba de los violines que había tallado en la mesa de cocina ayudando a su padre, en los montes de Galicia, de los barnices malolientes que habían destilado de las resinas de los árboles. —Es el barniz, sobre todo —insistía— el que asegura la resonan-

cia y longevidad del violín.

La hora final de Papá vino inesperadamente. Estaba oscureciendo en septiembre, y Mamá acababa de terminar de cocinar un caldo gallego, la sopa favorita de mi padre. Cuando le trajo el plato hirviente, Papá se esforzó en erguirse usando los codos, inhaló profundo el aroma y tarareó los primeros compases de "Danza de las Brujas: Variaciones". Mi madre sonrió triste mientras levantaba la cuchara para darle de comer. Arrancó la cuchara de su mano y empezó a comer con un gusto improvisto. Mamá y yo nos quedamos mirándonos. Quizás la salud de Papá mejoraría después de todo.

En cuestión de instantes mi padre tiró la cuchara al piso y virtió el resto de la sopa sobre su bata, su piel insensible al calor de la misma. Sus ojos y lo que le quedaba de la boca estaban abiertos, pero ya no podía ver o hablar. Su cara era una máscara, entumecida por el miedo.

Ofrecí buscar al doctor, pero Mamá me tomó la mano y me pidió que me sentara a su lado en la cama.

—Vete si tienes que irte mi amor —le dijo dulcemente a mi Papá. —Tu memoria está segura con nosotros.

Entonces tomó las manos de él entre las suyas mientras temblaban con lo último que le quedaba de vida.

Tan pronto terminé mis estudios y empecé a dictar cátedra en el Departamento de Biología en la Universidad de La Habana, el General Machado ordenó el cierre de la misma. Los profesores habían vociferado su protesta de no poder enseñar con soldados en las aulas, y ese tirano trató de deshacerse de la educación superior por completo. Era 1931, un año espantoso. Miles de estudiantes fueron detenidos, muchos asesinados a sangre fría. Uno de mis colegas, el famoso zoólogo boliviano, José Garriga, según el rumor, era miembro del grupo terrorista secreto ABC. Temprano una mañana fue secuestrado de la cafetería de la universidad y nada más se supo de él.

Muchos profesores huyeron a Nueva York o Miami o al Yucatán, esperando que terminara la violencia. Otros se quedaron en La Habana y buscaron trabajos humildes para sobrevivir y mantener a sus familias. El jefe del departamento de química, se hizo cocinero de platos de rápida preparación. Un amigo físico, Jorge de Lama, repartía bloques de hielo en el negocio de su tío. Otros colegas trabajaron de camareros, cortadores de caña, agricultores, o dependientes. Una vez más, decidí regresar a Pinar del Río.

Durante el transcurso de la enfermedad de mi padre, la artritis de Mamá le había jorobado la espalda y desfigurado sus manos elegantes. Vivía de la pensión de Papá, los pocos pesos que podía ahorrar de mi sueldo modesto, y la generosidad de nuestra vecina, Graciela Montalvo, una costurera retirada. Me dediqué a cazar por comida en lo que quedaba de los bosques que rodeaban Pinar del Río, disparándole a las jutías y palomas para nuestra cena. Sembré un jardín y coseché ajo, cebolla, pimiento dulce, y tomate. Nuestro naranjo también era prolífico. Pudimos sobrevivir mejor que la mayoría.

En esos días mucha gente arriesgó su vida luchando contra Machado. Organizaban manifestaciones, ponían bombas, saboteaban edificios gubernamentales. Me acuerdo de un muchacho local, Agapito Fernández, cuyo dedo cordial fue cortado por la milicia al no revelar el paradero de su padre. Escuchaba estas historias, y, sin embargo, me encontré incapaz de entablar acción de alguna utilidad.

Justificaba mi actitud de entonces convenciéndome de que la política era una sórdida arena desvinculada de la ciencia. Mi madre no compartía mi punto de vista. Cuando se regó la palabra de la masacre de estudiantes en la cárcel de El Príncipe, Mamá se unió a los que protestaban en la plaza principal de Pinar del Río. El mes siguiente, marchó a la jefatura de policía para exigir la libertad de Federico Zequeira, un ex estudiante de flauta que había sido falsamente acusado de traición. Luego, escribió innumerables cartas de queja al embajador de los Estados

Unidos, Harry Guggenheim, y hasta al mismo General Machado al Palacio Nacional. Es un milagro que no la hayan arrestado.

Ya que me era imposible ganarme la vida, decidí regresar a mi trabajo de investigación y dejar que otros lucharan por el destino político de la isla. Mi nuevo proyecto no tenía precedentes: catalogar cada una de las aves de Cuba en vías de extinción. Emprender esta tarea durante un momento de casi guerra civil, era indicio de mi gran ambición, igualada sólo por mi gran ignorancia.

Por los próximos dos años, con poca financiación salvo lo que podía conseguir prestado, con una conciencia afligida gracias a mi madre, recorrí hasta los rincones más remotos de Cuba buscando rarae aves. Pedí botella, me montaba en trenes de carga, instigaba a los guajiros a que me prestaran sus mulas, dormía en cuevas o debajo de los canopies de las inmensas ceibas. El paisaje de Cuba había cambiado tan dramáticamente en sólo dos lustros, que hasta los numerosos pájaros que Dr. Forrest y yo habíamos coleccionado no se hallaban en ninguna parte, y en el mejor de los casos, iban solos o en bandas minúsculas. No había santuarios de aves en Cuba, no se sentía que algo de valor había sido destruido por los tractores y los arados.

Recuerdo con agrado diez días que pasé observando una bandada de ibises lustrosos en la Cié-

naga de Zapata —ciertamente el último grupo en Cuba, a lo sumo tres o cuatrocientos pájaros en su totalidad. Los ibises volaron desde el este en largas líneas ondulantes y aterrizaron sobre el pantano cimbreante. De allí se fueron acercando a la orilla, cazando insectos y caracoles. Cuando se les espantaba, tomaban vuelo en masa, dando vueltas en un despliegue maravilloso.

Mamá murió de un infarto mientras yo estaba en la Ciénaga de Zapata. La Señora Montalvo la descubrió temprano en la noche, recostada desaliñadamente en su cama, la misma en que nací, y en la cual hacía mucho tiempo, Mamá había entregado su placenta al búho negro de la noche. Cuando regresé a Pinar del Río, mi madre llevaba cuatro días de enterrada. Estaba al lado de mi padre en un trocito de altillo ventoso, regado con flores violetas de árboles gemelos de poinciana.

En ese entonces recordé la historia que me reveló mi madre cuando tenía nueve años. Me dijo que no quería que lo oyera de boca de otra persona. Mamá me relató que su padre la había desterrado de su familia a los diecisiete años cuando un hombre casado en Consolación del Norte la había violado. El culpable, dueño de una tienda de víveres, luego se hizo alcalde del pueblo. Así eran las cosas en aquellos tiempos.

Mi madre, negándose a recluirse en un convento o a entregar a su hijo para que se adopta-

se, huyó por la Cordillera de los Órganos y empezó su vida de nuevo en Pinar del Río. A ella, le parecía una metrópolis a todo dar en ese tiempo, especialmente después de criarse en el pequeñísimo Consolación del Norte. Con dinero que le dio una tía que simpatizaba con ella (quien, sin embargo, le aconsejó que jamás regresara a casa), mi madre compró una flauta de uso y se mantuvo dando clases de música a los hijos de los comerciantes adinerados. Su hija Olivia nació en 1890. Cuatro años más tarde, la muchachita se ahogó cuando el Río Guamá desbordó su cauce.

Después de que muriera Mamá, seguí viviendo en casa de mis padres. Día y noche trabajé en mi libro, documentando los hábitos y hábitats de noventa y seis especies que se extinguían, entre ellos el periquillo cubano, la ibis de bosque, el espléndido Camao (Oreopeleia caniceps caniceps), y el gavilán de Gundlach, uno de los pájaros menos vistos en el mundo entero.

Alrededor de ese claro mundo ovaloide y ordenado que había construido, la casa se hizo un reguero. No la limpiaba ni hacía arreglos o reparaciones, y si no hubiera sido por la bondad de la Señora Montalvo, probablemente habría comido poco. Me veía tan desaliñado como el ambiente que me rodeaba. A veces, dejaba mi estudio para caminar en el bosque, o vendía un mueble para comprar abastecimientos. Me tomó muchísimos meses completar el libro. Para entonces, nada quedaba en la casa de mis padres salvo la cama matrimonial tallada a mano, los textos de filosofía de Papá, y montones de telarañas.

La tarde que emergí de nuevo al mundo, encontré a todo Pinar del Río parado por completo. El mercado estaba desierto, las calles vacías de vendedores, los panaderos habían dejado enfriar sus hornos. La basura estaba amontonada por dondequiera. Por algún motivo, el hedor y el silencio me perturbaban más que la balacera.

La Señora Montalvo me dijo que los choferes del Ómnibus de La Habana habían comenzado una huelga general cuatro días antes. Los conductores de los tranvías y los taxistas se unieron a ellos. Luego los estibadores, los que manejaban barcos de trasbordo, y los trabajadores de muelles siguieron sus pasos. Hasta los botones en los hoteles de primera clase de La Habana iban a trabajar en patines. La isla estaba paralizada por completo.

La presión sobre el General Machado se intensificó hasta que fue obligado a abandonar el país. Centenares de personas irrumpieron en el Palacio Nacional, llevándose palmas en tiestos y cañacoros de tallo largo de los jardines privados. Otros saquearon los comestibles del General, tanto por venganza como por hambre, y se lle-

varon un puerco cimarrón chillando, el cual mataron y descuartizaron sin gran ceremonia en el Parque Zayas. Muchos más se dedicaron a saquear las casas de los compinches de Machado, los porristas, quemando sus posesiones en hogueras improvisadas.

El ambiente de venganza creció. Los esbirros de Machado fueron perseguidos, golpeados, y desmembrados por el tropel de gente. Los vengadores encontraron un asesino notorio, el hombre responsable por la masacre de la cárcel El Príncipe, escondido bajo el fregadero disfrazado como una vieja mujer inválida. Su cadáver, envuelto con una mantilla negra, fue arrastrado por la masa de gente abuchearte de la capital. Pasarían unos cuantos días más hasta que se restaurara el orden.

Vendí la casa de mis padres y con el dinero, publiqué quinientos ejemplares de mi primer libro, *Las aves fallecientes de Cuba*. Por fin, era un placer aguantar en mis manos el ejemplar, oler el papel fresco, tocar el pardo áspero de la encuadernación. Mi nombre estaba en el lomo, grabado con letra de oro. De inmediato, hizo que mi trabajo fuera menos abstracto.

Mandé mis libros al extranjero a los ornitólogos que más admiraba. Modestia aparte, debo informar que causó cierto alarde entre ciertos círculos académicos. El Dr. Horatio Fowler III de Yale University escribió en *Ornithology*

Today *que consideraba mi libro "... uno de los clásicos de su tiempo".*

Ese otoño, cuando reabrieron las puertas de la Universidad de La Habana, fui nombrado rápidamente Catedrático de Ciencia General y Biología. Era 1933. Y pensar, tenía veinte y nueve años.

CUESTIÓN DE DONES

❄

KEY BISCAYNE

JUNIO DE 1991

Reina *desajusta* la parte superior de su bikini y se acuesta al lado de la piscina con su espalda hacia el sol matutino. Lleva más de un mes en Miami, y ya se ha acostumbrado a la indolencia algo perturbante de la vida en el exilio. La Cuba que conocía se está apagando frente al lujo de la vida de su hermana. Sólo una maleta atiborrada con los recordatorios de su padre —murciélagos y pájaros taxidérmicos, unos cuantos libros y ropa, la foto enmarcada de su madre— es lo que queda de esa vida inquietante antes de su partida.

En La Habana le parecía que estaba al borde de una certeza. Ahora se pregunta si la certidumbre le va a ser vedada, se pregunta, de hecho, si la certidumbre no será en verdad un desastre en forma de disfraz.

En el aeropuerto de Miami, estaba atónita de ver una versión de su madre que se le acercaba a toda velocidad en la salida. Constancia se parece tanto a Mami ahora, hasta en los detalles más pequeños, que Reina no lo podía evitar —estudió la cara de su hermana como una ciega, trató de leer la gracia y el terror que allí se escondían.

—¡Qué manera tan extraña de estar muerta! —exclamó por fin. Eran las primeras palabras que dirigía en persona a Constancia en treinta años. Luego miró fijamente a su hermana por muchas horas más, la observó desde todo ángulo concebible, hasta que la dejó con un sentido de luto frenético.

Sus primeras noches en Miami, durmió en la misma cama con Constancia, su espalda dando al estómago de su hermana; desde la parte de afuera, protegía a su hermana mayor, más delgada, escuchaba los mensajes de los muertos. Se duchaban juntas, se peinaban el pelo la una a la otra, y se daban de comer del plato de cada una. Y durante todo este tiempo Reina vigilaba la cara de su hermana como si fuera una urgente tragedia.

Reina se pregunta si la cara de Mamá era sólo una membrana superficial, como sus propios parches de piel prestada, o si penetraba hasta llegar al hueso, a algún nivel básico y molecular. No puede dejar de pensar en cómo todo es fundamentalmente eléctrico, en cómo las corrientes naturales fluyen cerca de la superficie de la tierra, telúricas y magnéticas, en cómo es arrastrada una y otra vez a los campos cargados del rostro de su hermana.

Si Constancia sólo dejara de hablar, si se quedara muda lo suficiente para que Mami pudiera hablar. Reina encuentra intolerable las expectativas falsas creadas por la cara de su madre. Hay una parte de ella que quiere dirigirse a Mami directamente, arriesgarlo todo —aunque signifique erradicar a su hermana— con la esperanza de recuperar su pasado.

Después de que murió su madre, Papá mandó a Reina y a Constancia a un internado protestante en Trinidad. Ese primer invierno lluvioso, un bosque de cortesía se arraigó entre ellas, almidonando el aire que compartían. Reina palpaba el desprecio de su hermana. Cada vez que trataba de hablar sobre Mami, Constancia se tapaba los oídos y tarareaba el himno nacional. Aunque pasaron años juntas en la escuela, fuera por costumbre o por cobardía, Reina no sabe cuál de los dos, Constancia y ella jamás volvieron a hablar de su madre.

Reina se tira a la parte honda de la piscina con los ojos bien abiertos. Hay una moneda de diez centavos y una argolla de oro donde el fondo empieza a inclinarse hacia abajo. Los agarra del concreto, dejándolos al borde de la piscina. Entonces nada con brazadas poderosas a la parte menos profunda. Una brazada, luego dos, y ya está en agua profunda. Dos brazadas más y está de vuelta en agua baja.

Esta piscina es para pigmeos, piensa Reina. ¿Quién más estaría satisfecho con estas pocas gotas de azul?

El sol está en lo alto del cielo. No hay interferencia de las nubes. El océano se arruga con la brisa más mínima. La ciudad está lejos, extrañamente plana y poco acogedora. Reina emerge del agua y se sacude para secarse, una gloriosa bestia titánica. Cerca de ella se ven gafas oscuras que se bajan, ventanillas que se abren. Su propio olor punzante emana vaporoso de su piel de matiz variado.

Al mediodía, Constancia la llama desde el balcón para venir a almorzar. Como siempre, es delicioso: arroz con pollo, plátanos maduros fritos, un flan de coco de postre, todo servido en platos elegantes con diseños florales.

—Este es el siglo en que el cristianismo murió —declara Constancia, sacando los petito pois de su arroz. —Lo metafísico es lo que gobierna. Ahora la gente cree en milagros en vez de Dios.

Reina se inclina hacia Constancia y maja los petits pois de su hermana, chupándolos de los dientes del tenedor. Sube la vista para ver el pasado atrapado en la cara de Constancia y no sabe qué decir.

El teléfono suena sin parar durante la comida. Una llamada tras otra de los clientes de Constancia, impacientes para ordenar lociones y cremas. Su hermana casi ha terminado de renovar una fábrica de bolas de boliche para convertirla en la nueva planta industrial de *Cuerpo de Cuba,* y así lograr satisfacer la demanda vociferante. Reina le ha prometido a su hermana ayudarle con lo que queda por hacer de la parte eléctrica.

Hay una pila de fotografías en la mesa de la cocina tomadas antes de la aflicción de Constancia. Reina repasa las fotos, examinándolas una por una. Sabe que: su hermana se ve bien, bien aseada, más joven que sus cincuenta y dos años, su cuerpo dúctil y mimado, pero le falta el tono preciso de la verdadera suculencia.

—¿Tú crees que esto se me pasa? —Constancia está un poco malhumorada, inquieta. —¿No estoy extinta ahora, verdad?

Reina no está segura de poder quedarse

en casa de su hermana si la cara de Mami desaparece, tampoco si permanece. Toma la mano de su hermana y le da palmaditas. Es la mano de una niña, sin líneas, lisa. ¿Qué cosa podría estar allí velada, todavía tentando a los muertos?

—¡Coño, déjate de tanta chifladera! —sisea Constancia de repente. —¡Ya llevas días con ese tajo!

Sobresaltada, Reina se da cuenta que inconscientemente ha estado silbando. Reconoce la melodía, un son changüí tradicional de Oriente, que había escuchado cantado por un negrito en el Parque Céspedes. *He nacido para ti, Nengón. Para ti, Nengón.* Su manera de cantar la había dejado en lágrimas.

—He estado ingiriendo pequeñas cantidades de plata fina —dice Constancia, ya más calmada. Toma una bolsita de dril de algodón del bolsillo de su delantal, le enseña a Reina el polvo plateado que tiene adentro. —Escuché por la radio que mitiga las alucinaciones.

Reina se inclina y toma una manzana de un bol en la mesa de cocina. No quiere decir que el mundo entero debería comer plata en polvo, porque todos están alucinando.

—Alguien me dijo que esto puede ser una enfermedad ecuatorial. Puede ser que la haya contraído aquí en Miami. Hay mucha gente de Suramérica. —Constancia toma un chispín del polvo plateado y lo rocía encima de su lengua. Luego lo baja con un vaso de agua. —Lo que yo quiero saber es ¿adónde se habrá ido *mi* cara? ¿Adónde se ha desaparecido?

Reina se acuerda de un trozo de poema, no sabe de dónde, tal vez algo que su padre le leyó alguna vez. *La vida está en el espejo, y tú eres la muerte original.*

Claro, a Constancia no se lo dice.

—*Ayúdame, por favor.* Su hermana decide preparar un grupo de *Muslos de Cuba,* su nuevo producto para alisar los muslos.

Reina no tiene interés particular en esto —el olor y el vapor le dan dolor de cabeza— pero Constancia está tan atareada de trabajo que, renuente, accede a mezclar algunos galones para una presentación en una tienda por departamento para el próximo día.

—¿Para qué sirve esto? pregunta Reina, escarbando con el dedo entre las semillas de aguacate hervidas.

Constancia abre las semillas con un cuchillo y raspándolas, saca la carne vegetal. —Suaviza las células subcutáneas del muslo. Reduce la apariencia de la celulitis. ¿Me pelas esos melocotones?

Reina se inclina sobre la bandeja de fruta que se pudre, y aleja una nube de moscas devoradoras. Recoge un cuchillo de filo serrado y empieza a pelar. A Reina le priva la obsesión que tienen las mujeres cubanas de Miami con los detalles ínfimos de sus cuerpos, sus cruzadas que conducen a la derrota. Estaba atónita cuando Constancia la llevó a un centro comercial de Dade County el domingo pasado. Todos esos maniquíes sin cadera y sin pecho, envueltos en seda hasta sus magros pescuezos.

¿Por qué las mujeres no comprenden que son las peculiaridades lo que las hace atractivas a los hombres? Son raras las veces en que las mujeres de belleza convencional tienen un gran poderío sobre su pareja. Pepín, quien adoraba a Reina nunca dejó de observar a otras mujeres, admitía que no favorecía ningún rasgo en particular. *Cada mujer tiene algo,* le gustaba decir. Los mejores amantes, lo sabe Reina por experiencia, aprecian a las mujeres de esta manera.

—Tú no tienes que preocuparte, porque nunca te hizo falta dice Constancia con desdén. Abre una tina grande de yogur de cereza, y lo echa a cucharones en la olla hirviente.

—¿Pero por qué se le ocurren estas tonterías a cualquiera? Reina se vira, alza su batica de tela de toalla para revelar sus muslos fruncidos. —¿Oye, chica, desde cuándo la celulitis ha frenado la pasión?

Constancia agarra la tabla de cortar de Reina y raspa la cáscara del melocotón hasta vertirla en una licuadora. Chirría como taladro chueco. Las cáscaras se ponen marrones y pulposas, completamente aborrecibles. Reina mira mientras su hermana las añade al emoliente burbujeante.

—Yo creo que en su mente toda mujer se queda en cierta edad —dice Constancia bajando la voz a un tono conspirativo. —Esa rara vez que se miró en el espejo o por los ojos de su amante y se quedó complacida.

Reina se imagina que es la voz de mostrador cosmético de su hermana elevada al máximo.

—¿Reina, no te has fijado cuán a menudo las mujeres destruyen fotos de sí mismas? Es porque nada conforma con la imagen privada de nosotras mismas. Mis productos reviven ese sentimiento. La belleza del olor y el sentido, la confluencia de memoria e imaginación.

—Pues a mí no, mi amor. Yo vivo en el momento de ahora.

—Bueno, debes ser la única mujer en la tierra que de verdad le gusta como se ve —dice con sorna Constancia, removiendo la loción para los muslos con un ritmo fijo de su cuchara de madera. —En definitiva, ¡pésima actitud para los negocios!

Reina se retira al cuarto de huéspedes y se pone su overol de trabajo. Está poniendo estantes y despliegues de madera prensada para los especímenes disecados de su padre. Busca un martillo de su caja de herramientas y coloca otra repisa en la pared. Su pulgar todavía está un poco adolorido desde que se rompió en el árbol de caoba. Entonces coloca los estantes forrados con largos trozos de papel de aluminio que compró en el supermercado.

Reina se azora cada vez que va de compras en Miami. Los despliegues de productos olvidados o que ni sabía que existían. Espagueti de pimiento rojo. Alcachofas enormes, con aspecto vagamente medieval. Pan en todo tipo de textura y forma. Y todo aquí, o así parece, puede ser congelado o deshidratado por congelación. Instantáneo, todo instantáneo.

En la esquina lejana del cuarto, en el estante de arriba, pone el periquito que Papi mató en un bosque virgen cerca de Guantánamo. El camao espectacular de su padre, su manto un azul envidiable, lo coloca en una de las cajitas por la ventana al lado de un búho sin orejas llamado Sijú. Reina acaricia el búho enano, su favorito de la colección de su padre, recuerda los trazos apagados de luz que deja en un enjambre de hojas. Se pregunta si la memoria no es más que eso: una serie de borraduras y selecciones perfeccionadas.

En el gavetero, donde había estado un crucifijo decorativo, Reina clava una foto de su madre que se parece exactamente a la Constancia de ahora. De hecho, es idéntica a la foto hecha a la antigua que su hermana usa para las etiquetas de sus pomitos de lociones y cremas. Mami está pálida en la foto, tan pálida que su piel parece más conjetura que color. Se acuerda de como el verano antes de que ella muriese, las pestañas de Mami emblanquecieron hasta que sus ojos verdes se veían el doble de su tamaño normal.

Reina coloca una fila de clavos en su boca, y empieza a clavarlos en la pared uno por uno. Ajusta otro estante contra la pared. Esto la hace sudar, así que se quita todo y se queda en calzones y un ajustador antiguo con las copas en forma cónica. Siempre ha querido trabajar desnuda; a lo sumo, la ropa le parece un estorbo. Nada le queda bien de todas maneras, especialmente en este país negador de nalgas. Reina sabe que se ve mejor cuando está empelota, aún ahora con su piel en parches. Con desdén, se pregunta cuándo se habrá originado el concepto de la obscenidad.

Son casi las cuatro de la tarde cuando termina con el cuarto de huéspedes. Encuentra a Constancia en la cocina haciendo gotear el extracto de vainilla dentro de la loción para muslos que se enfría. Reina la embulla a que lleven la lancha motorizada de Heberto a darse una vuelta por allí. —¿Cuán difícil puede ser? —pregunta Reina. —Sin faltarle respeto a tu marido, mi amor, pero ¿cuántos astrofísicos conoces *tú* que van de pesca en este mundo?

En Cuba no se le permite a nadie ir en barco sin un permiso especial, así que Reina raras veces gozó de poder aventurarse en alta mar. Constancia protesta que no deben usar la lancha de su marido sin pedirle permiso. Está nerviosa porque desde marzo Heberto se largó en una misión secreta para derrocar a El Comandante. Reina contiene su risa. Nadie puede tumbar a ese viejo cabrón, mucho menos el mansito de Heberto Cruz. Le da risa que Constancia piense que su marido tiene siquiera una mínima oportunidad.

En el club náutico, Reina se pone a arreglar el motor enmohecido del barco delante de un grupo de admiradores que la piropean. Hunde su cara en el motor, alicates de punta en la mano, sin hacerle caso a la bulla que la rodea. Nadie ha navegado en el barco desde la partida de Heberto. Reina le pide a su hermana un rollo de alambre de cobre de su masiva caja de herramientas. Reina siempre está de lo más contenta cuando tiene la caja de herramientas a su lado, incluso cuando hace el amor. Le da mayor goce a todos sus placeres.

El mes pasado pudo sacar de contrabando la caja de herramientas de Cuba, impresionando a los oficiales de inmigración del aeropuerto con el nombre de un general famoso que una vez había seducido. Sabe que pudo haberse comprado una casita de playa en Manazanitas vendiendo sus herramientas en el mercado negro. Coño, es casi imposible conseguir una curita en Cuba, olvídate de una llave de tuerca. No había manera que se fuera sin sus tarecos preciosos.

Constancia aguanta un trozo estirado de alambre para que Reina lo corte. Reina lo enrolla pacientemente alrededor del motor, y entonces prende el arrancador. El motor se agita y muere. Arregla un par de tuercas con su mejor llave ajustable. A Reina la podrían dejar caer en paracaídas en cualquier lugar con sus herramientas, hasta en una galaxia lejana sin agua y con una mínima parte de la gravedad que hay en la tierra y de alguna manera —se sonríe al pensar en esto— sabe que podría sobrevivir.

En el próximo intento el motor ruge con vida. Reina está contenta. Nada, absolutamente nada, sea hombre o máquina, es inmune a los poderes resucitadores de sus manos mágicas.

Constancia se pone el salvavidas, pero Reina no se molesta en ponerse el suyo. En vez se acomoda en la parte trasera del barco de Heberto y con la mano le indica a su hermana que suba a bordo. Entonces Reina guía la nave fuera de la bahía del club náutico como si naciera para eso.

El aire está demasiado agotado para que haya viento. Es mitad de semana y sólo hay dos barcos más en la bahía, unos veleros que apenas se mueven en la distancia. Reina sólo ha estado en un barco dos veces en su vida, pero le encanta la perspectiva que le proporciona, el desdeño tan abierto que el mar tiene para las metas. ¿Por qué no se había dado cuenta antes de lo inútil que es vivir sobre la tierra?

A insistencia de Constancia, Reina dobla a la izquierda, y va por los canales de Key Biscayne.

—¿Qué harías tú con tanto dinero? —le grita Constancia sobre el vagido del motor, como si tratara de impresionarla con esa posibilidad.

Reina alza los hombros. Ella es indiferente a las mansiones y los yates amontonados en las vías acuáticas. ¿Tener toda esa plata y compartir esta ciénaga con los mosquitos y los ratones acuáticos? Por favor. Si ganara la lotería —la ha estado jugando religiosamente desde que llegó a la Florida— Reina se pasaría el resto de la vida flotando por el mundo, echándole diente a cuanto macho le gustara. Por cierto, no escogería vivir así, tan apretujada entre ricachos patológicos.

Claro, si se ganara el premio gordo, lo partiría por la mitad con Dulcita, le haría que dejara ese buitre español en Madrid. Quizás, musita esperanzada, pueda llegar a ser abuela. No, Dulcita es demasiado práctica para eso. Cuando tenía catorce años y estaba encinta, Dulcita no dijo ni una palabra sobre su estado. Pero Reina se daba cuenta. Su hija dormía por horas en la tarde, mantenía una caja de galletas viejas al lado de la cama. Reina esperaba que Dulcita, por medio de algún milagro, decidiera quedarse con el bebé. Pero lo abortó ese otoño, como algo frágil, de las estaciones.

—Quiero ser abuela —anuncia Reina

mientras toma una curva a toda velocidad.

—Quiero ser una abuela y guarachar toda la noche.

Constancia se vira a verla, pensativa. Reina siente desconcierto por su cara, por la expresión resurrecta de su madre.

Con su barco anclado por un pedazo de rompeolas, en la cubierta de un yate, un hombre sin camisa con pantalones de madrás está trabajando en una computadora portátil. Levanta la vista y le tira un beso a Reina.

—Eres una diosa —le grita en un español matado, quitándose su gorra de béisbol. Hay un gran mechón de pelo gris en su cabeza.

—Caballero, dígame algo que no sé —le grita Reina de vuelta riéndose.

El hombre lanza la gorra al aire.

De repente Reina añora estar en aguas más profundas y navega saliendo por el laberinto de canales y va por la punta este de la isla.

—¡No te vayas tan lejos, Reina, es peligroso! —protesta Constancia. —Heberto nunca sacó el barco fuera de la bahía.

Pero Reina mira más allá de su hermana, hacia la encrespada convergencia de azul, al arco incompleto de las gaviotas en el cielo. Siente impaciencia con el miedo a la aventura que tiene Constancia. Aún en el internado, su hermana siempre tuvo que pedir permiso para todo, para dejar la mesa de desayuno, o cruzar el camino polvoroso, para pasear por el naranjal. Después se casó con ese guajirito mequetrefe de Gonzalo, quien la curó para siempre de cualquier temeridad. Reina se acuerda cómo Constancia lució la pérdida de Gonzalo, a manera de espectáculo, como medallón sagrado para que todo el mundo la viera. Pero a Reina, la pérdida de su primer amante, José Luis Fuerte, sólo le abrió el apetito para la pasión, como el océano que estaba a sus pies, con su deseo de tragarse hombres vulnerables.

Una concordia de nubes se junta solemne en el horizonte. El sol retrocede y un viento inesperado levanta crestas de olas monótonas. La lanchita motorizada sube y cae mientras comienza a llover. Entonces no hay nada visible que no sea este reino de agua azul y la luz.

—Regresa Reina. Tengo miedo. —Constancia está temblando en un banquetillo de vinil, sus manos estrujadas por agarrar tan fuerte el lado del barco.

El barco da cabezadas en las olas cada vez más hondas, salpicándolas de agua. La blusa de Reina está saturada, el pelo de su hermana empapado hasta el cráneo. El barco baja con la ola. Otro chorro de agua enchumba a las dos.

¿Qué fue lo que Constancia le dijo en la escuela protestante? —*La misericordia, Reina, es más importante que el conocimiento*—. ¿Quién carajo le había enseñado eso a su hermana? Y lo que es peor, ¿cómo era posible que se lo creyera? Sus maestros le habían dicho que tenían que rogar por el alma de su madre, pedirle perdón a Dios. Pero Reina nunca pudo entender qué había hecho su madre que estuviera mal.

Quiere decirle a Constancia otra vez qué fue lo que vio en la funeraria. Describirle los colores de la garganta devastada de Mami. Hacerla escuchar. Gritarlo a toda voz en la cara de su hermana. Mami no se pudo haber ahogado como había dicho su padre. No, no era posible que se ahogara, lo cual significa que su padre mintió. Y si Papá había mentido, ¿qué carajo era la verdad?

La proa del barco se hunde profundamente en las olas. Chorrones de mar se meten por la popa, llegando hasta las espinillas de Reina. Le sorprende su calor atrayente. Trata de imaginar a su madre, respirando su último aliento de ciénaga.

Otra ola da un trastazo contra el lado del

pequeño barco. Se hunde el motor y para. Reina le tira un cubo plástico de juguete a su hermana. —¡Empieza a sacar agua del bote! —grita ella. Constancia se mueve tiesamente, sus hombros trincos y cuadrados. El barco se mece violentamente con las olas. Reina inspecciona el motor fuera de borda, desata la envoltura. Cuando sólo hay una pulgada de agua a sus pies, Reina se vira y sopla duro en el motor, vaciando sus pulmones. Hala el arrancador y el motor prende sin apenas toser.

Reina maniobra el barco hasta que se dirigen al suroeste, hacia un centello de palmas en la isla pequeña donde vive su hermana, hacia el crepúsculo que se hunde grávido de estrellas.

MIAMI

C*onstancia está parada* afuera de su nueva fábrica *Cuerpo de Cuba* mirando con asombro hacia el cielo. Todo lo que la rodea está pesado, tan quieto como las nubes que se espesan. Un viento ocasional, disperso, rasca las hojas de las palmas. Sólo se mueven los pájaros. Constancia sigue sus trayectorias, se imagina que las aves dejan una huella de colores hasta colmar el cielo con las líneas brillantes de su donaire involuntario.

En la distancia una tormenta irrumpe en el cielo espantadizo con relámpagos y el bajo rugir de los truenos. Constancia se pregunta si llueve donde está Heberto, qué estará usando para cobijarse, si ha tenido que comprar más calzoncillos. Las mareas, escuchó por la radio, están más altas que nunca. El aire viscoso huele a muerte. Desde que su hermana llegó de La Habana ha llovido en Miami casi todos los días.

Reina está tomando una siesta en la oficina de la fábrica. Lleva despierta desde el amanecer haciendo los últimos arreglos del sistema eléctrico. No fue nada fácil convertir una factoría donde se fabricaban bolas de boliche, en la primera planta industrial de *Cuerpo de Cuba.* Constancia está azorada de lo competente que es su hermana, su notable concentración, el respeto que suscita de los obreros de construcción que la observan atónitos. Balanceada sobre las escaleras, torciendo alambres para que caigan en su lugar, Reina brilla con el poder tranquilo de una ecuación perfecta.

Pero hay algo de su hermana que la hace desconfiar. A su manera de ver, no se puede contar con alguien capaz de decir *La riqueza es, en fin, vana.* Después de todo, ¿cómo se le puede entender a una persona hasta que uno no sepa qué tentación los vence?

Cosa que perturba: su hermana está tan contenta con los cuarenta dólares que le da cada semana para sus boletos de lotería, que apuesta con un entusiasmo religioso, probando interminables combinaciones de números derivados de la vida de su hija, para sus barras de chocolate Baby Ruths tamaño gigante, y para su gasolina diesel de los viajes al atardecer en el barco de Heberto.

Constancia quiere contratar a Reina como supervisora de producción, pero su hermana ni toma la oferta en serio. Ni por seiscientos dólares a la semana para empezar. Tampoco le cobró nada por todo el trabajo que hizo para que la fábrica estuviera lista para funcionar.

—No es por el dinero, Constancia. Es que no me veo trabajando con la cara de Mami desfilando frente a mí todo el santo día, como si ya no fuera mía.

—¿Y mi cara? —Constancia sintió que un temblor las atravesaba.

—Tú no puedes cambiar eso.

—¿Así que piensas que estoy sacándole provecho a Mamá? —Constancia trató de descifrar la expresión de su hermana. Indulgente y triste, devota, deseosa. La irritaba hasta decir no más.

—Reina, esto se trata estrictamente de negocios.

—Justo lo que te decía.

Constancia sube la escalinata a su oficina. Reina se ha quitado la ropa y duerme desnuda en una mecedora de segunda mano. Constancia se fija en los trazos de las quemaduras en las caderas de su hermana, las yemas de los dedos dolorosamente rajadas. La piel de Reina luce fluorescente, encendida, como en las películas donde se muestra la superficie volátil del sol. Pero entonces Constancia parpadea y su hermana vuelve a su estado irradiante otra vez, con su curioso tejido de piel desigual.

El invierno pasado Reina recibió un relampagazo en un árbol grande de caoba en las afueras de El Cobre. La electricidad, lo jura su hermana, todavía le atraviesa las venas. En Cuba, Reina alegaba que padecía de un insomnio tenaz, pero aquí en Miami no tiene ninguna dificultad para dormir, especialmente antes de un aguacero.

Constancia se acuerda cómo su Tío Dámaso fue golpeado por un relámpago mientras iba a galope por un campo de hierbas secas. El primer rayo cayó sobre una palma real descargando una ola circular de electricidad que viajó a través de su caballo, por su cuerpo, saliendo por su cabeza hecho una bola de fuego. Su tío sostenía que se había hecho más inteligente después del fuetazo, que desarrolló la insólita e inútil habilidad de poder leer todo al revés.

No obstante su piel, Reina ha cambiado muy poco en treinta años. Constancia está impresionada por la fortaleza y estatura de su hermana, por los trozos fascinantes de su carne suave, biselada. Reina ocupa el espacio con la confianza que suelen tener los hombres altos, depara un reto instantáneo en las mujeres. Su voz es honda, como siempre lo ha sido, el sonido de un violoncelo sensual. Constancia no sabe por qué se ha sentido culpable de no proteger a su hermana menor, y por qué, en cambio, no ha permitido que Reina la protegiera a ella.

Dondequiera que vaya Reina, la gente la observa, susurran a sus espaldas. Cada vez que pone pie en el club náutico, se arma un escándalo. Las amigas de Constancia le han rogado que mantenga a Reina encerrada. *Bastante lío tenemos manteniendo a nuestros maridos en la raya sin que se aparezca la hermana tuya como la tentación encarnada.*

Estela Ferrín, una de las que regularmente visita el club náutico, hasta amenazó con llamar a inmigración para que la deportaran. Sospecha que su marido, Walfredo, un importador de autos alemanes, ya se ha dado una escapadita con la sabrosa electricista habanera. En las últimas dos semanas, ha perdido diecinueve libras, se ha teñido el pelo de un negro betún, y pronuncia su nombre todas las noches mientras duerme. Según sus socios descontentos, Walfredo Ferrín ni se ha molestado en firmar un contrato de venta para un sedán de lujo por varios días.

Mientras tanto, llegan rosas por docenas, rojas y zumbantes, como si micrófonos invisibles grabaran cómo se gastan. El apartamento de Constancia se espesa con el olor de un centenar de flores marchitándose. Su hermana aparenta indiferencia a la avalancha de flores, a la magnitud de su poder de atracción. Reina quiere abrir las ventanas para liberar el aroma que la aflige tanto como las bodas, pero Constancia se niega a dejar entrar aire fresco. Avanzada la noche, flota divagante en un estado de fiebre indefinida.

La hija de Reina, Dulce, parece que es igual de despampanante. Cuando Constancia se fue de Cuba su sobrina era una bebé todavía. Se acuerda de Dulce como una niña hosca, con una hendidura en la barbilla y un entusiasmo desaforado por el maíz en vinagre. Ahora Reina le dice que Dulcita vive en Senil España, casada con un senil dependiente de aerolíneas que se levantó en el bar del hotel Habana Libre.

—Levántate —Constancia se inclina hacia su hermana. —Ya casi son las seis.

Reina se despierta tartamudeando. —Soñaba que era un nabo, uno famoso, un regente de Suecia.— Se ríe y le da un beso en la mejilla a Constancia. —Fíjate, la vida era bastante tranquila.

Constancia observa mientras Reina se viste, la naturalidad con que mueve su cuerpo, una concertación de músculos armoniosa. Los senos de Reina son hermosos también, suaves y generosos. Hoy no se pone ajustador.

—Todavía no funciona el aire acondicionado.

—No te preocupes, Constancia, te lo tengo arreglado para el lunes —Reina levanta su caja de herramientas en un gesto seguro de triunfo.

Constancia sigue a Reina por la fábrica, pasan por enormes tinas eléctricas ("cocineros de vicios" les dice Reina) y una correa de transmisión reluciente, pasan fila tras fila de estantes industriales, tras cajas de botellas de esmalte de color cobalto, pegadas con la cara pálida de su madre.

—Tal vez debas crear un perfume con el perfil mío —dice en broma Reina, mostrando su lado derecho agradable a la vista. —Mira, lo podrías hacer de coco y miel de abeja y el sudor de monos brasileños. ¿Sabes cómo me decían en Cuba?

—Me da miedo saberlo.

—Amazona. —Reina flexiona un bíceps, finge una postura agresiva. —Créelo, mi amor. Sería algo que se vendería requetebien.

Afuera, el cielo irrumpe con lluvia. Reina toma la mano de Constancia y la conduce a la seguridad de su Cádillac rosado. Reina se acomoda frente al timón. Constancia siempre deja que guíe su hermana. De alguna manera sería inapropiado no dejarla, un agravio a su competencia, a pesar del hecho que Reina no tenga todavía su licencia de manejar de la Florida.

Su hermana pasea hacia el norte en la carretera número uno, la U.S. 1. Convence a Constancia de que deben parar a comer un bocadito en la Cafetería Américas por la Coral Way. Constancia no tiene mucha hambre pero de todas maneras ordena una medianoche, con un batido de plátano y una orden de plátanos maduros fritos. Reina pide el especial del día, un hígado frito con cebollas, arroz con frijoles negros, una ensalada de aguacate.

El mostrador en forma de herradura hace que se puedan ver los unos a los otros. Constancia estudia los otros patrocinadores sobre un relumbre de formica, sorbiendo ruidosamente y masticando y chupándose los dedos, y se le ocurre que comer debería ser estrictamente un asunto privado.

—¿Sabes lo que más extraño de Cuba? —pregunta Reina en una voz lo suficientemente alta para incomodar a Constancia. —Las plazas en cada pueblito. En Miami no hay lugares para la gente congregarse.

Constancia alancea un plátano maduro frito y lo pone en el plato de su hermana, —No me gusta romantizar el pasado.

—¿Tú no te acuerdas de las plazas?

—Creo que tú y yo nos acordamos de las cosas de manera muy distinta.

Durante sus primeros días juntas en Miami, Constancia mimó a Reina con muchos actos pequeños de ternura, cosas íntimas que Reina y su madre habían compartido. Pero pronto Constancia encontró que era muy perturbador sostenerlo. Sus memorias de Mamá son tan distintas a las de su hermana, apenas benignas.

Reina come el resto de su hígado y cebolla, y lo baja con una botella de cerveza oscura. Se recuesta en su asiento giratorio de cromo y cuero falso. —Supongo que es menos doloroso olvidar que recordar —dice apaciblemente.

—No dije olvidar, dije romantizar —contesta Constancia indignada.

Si sólo pudiera olvidar. Pero ciertas memorias están grabadas dentro de ella, como hechos centenarios. Ninguna clase de reconsideración las puede alterar. Como el día que su madre le embadurnó de una pasta azul y pegajosa en la boca que la hizo alucinar por horas. Constancia se quejó con amargura a su padre, pero ante Mamá, él era indefenso. En represalia, Constancia la trató de herir —embutía su boquita de rosa con fango, le tiraba arañas en la cuna.

Cuando Mamá lo supo, ordenó que Constancia fuera enviada a otra parte.

Reina chifla para llamar la atención de la camarera. —Hazme un favor, mimi, traeme un cafecito y un pudín de pan. ¿Tú quieres algo más, Constancia?

Constancia baja la vista a su plato. No ha probado un bocado. Los plátanos estan fríos y se ven grasosos, quemados por un lado. —No, nada más.

Reina le clava la mirada, como si tratara de ver a través de la intoxicación de la cara de su madre. —A veces nos convertimos en lo que más queremos olvidar.

—¿Qué me quieres decir con eso? —la boca de Constancia se trinca. —¿Que yo soy Mamá?

—No, mi amor, que sencillamente te han agotado los espejos.

Constancia se despierta después de dormir sólo unas pocas horas y a sonido sordo camina a la cocina en sus zapatillas de piel de cordero. Pone la mesa con unas copas de cristal tallado, su vajilla de plata y cucharas de servir, los platos de porcelana con su adorno de lirios del valle. Usa su vajilla de porcelana para todas las comidas, hasta para los desayunos antes del amanecer. Ni que Reina se diera cuenta o tomara. Hasta ahora, Reina ha astillado dos platos de postre, rajó una fuente ovaloide de servir, y arruinó un tenedor de plata usándolo para extraer unos panecillos de la tostadora.

Ha habido otros percances. Una blusa de seda favorita rayada por líquido de lavar platos, un sofá manchado de rosado por pintura de uñas de una tienda barata; para no mencionar las innumerables irregularidades eléctricas; relojes que marchan hacia atrás o parándose del todo, las luces disminuyéndose sin ningún motivo, la nevera tosiendo como si fuera un fumador de cuatro cajetillas al día.

Constancia se sienta en la mesa de la cocina con su café con leche y un plato de tostadas de pan integral. Deja caer tres cubitos de azúcar en su taza hirviente. Prefiere los cubitos al azúcar suelto, la ceremonia de las tenacillas. Reina no está en casa, lo cual no es ninguna sorpresa. Seguramente se zafó para estar tumbada en cama con uno de sus queridos.

Después del desayuno, Constancia recoge un rociador y asperja las rosas de su hermana hasta que se ven recién cogidas. *La flor indica el crimen,* decía su padre. Después de que murió Mami, Papi usaba violetas en la solapa, violetas con centros oscuros y afelpados. Por años, cada vez que Constancia hacía algo mal, buscaba la flor más cercana. Robar eran claveles blancos. Los lirios eran la blasfemia. Y el sexo, orquídeas ave del paraíso —amarillos, rojos, los negros azulados más profundos— seiscientas cuatro orquídeas en total, por las veces que ella y Gonzalo hicieron el amor.

Constancia llena numerosas jícaras con manzanas, tan rojas como la lujuria desatada, y las coloca estratégicamente por el apartamento. Oscar Piñango le había dicho que las manzanas absorben el mal y las intenciones siniestras, así que Constancia debe colocar docenas de ellas en su casa cada semana. Las manzanas no deben comerse, aconsejó el santero, pero Reina no le hace ningún caso a su edicto. Ella se engatuza nueve o diez al día, con semilla, corazón y todo lo demás. Los dioses la perdonarán por esta sola transgresión. En Cuba no ha habido manzanas desde los primeros días de la revolución, así que Reina se siente justificada en poder comerse una cantidad equivalente a treinta años en igual número de días.

Por impulso, Constancia agarra una manzana de la jícara de la sala y la levanta llevándosela a la boca. Hay una música que escucha en su cabeza, música de septiembre, sombría y oscura. Constancia deja caer la manzana, desempolva un disco grueso y negro, la "Sinfonía en Fa Sostenido" de José Ardévol, y se acomoda en el sofá a escuchar. Estas son las ruinas que había soñado cuando era joven, después de que Papi se pegara un tiro, después de que sus cenizas fueran regadas en la Ciénaga de Zapata.

Sube la mano para tocar su cara. ¿Cuándo se filtrará su madre por la cara? ¿Una palabra, un gesto que quede intacto del pasado? ¿Y qué decir de su propio olvido? ¿La memoria de su ser anterior que revolotea como una pequeña bandera de satín?

Constancia mira alrededor de su apartamento. Está decorado con todo tipo de matices blancos. El blanco reúne todos los colores, acordándose de lo que su hija le dijo, el negro es la ausencia total de los mismos. Sólo las manzanas y las rosas zumbantes y rojas de Reina echan a perder esa perfección.

Isabel llama justo cuando sale el sol. La semana pasada, llamó a la misma hora, le informó que estaba usando fotos de su cara en un collage que montaba con huesos de ave encontrados en la Laguna Paiko. Entonces, Isabel le confiesa que su novio se había desaparecido todas las noches por un mes, que le huyó a su cuerpo creciente, tan desproporcionado y lleno de vida.

—Cuéntame todo. —Constancia sabe que su hija no llamaría otra vez a esa hora sin tener un buen motivo.

—Austin me ha dejado, Mamá. Se ha arrimado con una bailarina china-filipina que trabaja en el show de Don Ho. Usa "lycra" de color piel, bueno, cuando se viste. Su familia ha estado aquí desde la gobernación de la reina Liliuokalani.

—¿Quién? —Constancia se jacta de sus conocimientos de la realeza internacional, pero he aquí una reina de la que jamás había oído.

—Está modelando para él. Tiene diecinueve años, y unas teticas que apenas se asoman. —La voz de su hija se disminuye hasta que apenas se oye.

—Móntate en un avión, mi hija. Aquí te espero.

En el décimo cumpleaños de Isabel, Constancia la llevó al Museo de Historia Natural. Su hija no había querido una fiesta normal. Primero visitaron el Mundo de los Pájaros. Constancia le señaló tres especímenes que su padre había matado y enviado al museo desde Cuba hace muchos años: un pájaro con mirada altanera y plumaje morado; otro con patas talludas y pico adentado; el último tan chirriquitico que Isabel tuvo que mirar achicando los ojos para verlo —un pájaro mosca con una garganta irradiante.

Ahora Isabel está sufriendo como una vez le tocó sufrir a Constancia. Esos días sin fin del embarazo teniendo a Silvestre en su vientre. La ausencia de Gonzalo resonando dentro de ella como una pandereta barata. Después que nació Silvestre, Constancia observaba el clima por horas, el final del día escurriéndose en la noche. No tenía energía para nada más. Escuchó la voz de una mujer en la radio leyendo un poema que removió su miseria: *El amor es cuestión de pones echados al fuego, que no sirven para nada.*

Gonzalo regresó a visitarla cuando el niño tenía ocho meses de nacido. Constancia abrió la gaveta y apuntó un cuchillo de trinchar a su corazón. Gonzalo no esperó a ver dónde iba a caer. Mientras tanto, Silvestre dormía tranquilo en su cuna. Era el último día de mayo y Constancia añoraba el cambio de estación, una nevada breve, un remolino de hojas muertas, cualquier cosa para distinguir este momento del que le precedía.

Constancia cavila: ¿qué pensaría Gonzalo de su hijo hoy? ¿Cuánto tiempo les tomaría conocerse? ¿Un mes? ¿Seis meses? ¿Otros treinta y tres años más? No hay sustituto para esa cultura tranquila nacida de una vida en conjunto, los días interminables que no conmemoran nada, acumulando la historia paulatinamente. Hay pocos eventos que irrevocablemente dividen el pasado del futuro. Como la vez que Constancia regresó a casa para encontrarse a Silvestre en el cuarto de retiro con el pene de un extraño en su boca. Esa misma noche Silvestre se mudó de la casa sin explicar nada. Tenía veinticuatro años.

Constancia no ha regresado al Hospital del Buen Samaritano. Gonzalo la llama frecuentemente y le deja boleros en su contestadora automática. Su voz es como agua oscura que fluye. La parte de su mano que lo tocó todavía quema.

El cuarto de huéspedes está oscuro, viéndose algo fúnebre con la taxidermia sombría de Papi. La cama de Reina está sin hacerse, como siempre, sus almohadas y sábanas color pastel regadas con el pelo rizado que ella indiscriminadamente va mudando. Constancia se ha dado cuenta que el pelo que tiene su hermana en la cabeza y el pubis es idéntico: espeso, elástico e íntimo.

Constancia recoge el camao hembra, le pasa, el pulgar por su corona gris. Cuando su padre lo cazó, el ave ya casi estaba en vías de extinción. Papi le señalaba docenas de especies raras en sus expediciones de recolección, le contó historias sobre las que habían caído, las que habían cazado, todas las maneras en que fallecieron. De cómo los agricultores de Ciego de Ávila se daban banquete con la carne tierna de la codorniz. De cómo los guacamayos cubanos desaparecieron de Pinar del Río después del gran huracán de 1844.

Hace mucho tiempo, a Constancia le gustaba imaginarse que era el último pájaro dodo en la tierra porque su padre quería a estas aves amenazadas más que a cualquier otra. Constancia se imaginaba a ella misma viviendo en una jaula de plata en su estudio, subsistiendo a base de insectos y fruta podrida. Su padre la mimaría, le pasaría la mano por el plumaje de su pecho desconsolado. ¿Qué fue lo que dijo? *Sólo las causas perdidas merecen algún esfuerzo.*

Esta noche Constancia se siente extinta, como muchos de los pájaros perdidos que su padre había lamentado a través de los años, las aves que Cuba ya no podía sostener, las aves que en vano habían buscado en los rincones más remotos de su isla sacrificada. *Las cosas no se pueden matar dos veces,* solía decir Papi. Pero Constancia no está tan segura de ello.

Ella recuerda un domingo varios meses después de la muerte de su padre. El aire estaba magro y seco en su cuarto de su residencia estudiantil. Las campanas del internado sonaban por su presencia, chocaban con los campanazos lejanos de la iglesia más antigua de Trinidad, Nuestra Señora de la Candelaria de la Popa. En lugar de levantarse con las otras muchachas y vestirse para asistir a la misa matutina, Constancia se adentró más en su cama camera y se tapó con las sábanas.

Su cama para entonces era un pequeño cementerio, congestionada de muerte. Su cuerpo se sentía pesado, su corazón se hundía en su propia sangre parda. Su quijada estaba tan débil que apenas podía abrir la boca, mucho menos comerse las croquetas de pescado que el cocinero de la escuela le entregaba en persona, a manera de esfuerzo infructuoso para animarla.

Hay como un rascar apagado en la puerta del frente. Las luces del pasillo empiezan a parpadear nerviosamente. Constancia se pone la bata y encuentra a su hermana tratando de forcejear la entrada con una palanca de hierro de su caja de herramientas, su fiel acompañante.

—Gracias, mi amor. —El pelo de Reina está alborotado, todos los pelos de punta, su piel en parches ruborizados—. Se me olvidaron las llaves.

Constancia sigue a su hermana hasta el cuarto de huéspedes, y observa mientras Reina se arranca la ropa y se tira en la cama. Las aves muertas de Papá miran fijamente desde los estantes con sus ojos vacíos de ágata.

Reina bosteza y hala la sábana hasta su barbilla. —¿Quieres saber algo? Me tomó años darme cuenta que no todo el mundo quiere animales muertos exhibidos en su casa.

Constancia recuerda cuán orgulloso se ponía su padre de sus especímenes más valiosos, cómo los mimaba, limpiandolos periódicamente con un aceite glandular que sólo se encontraba en ciertos cetáceos, de cómo protegía sus pieles de los insectos al envolverlos escrupulosamente en hojas de acederaque.

De repente, Constancia decide que ella también debe de atender los pájaros perdidos de Papá. Toma un paño de lavarse del clóset del pasillo y lo moja en la pila del baño. El sol asciende en el cielo, desparramando un río de luz dentro del cuarto de huéspedes. Reina ya está dormida en la cama doble al lado de la ventana. Su cuerpo sube y baja con una raspadura grave y rítmica.

Constancia empieza a pasarle metódicamente el paño a cada ala y pluma desgastada, tal como hubiera hecho su padre, brillando cada pico, coyuntura y garra. Pero no importa cuánto sacude el polvo, las aves se ven muertas todavía.

Sólo su madre se ve viva en el cuarto de huéspedes, en la foto que Reina colgó sobre el tocador. Hay algo que invita en los ojos de Mamá, en el porte sereno de su boca, como si supiera que alguien le haría una pregunta de envergadura muchos años después de morir.

LA RANA MÁS PEQUEÑA DEL MUNDO

La primera vez que Blanca Mestre entró por la puerta de mi clase de biología en La Universidad de La Habana, se sintió un escalofrío en el aula. Había algo en su presencia —tranquila, luminosa, distraída— conmovía a la gente, aunque no les motivaba a acercársele.

Sus dones no tenían nada que ver con la inteligencia, cosa que mostraba con impresionante abundancia, pero con cualidades mucho menos tangibles. El instinto. La intuición. Un sentido sobrenatural para lo aberrante. Blanca no tenía ninguna paciencia para las hipótesis o pontificaciones áridas. Para ella, un misterio sin resolver era suficiente invitación para entregarse a la ciencia.

Blanca se inclinaba más hacia la química en ese entonces. Le venía tan natural que parecía tener un don mimético y extraño para las sustancias inanimadas. Cuando trabajaba con el sulfuro, por ejemplo, sus ojos, por lo normal verdes, se hacían amarillentos. Si un experimento pedía el uso de fósforo, ella vibraba con la lumbre poco terrenal del mismo. Y el plomo común la hacía lucir pesada, maleable y gris. Era como si la materia le hablara directamente, revelándole sus secretos.

Como hombre práctico, como hombre de ciencias, no podría encontrarle la vuelta a esto. Y ¿cómo podía ser yo lógico cuando la mera vista de esta mujer me trituraba el corazón?

Blanca era delgada, con los huesos delicados que sólo tienen los pájaros, y tenía una cascada de pelo negro azulado que le bajaba más allá de los hombros. Pequeñas quemaduras moradas desfiguraban sus antebrazos, vestigios de experimentos fallidos de química. Hablaba poco, como si resistiese entregarse al reino desconfiable de las palabras. Cuando Blanca estaba perdida en sus pensamientos, a menudo hacía un ademán con el dedo por la garganta.

Otros hombres compartían la infatuación mía hacia Blanca Mestre, sucumbieron a los vértigos particulares que ella inspiraba. Amado Saavedra, un estudiante de derecho de una pudiente familia bancaria, oriunda de Ciego de Ávila, sufrió por la indiferencia de Blanca hacia él, y eventualmente se ahorcó de un árbol de manzanillo, después de apurar su savia mortal. Ese mismo otoño, el profesor Isidro de Grijalve, un entomólogo renombrado, se obsesionó tanto con Blanca que abandonó a su esposa y cinco hijas para dedicarse todo el tiempo a conquistarla. Su hazaña fue en vano, y su ilustre carrera se arruinó.

No faltaban otros. Un herpetólogo belga de visita se enamoró locamente de Blanca y la contrató como asistente por encima de otros candidatos mejor calificados para el puesto. El belga, quien llevaba un bigote más grande que un ciempiés, no logró ganar su amor en las muchas expediciones al campo que planificó para los dos. De todas maneras resultó ser una valiosa aprendiz de herpetología. Blanca quedó encantada por los marcados camuflajes de sus sujetos, por sus versátiles fisionomías, por su descarada confluencia de lo biológico con lo químico.

Los viernes, cuando Blanca visitaba el mercado central, yo la seguía a distancia, parando en los mismos kioscos que ella frecuentaba. Tocaba las mismas mandarinas y guanábanas, asoleándome en los recintos de calor que se trazaban tras ella. Era la única manera de acercarme tanto como había soñado.

Había otra pregunta que esperaba contestar con mi espionaje ocasional. ¿Qué, por Dios, comía esta pobre niña? Ni yo ni nadie más en la universidad habíamos visto a Blanca ingerir nada salvo leche, litro tras litro de leche, con gruesas capas de crema.

Resulta ser que Blanca comía una vez al día, a las cuatro de la mañana, la hora en que se había acostumbrado a comer en la finca de su padre. El menú no variaba: bistec de palomilla, dos huevos fritos sobre arroz, y un mango ma-

duro en temporada. Entre esto y sus vastas cantidades de leche, parece que no le hacía falta más nada para nutrirse.

Cuando por fin invité a Blanca a que fuera mi asistente de investigación, mis colegas tenían sospechas de mí en el mejor de los casos. Aunque sentía una atracción inmensa hacia Blanca, nunca la hubiera contratado si ya no hubiera probado su talento como coleccionista. Se adentraba en las cavernas y los bosques sin ni siquiera mirar hacia atrás, y sus manos eran particularmente finas, veloces y útiles. Podía aplicar lodo a las mordidas de insecto, curar cortadas y moratones con trozos cuadrados de musgo, hacer elíxires para cualquier padecimiento.

Una noche, Blanca me preparó una poción de hojas de cinco puntas que hirvió por una hora junto con una piedra azul peculiar. Asombrosamente, mis síntomas —un dolor agudo abdominal y una fiebre espetante— desaparecieron instantáneamente. Esa noche, soñé vívidamente en blanco y negro en lugar del acostumbrado sueño en colores, y me desperté sin poder acordarme de mi nombre, una condición por suerte temporal.

Blanca y yo viajamos bastante por Cuba el primer invierno que pasamos juntos, inicialmente en tren, pero más a menudo a caballo. Era 1936 y ya había cambiado mucho el país desde que lo había atravesado con el Dr. Forrest. Sé que no está de moda admitirlo, especialmente en esta época de nacionalismo fervoroso, pero extraño esos tiempos de los ferrocarriles manejados por los británicos. De hecho, nada pudiera estar más en desacuerdo con las costumbres locales que los meseros uniformados y el té por las tardes, pero no por ser incongruentes dejaban de ser graciosas. Después de que el General Machado tomó el poder, el servicio ferroviario del país decayó severamente, y tristemente nunca se recuperó. Pero aún hoy, los trenes son preferibles como método de transporte, más que los autos. Las carreteras de Cuba, tanto entonces como ahora, son deplorables.

Nuestra misión ese invierno era documentar y coleccionar dieciséis reptiles de la isla, identificados porque sus hábitats nativos iban a ser destruidos por la actividad agrícola. Cuba sostiene más de setenta especies de reptiles —cincuenta y dos de ellas autóctonas a la isla, más que cualquier otra isla de las Antillas— y casi una tercera parte de ellas ya estaban en vías de extinción. Las pesquisas de Blanca y las mías fueron publicadas conjuntamente en un trabajo escrito llamado Los reptiles perdidos de Cuba. Me atrevo decir que nos aseguró una reputación en los círculos herpetológicos internacionales.

Blanca sentía simpatía especial hacia la ranita más pequeña del mundo, una criatura her-

mosa, nativa de Cuba, color malva con una raya amarilla que iba desde una cuarta de pulgada de extensión de su nariz hasta la inserción de sus paticas traseras. Un día, cerca de Hanabanilla, un par de campesinas de edad nos encontraron capturando esas ranas diminutas en los bosques. —¡Qué extraño ver personas tan grandes cazando animalitos tan chiquiticos! —dijo con desdén una mujer a la otra antes de seguir caminando. Y bien raro les habrá parecido, para que dos personas maduras estuvieran espiando a dos personas cazando tales animalitos.

Blanca no tocó las palomas o jutías que yo había cazado para cocinarlas en el fuego donde acampábamos. Mientras yo comía con el hambre exagerada fomentada por estar al aire libre, Blanca se contentaba con tomar leche fresca de su cantimplora. En algunas ocasiones, tuve éxito en persuadirla de que se comiera una jícara de frijoles o boniato horneado para hacerme compañía. Pero la comida que yo le cocinaba no le sentaba bien. Como siempre, traía sus propias vituallas para sus comidas de antes de la madrugada.

Nuestra constante proximidad me dio la oportunidad de darme cuenta de una cierta morbosidad en Blanca. —Billones de insectos mueren cada segundo —decía tranquila mientras preparábamos nuestro campamento. O al observar un vasto y fértil valle de Oriente espe-

pitaba: —¡Por todas partes esta procesión precipitada hacia la muerte!

En nuestros viajes, Blanca guardaba en su correa un fragmento de hueso en una bolsita de franela. Era un escafoides humano, cosa evidente por la tuberosidad prominente de una de sus extremidades. A veces, Blanca consultaba este huesito de muñeca, le pedía consejos. No me dijo dónde lo había conseguido, ni para qué servía.

Recuerdo una expedición tierra adentro que hicimos a una cueva a veinte kilómetros de la Bahía de Cienfuegos. Blanca estaba agachada sobre sus talones, la bolsita de franela colgándole de la cintura, cuando atrapó una lagartija ciega que ninguno de los dos habíamos visto antes. Medía menos de una pulgada de largo y era translúcida como leche de coco; la criatura tenía un aspecto arcaico y los hábitos indagadores de los gusanos. Resultó ser que el lagarto era completamente único. A mi juicio, ningún otro espécimen había sido encontrado. Blanca estaba contenta, pero en absoluto parecía sorprendida por el descubrimiento de ese tesoro tan estupendo.

No obstante nuestras muchas horas juntos, sólo pude averiguar algunos detalles del pasado de Blanca. Raras veces habló de su familia, y cuando lo hacía surgían fragmentos de cuentos que no llegaban a cuajar en una historia. Me dijo que se, crió en una finca de puercos en Ca-

magüey, que era la más joven de siete hijos, siendo la única hembra, y que había tenido cuervos de mascota. Eran sus aves favoritas, porque aparean de por vida, se ocupan de sus críos más tiempo que cualquier otra ave, y socorren a sus heridos. Como yo, leía latín con fluidez y montaba a caballo perfectamente.

Luego aprendí de Dámaso Mestre, el más joven de los hermanos, que su madre era una mulata descendiente de colonos franceses que habían huido de Haití después de la rebelión de los esclavos en 1791. Se ubicaron en Santiago de Cuba, junto con veintisiete mil hacendados franceses desplazados, imprimiendo su cultura, costumbres, y apellidos a la ciudad. Su madre, cuyo nombre de soltera era Sejourné, era muy dada a los aforismos franceses. Au pays des aveugles, les borgnes sont rois. *En el país de los ciegos, el tuerto es rey. Era un dicho que Blanca repetía a menudo.*

Según Dámaso, su madre murió en un accidente extrañísimo en el rancho cuando Blanca tenía seis años. La pistola de Eugenia Mestre se le disparó mientras estaba en su pistolera, lesionando el caballo que montaba, e incitando una estampida de puercos que la pisotearon hasta matarla. Los peones del rancho trajeron sus restos, suaves residuos envueltos en una manta de montura, y los pusieron en la veranda donde Blanca jugaba. Sólo las manos de su madre —marrones, de uñas gruesas, y fuertes como de hombre— estaban intactas.

Su padre, abatido por la rabia y la tristeza, solo y con sus propias manos, cortó a puro tajazo las gargantas de los seiscientos nueve puercos que fueron parte de la estampida. Todos los trabajadores y pueblerinos que comieron el lechón masacrado vomitaron salvajemente por tres días y tres noches. Varias personas murieron, incluso un muchacho de doce años con un brazo disecado, pero otro gran número de gente se despertó la mañana del cuarto día curado de padecimientos menores.

Algunos reclamaban que Eugenia Mestre había muerto una mártir o una bruja, y por años, en el aniversario de su muerte, una misa conmemorativa y un sinnúmero de ceremonias más crudas se efectuaban en su nombre. Nadie sabe quién pintó el mural en la parte de atrás de la alcaldía, pero ni Críspulo Navarrete, el temerario jefe de policía, se atrevía a borrarlo. La pintura mostraba a Doña Eugenia, de porte real, vestida con un manto dorado y fluyente, pisando la cabeza de una puerca agonizante.

Ramón Mestre construyó un sarcófago a la antigua para su mujer, él mismo esculpió la lápida y la selló firmemente en contra de los gusanos. Blanca se crió a sombras del ataúd de su madre, erigido afuera pero cerca de la ventana de su alcoba. Su padre empezó a criar ganado y caballos en lugar de puercos, pero por años después, todo el mundo se refería al lugar como el rancho de los puercos.

En la única fotografía que Blanca guardaba de su madre, Eugenia Mestre sale vestida con pantalones ecuestres color de canela, y botas lustradas que llegaban hasta el muslo. Es una mujer alta, de caderas estrechas, con los pechos grandes y elevados. En la foto, su expresión es de una ferocidad fingida, como dispuesta a dar el latigazo por la espalda, pero sus ojos desmienten la jactancia humorística.

Blanca decía que no tenía una foto de su padre, que mejor era olvidarse de su triste cara disoluta.

Tarde una noche, mientras Blanca estaba hirviendo agua para hacer arroz, salí arrastrándome de mi tienda de campiña para verla preparar su comida cotidiana. No había luna y sólo unas estrellas esparcidas y tenues, pero esto no afectó en nada los movimientos de Blanca. Sazonó mi sartén quemado con unas gotas de aceite de oliva antes de freír su bistec y huevos. Entonces apartó la cáscara del mango como si quitara una capa de vestir.

Cuando estaba cocinado el arroz, Blanca amontonó el plato de comida y se acomodó sobre un par de piedras planas. Abrió una servilleta que colocó en su saya y comió primorosamente con un tenedor y cuchillo, su cantimplora de leche a su lado. La noche tenía un silencio poco natural. El fuego que se extinguía delineaba bocetos de sombras en su cara.

No estoy seguro por qué fue ésta de todas las noches la que escogí para poner en claro mis intenciones. Puede ser que la noche ofuscante y los finos modales de Blanca me hayan dado valentía. Alisé mi pelo lo mejor que pude y como un penitente en día sagrado, me le acerqué, tambaleante, de rodillas. Extraña aparición: sus manos estaban empapadas de sangre. Ahora me doy cuenta que debería haber mirado con mayor detenimiento, que había dejado entrever su luto y desconsuelo para que yo lo descubriera.

Pero entonces, sin preámbulos o serenatas con guitarras, sin ramos de rosas o confesiones de amor, sin, de hecho, ninguno de los desatinados atavíos del galanteo, le pedí a Blanca que se casara conmigo. Y para mi asombro absoluto, me dió el cuchillo sangriento y dijo "Sí".

PULIR HUESOS

❄

MIAMI

JULIO DE 1991

E*s viernes,* el mejor día para despejar influencias negativas. Reina y Constancia siguen a Oscar Piñango por la fábrica de Cuerpo de Cuba mientras va recitando una oración a La Virgen de la Caridad del Cobre. Rocía un elixir de olor penetrante sobre las tinas de emolientes, en la máquina embotelladora y las carretillas industriales, hasta sobre las mismas hermanas Agüero. Reina cree que huele a algunos de los mismos ingredientes que su amante de tanto tiempo, Pepín, dispersaba por el apartamento de su padre en El Vedado —paraíso, tártago, y su favorito para despojar el mal, rompezaragüey.

En medio del piso de cemento, el santero comienza a encender un fuego con sobras de lignum vitae de la empresa de fabricar bolas de boliche. Es una madera densa, que da mucho humo, y difícil de quemar.

—Abre esa puerta —instruye Oscar Piñango, señalando con el dedo la oficina de entresuelo de Constancia, —y todos los clósets y áreas de almacenaje. Pero rápido.

Las hermanas se mueven velozmente y obedecen según se les ha instruido. Ha habido demasiados percances últimamente para estar tomando riesgos: una familia de murciélagos muertos en una tina de abrasivos para los codos; ungüentos y cremas, cuajándose por la noche. Y durante la primera reunión de empleados, plumas de pollo sangrientas bajaron flotando del techo, de manera que la mitad de los empleados renunciaron al instante. Sólo con aumentar prodigiosamente el sueldo de su nuevo gerente, Constancia pudo convencer al joven Félix Borrega, recién graduado de la escuela Wharton, a que se quedara.

Reina se ha dado cuenta que Constancia, a quien rara vez se le rompe una uña, también se va haciendo más susceptible a accidentes menores. Los cuchillos se le salen de las manos. Las botellas se estallan en el piso de la fábrica. Fíjate, justo esta mañana su hermana recibió una quemada del tamaño de un erizo de mar aplanado, cuando se recostó demasiado tiempo en una de las tinas eléctricas. Hoy Constancia mandó a los empleados a casa al mediodía (¡con pago!) para que el santero pudiese hacer sus despojos en paz.

Ochún yeye mi ogá mi gbogbo ¡bu laiye nibo gbogbo omo oricha le owe nitosi gba ma abukon ni omi didon nitosi ono alafia...

Oscar Piñango canta con un sonsonete monótono mientras mezcla un sahumerio para extirpar el mal a humazos. Incienso, estorraque, almáciga, cáscara de ajo, azúcar moreno, todo quemado en un incensario sobre un fuego de leña. El olor le pincha la nariz, hace que sus pulmones duelan. El humo se ciñe a su pelo. Se pregunta si su piel absorberá la peste de la misma manera que la quemadura que sostuvo en El Cobre, si tomará el lugar de ese viejo hedor distrayente.

El santero prende quince velas votivas color amarillo, todas encajonadas en cristal. Coloca una en la entrada de la fábrica, dos a cada lado de la línea de ensamblaje, tres por la tina de exfoliante axilar, y cinco en los estantes con las botellas de esmalte color cobalto con la etiqueta de la cara de Blanca Agüero.

—Éstas tienen que quedarse por nueve

días corridos. La cara de Pinango se alumbra con destellos en la luz, plateada y escamosa como una trucha de agua dulce. —No las mueva, no las toque, ni las apague... o el hechizo se rompe.

Entonces toma las últimas velas parpadeantes, y las lleva arriba a la oficina de Constancia, anunciando que la limpieza se completó.

Reina se inclina para agradecer al santero rotundo y él la besa en la frente. Ella cree que Piñango también huele a ahumado, como un pescado curado por demasiado tiempo.

—Regresen a mí antes del día de Oshún —les implora a las hermanas mientras lo escoltan a su Buick color amarillo canario.

—No se pierdan el instante de reconocimiento, se los advierto. O van a sufrir, juntas y por separado, cada una según su aflicción.

El fuego continúa ardiendo en rescoldo sobre el piso de la fábrica. Constancia quiere echarle agua encima, pero Reina la disuade. —Dale una hora más. Se apaga solo.

—¡Lo único que me hace falta ahora es que se me queme el lugar! —Constancia todavía está aturdida por la racha de crisis reciente. No podía ser en peor momento. Su primer envío fuera del estado tiene que estar listo en un par de días.

Reina camina hacia los estantes que tienen botellas esmalte de cobalto vacías. La cara de su madre se ve tremulosa a la luz de las velas. Por muchos años, Reina no podía visitar la tumba de Mami aunque se la hubiera imaginado una y otra vez: el saliente de mármol negro inscrito, el trozo de tierra hinchado por las lluvias. Cada día que pasaba sentía de nuevo la muerte de su madre.

—¿Tú nunca fuiste al cementerio? —pregunta Reina, mirando fijo a las caras pálidas repitiéndose en serie.

—Desde el funeral no, tú lo sabes —Constancia está agitada, ya se ha puesto defensiva. —Papi sí iba con frecuencia. Él me lo decía.

Reina camina hasta el pie de la escalera del entrepiso. Abre las abrazaderas metálicas de su caja de herramientas y saca su alicate favorito. Entonces busca un cartón de Cuello de Cuba, la poción creada por Constancia para reparar los cuellos (Reina se imagina mujeres de cuello reducido, con piel de reptil como las beneficiarias primordiales). Saca una de las jarras, desenrosca la tapa, y empieza a cubrir su alicate con la crema verde de menta. Es un lubricante excelente ha descubierto Reina, mucho mejor que el aceite ordinario.

—¡Te he pedido que no hagas eso!

—Constancia pierde la calma. —La gente va a pensar en otra cosa, ¡por Dios!

—Cálmate mi amor. Aquí no hay nadie más que nosotras. —Reina sabe lo mucho que eso irrita a su hermana, pero sigue untando el ungüento exquisito en la bisagra. —Oye, Mami nunca te enseñó su huesito?

—¿Qué hueso ni hueso? —pregunta tajante Constancia. Quiere arrebatarle el pomo a su hermana, tirarle el alicate por la ventana de la fábrica.

—El que llevaba en un bolsito. Un huesito, todo amarillento, con un chichón en el extremo. Como una raíz. —Reina se limpia una mano en sus pantalones. —¿Así que nunca lo viste?

—No, no lo vi —dice Constancia con desdén, llevándose de nuevo el cartón de las cremas de cuello, atándolo con cinta.

—Mami me dijo que me lo iba a dar cuando creciera. Busqué el hueso después de su muerte, pero había desaparecido. Quizás lo enterraron con ella.

Reina visitó por primera vez el Cementerio de Colón en 1962, catorce años después de la muerte de su mamá. La lápida estaba limpia por completo y en la base, había un tiesto de barro, recién ahumado con hierbas. El lote de entierro estaba podado y libre de mala hierba. Ni una hoja se movía.

Al otro día, Reina regresó con un ramo de violetas y una foto de Navidad de su hija en un vestido de terciopelo. Reina colocó la foto boca abajo sobre la tumba. *Esta es Dulcita, Mamá. Tu primera nieta. Ya casi tiene cuatro años.* Entonces Reina se arrodilló e hizo algo que nunca había hecho antes. Rezó.

—Vi a un hombre allí en la tumba. —Reina se enfrenta a Constancia, y va probando nerviosamente su alicate.

Ella recuenta cuán alto y corpulento era el hombre, su piel de un color negro nocturno perfecto. Sus pantalones, hechos de lino exquisito, estaban bien planchados, y su corbata estaba dividida por el medio por una delgada rayita rosada. Usaba un sombrero de paja estilo antiguo en la cabeza y un reloj de plata con una cadena interminable que sacaba para confirmar la hora.

—Se agachó al lado mío y miró la foto de Dulcita. *Es muy bella. Y muy salvaje. Como tú, mi hija.* Entonces se paró, sacó un pañuelo del bolsillo de su chaleco, y empezó a pulir la lápida de Mami.

Reina recuerda el epitafio, lo liso que eran las ranuras debajo de sus dedos.

Blanca Mestre de Agüero
1914–1948
En vida y muerte, pura luz

Cada vez que regresaba a la tumba, R
buscaba al hombre elegante, pero jam
volvió a ver. Trajo otras fotos de Dul
sembró en la sombra una mata de av
paraíso para su madre. El que atendía e
menterio pudo decirle poco, sólo que d
hacía mucho tiempo el mismo hombre
taba la tumba de Mami todos los días.

Constancia levanta una escoba y com
za a barrer los rescoldos en el piso de l
brica. Se atizan con un último destell
calor antes de apagarse del todo. La ca
de Constancia se mueve abruptament
frente hacia atrás mientras barre, algo i
plicable, tal como una paloma energétic

—Papá se veía demasiado bien desp
de la muerte de ella —dice Reina acusa
a su hermana.

Constancia deja de barrer. Mira h
otra parte, con esfuerzo trata de no traga

—¡Tú me perdonas, Constancia, per
luto usualmente hace que la gente se vea
mo una mierda!

Reina se acuerda de cómo la aparie
de su padre mejoró conspicuamente d
pués de la muerte de Mami, como si hu
ra robado algo de la vida de ella p
reabastecer la suya. Su pelo que se ha
más ralo, creció de nuevo frondoso y neg
como si alguien le sembrase algo en el cu

cabelludo. La curvatura de su espalda poco a poco se enderezó hasta que recuperó cada centímetro de su metro ochenta de estatura. Mientras andaba a zancadas por los grandes bulevares y bocacalles adoquinados de La Habana, mujeres de toda edad se lo comían con los ojos. Hasta Margarita Vidal, la jamona chiquitica que vivía al lado, le hacía dulces para revitalizarlo, insistiendo a su vez que eran sus tortas de guayaba de seis capas lo que le estaban restaurando su vigor.

Más botellas de esmalte color cobalto están alineadas contra la pared del lado sur de la fábrica, miles de ellas, como una bandada de pájaros migratorios en un aguadero.

—Hoy es mi último día aquí —dice Reina. Sus ojos le molestan a raíz del aire todavía lleno de humo. —Lo siento, mi amor. Pero ya no te puedo ayudar más.

Constancia finge ignorarla. —Oí por la radio esta mañana que todas las arañas de luces en un pueblito remoto del Perú están flotando seis pies sobre la tierra.

Reina no se puede imaginar cuántas arañas de luces podrían encontrarse en un lugar de bohíos todos apiñados. Una, tal vez dos a lo sumo, y sólo si queda una iglesia cerca. No, no tiene sentido. Nada lo tiene.

Reina camina a paso agigantado los cuatro kilómetros desde el condominio de su hermana hasta el club náutico por la bahía. Le toma menos de media hora. Atardece y lo peor del calor ya se ha ido. Una insinuación de brisa refresca su ritmo. Los hombres en carros le tocan el cláxon y paran por el camino ofreciendo llevarla. Reina no está vestida de manera muy especial, sólo unos pantalones cortos blancos y un "tank top", pero para eso mejor estaría caminando desnuda por el camino. Cada centímetro de su cuerpo, le decía Pepín, era una invitación abierta para gozar.

Cuando era niña, se asombraba sin entender de dónde había conseguido su belleza morena. Su madre era chiquita y transparentemente pálida, su cara como una luna de medio verano. Su padre era grande como ella pero como enchapado con carne de hembra. Las manos de Reina eran enormes al nacer, del tamaño de las de un niño de cinco años. Poco a poco, el resto de su cuerpo creció para alcanzar las proporciones de las manos, pero después de que murió su madre, las manos de Reina se ensancharon y se engrosaron otra vez hasta alcanzar una lujuriosa desproporción.

De tal palo tal astilla. Uno de los colegas de su padre, el Profesor Arturo Romney, repetía este refrán cuando le hacía caballito sobre la rodilla. Ella tenía tres, cuatro, cinco años cuando hacía esto, cada vez con mayor fuerza hasta que una vez le magulló el fondillo. Después que sus padres murieron, el Profesor Romney quería adoptar a Reina. Se aparecía en el internado con una bolsa de compras con sayas de tartán pequeñas. Cuando ella lo veía, no le decía nada, sólo le escupía en las botas negras de cordones.

Reina lleva una radio portátil enganchada a la pretina elástica de sus pantalones cortos. Había visto turistas en Cuba con estas radios miniatura, meneándose a ritmos escondidos en sus audífonos. Pero ella nunca soñó que tendría una propia. El sonido de un mambo a todo trapo le da un poco más de meneíto a su forma de caminar. Más que nada, le gusta escuchar las estaciones de radio de los exilados reaccionarios. Tocan la mejor música y sacan las mentiras más desaforadas al aire. Le hace gracia su sentido de nacionalismo agresivo, como gallos buscando montarse sobre una gallina. ¿Quién fue el que dijo que el patriotismo es la pasión menos discernidora?

En el instante que cualquiera se entera de que Reina es recién llegada de Cuba, esperan que denuncie rotundamente la revolución. No basta con estar en Miami, o quedarse callada. Estos cubanos inflados de orgullo quieren que crucifique a El Comandante, que repudie aun las cosas buenas que ha hecho por el país. ¿De qué sirve leer, dicen ellos, si todo lo que te dan es esa propaganda comemierda? Claro que tienes servicio de salud gratis. ¿De qué otra manera puedes obtener un escobillón de algodón con los sueldos de porquería que tienen? El otro día el vernacular de Reina sufrió un desliz y llamó a la cajera de Winn Dixie compañera por equivocado. ¡Bueno, para qué decirte, se formó un titingó en la cola de pagar y una docena de personas casi se entran a gaznatadas!

El exilio, Reina está convencida, es el otro lado de la moneda de la intolerancia comunista e igualmente virulenta.

Ya Reina es una figura familiar en el club náutico de su hermana que está en la bahía. Ha seducido una cifra numerosa de sus miembros más fogosos, hombres de otras mujeres, pero Reina no se deja llevar por detalles poco placenteros. Es un hecho conocido que el noventa y siete por ciento de los mamíferos son polígamos. Los pájaros son otra historia, con su casi universal monogamia. Pero los seres humanos son mamíferos hasta el tuétano. ¿Para qué ír en contra de la naturaleza?

Cada día ramos de rosas rojas llegan para

ella al apartamento de Constancia. Reina es inmune al desatino de los gestos de sus amantes, siente desdén hacia la falta de imaginación que la lujuria sublime engendra. ¿Por qué no le envían matas de cactus o plantas carnívoras? Eso estaría más a su gusto. Los hombres casados son los peores, exigiendo todo tipo de compromiso mientras los tienen todavía agarrados por la nariz. Un pobre infeliz, Walfredo Ferrín, hasta le ofreció un BMW para que durmiera con él de nuevo.

Aún más desconcertante, cada una de sus conquistas en Miami deletrea puñeteramente. Reina sabe que es mezquino y prejuicial, pero ella no tolera que ni una sola consonante esté fuera de lugar. Ahora los hombres dejan mensajes azucarados en la contestadora automática de Constancia (como perros bien adiestrados después del tono), algo que ningún cubano en la isla que se dejara respetar haría, aún si tuvieran esas máquinas de mierda esas. Todos estos factores, combinados con un conservadurismo general entre los hombres, los hacen apropiados para encuentros de una o dos noches a lo sumo.

El más talentoso de sus amantes recientes, Ñico Goizueta, un pintor que conoció mientras él blanqueaba el club, la amaba como bestia. Luchó para que ella se rindiera, íntimamente dándose banquete con su carne hasta que la dejó aturdida. La pasión, le dijo a ella, es un interludio frágil entre las prosperidades de la pérdida. Aún así, el placer de Reina no llegó. Después, Ñico le mandó una docena de acuarelas de la noche que pasaron juntos, pinturas tan exquisitamente eróticas que Reina se sentía al borde de su antiguo éxtasis. Pero su cuerpo seguía traicionándola.

Su hermana se sentía incómoda con toda la atención vertida sobre Reina por los hombres. Constancia escarba sacando las notas amorosas que Reina tira en la basura, le corta los tallos a las rosas, las rocía regularmente para prolongar su vida. Cuando Reina anuncia que se ha ganado setenta y cinco dólares jugando la lotería, le fastidió hasta decir no más. —¡Tú nunca has tenido que luchar por nada! —dijo Constancia a manera de fuetazo. —¡Tú no sabes lo que es tener que pedir!

Últimamente, la única vez que Constancia se mostró en lo más mínimo agradable con ella, fue cuando le contó que le habían extirpado parte de la cerviz. Los médicos en Cuba decían que tenía una predisposición al cáncer cervical, seguramente causada por enfermedades venéreas. Constancia se mostró extrañamente complacida, como si a Reina le hubiese tocado su merecido.

Cuando da la vuelta por el club náutico, los obreros y camareros se quedan en el muelle para mirarla. Un ayudante de camarero flaco, perdidamente enamorado de ella, usualmente le tira una lata de cerveza gratis. Los barcos se paran a medio andar, las mujeres a media frase. Reina saluda con la mano a los mirones, pero hoy no está para satear. Saca la cubierta de caneas del barco de Heberto y prende el motor, el cual ha reparado y reconstruido hasta que da zumbidos de perfección.

El jefe de camareros señala al horizonte negro, los intervalos de relámpagos difusos iluminando el cielo, pero él sabe que no vale la pena tratar de disuadirla de que se vaya. Ya está dando saltitos rápidos en el agua fuera de la bahía, surcando un camino de agua gris y picada. Le encanta la sensación de ronroneo obtuso del océano bajo el casco del barco. Sigue las espaldas lisas de los delfines que montan las olas, el devaneo afectado de los pelícanos.

Reina añora la presencia de su hija, para que pudiese respirar cada onza de azul vitalizador. Toca su antebrazo derecho, donde el trozo plano de muslo de Dulcita está como parche que va de su codo hasta la muñeca. Parece pulsar en la luz de la noche naciente. Reina tiene curiosidad por saber cómo le va a su hija en Madrid, si ya se ha desgastado por tanto ceder. Por un momento le da un miedo paralizante, pero a la vez presiente que Dulcita está viva, infeliz pero viva. Esta misma noche le va a escribir a su hija para invitarla a que venga a nadar en este azul curativo.

En Cuba, el mar está fuera del límite de todos menos de la industria pesquera controlada por el gobierno y los barcos turísticos. La gente puede remar cerca de la orilla, pero irse un poco más lejos está estrictamente prohibido. Es esencial, lo ha dicho muchas veces El Comandante, que todos y cada uno permanezcan cerca de la tierra en caso de una invasión yanqui. Ahora que está en los Estados Unidos, Reina ve lo ridícula que ha sido la idea de una invasión. Es lo más lejano que se le puede pasar a cualquiera por la mente. Aquí la gente está muy preocupada en cómo hacer plata, demasiado ocupada en cómo manejar la histeria de lo próximo que se van a comprar.

Alrededor de ella, las fronteras de la tierra no le parecen muy acogedoras. A Reina le parece que todo llega a su fin en la tierra, arraigada en la acumulación. El mar perdona más. Maneja la lanchita motorizada por las olas, va en un tira y afloja, con el empeño de su juventud renovada. La semana pasada Reina pintó el barco de un color naranja rojizo, tal como un primer amor, o como un accidente.

Sus salidas al mar le ayudan a sosegar sus penas. Es una forma de crueldad visual, cree ella, que Constancia se parezca tanto a su madre. Se parece pero no comparte ninguno de los atributos de Mami. Reina sigue esperando que la presencia de Constancia la vaya a reconfortar, añora someterse a un consuelo olvidado. En cambio, se lleva una desilusión repetida, encontrándose frente a una fría proficiencia de sentimiento.

El crepúsculo aúna la última luz divagadora del mar. Reina apaga el motor y se mece en la bruma violeta de la bahía. La ciudad se ve en la distancia, casual, destellante. La civilización, cree ella, mata toda sed original.

Empieza a llover, suavemente al principio. Una lluvia cálida, interrumpida, que lava las largas laderas de su cuerpo. Reina siente que algo dentro de ella se libera, haciéndose uno con el agua y el viento, con los filamentos delicados de la noche. Papá había insistido que no se le podía seguir dando el pecho a los cinco años. Si no hubiera hecho esto, cavila, ¿todavía estaría mamando la teta de su madre? ¿Podría dormirse de nuevo con el conocimiento de esa tranquilidad?

Naranja dulce
limón partido
dame un abrazo
que yo te pido.

Si fuera falso
mi juramento
en poco tiempo
se olvidará.

Toca la marcha
mi pecho llora;
adiós, señora,
yo ya me voy.

Reina está como perdida deambulando en la voz de su madre. Cierra los ojos y la luz es acuática bajo sus párpados. Todo pierde su forma en esta melodía, todo hace señales en una suspensión deslucida, en el desorden en forma de espiral de la paz total.

Cuando era una niña, a Mami le gustaban las noches sin luna como ésta. Iban al techo de la casa, donde guardaban un cactus, un pitajaya que florece de noche, cuyas flores salían raras veces. El año pasado, desesperada por el desvelo, Reina estudió la flora nocturna de muchos pueblos en Cuba. Le gustaban los árboles salchichón porque sus flores rojas colgantes siempre caían al piso a medianoche.

¿Quién se acordará de Mami en treinta años? ¿Quién se acordará de su padre? ¿Quién, reflexiona, se acordará de ella? Sólo tenemos conocimiento parcial el uno del otro, cree ella. Suerte tenemos en conseguir siquiera un retazo del todo oscuro y estallante.

La tajada de luz le da en la cara a Reina. Fuera de la misma, todo está negro. Reina se durmió en la lancha de Heberto y ha estado meciéndose en el mar por horas. Sus sueños son habitados por árboles, bosques de árboles torcidos, con ramas chupando largo y hondo de la sal. Su lenguaje es brusco, de chasquidos, marcado por pausas improbables.

El cuerpo de Reina está tieso por el frío húmedo. Trata de abrir sus dedos, pero las manos están encogidas en forma de puño. Hay otras personas en el mar, lejos, pero que se dejan sentir. Ella lo sabe. Una mujer cubana de su edad en llamas causadas por gasolina de motor. Un adolescente que entregó su brazo a los tiburones. Dos familias de Camagüey a la deriva después de que una tormenta les volcó las balsas. Morirán en cualquier momento, traídos al amanecer a la orilla por el mar en Cayo Hueso.

Cuando un yate enorme llega al lado suyo, Reina no hace nada. Una voz la llama detrás de una luz brumosa. Es de hombre y suena familiar, pero no puede entender las palabras, redondas y salpicadas de alarma.

—¡Es la diosa! —grita la voz. Es el hombre de la computadora portátil de por los canales en Key Biscayne. Le tira una frazada de pelo de caballo, lo cual le eriza la piel un poco más.

—Sí, soy yo —susurra Reina, ajustando la frazada sobre sus hombros. Se toca la garganta. Arde de sed. —Soy yo.

Dulce Fuerte

MADRID

A *veces pienso que el chisme* más desatado y contado en Madrid soy yo. Hace meses que vi al cabrón de Bengt y todavía recibo llamadas de cualquier enfermito sueco que se le ocurra tomar vacaciones en España. No te puedes imaginar lo que quieren de mí. Caballero, en Cuba el sexo no era una cosa tan complicada.

La semana pasada, la señora interceptó una de mis llamadas y le dijeron de todo. Un tipo de Malmó que se venía con los gansos y las bolas de ping pong y sabe Dios qué más. La verdad que no podía entenderlo todo con la gritería de ella. La señora me botó de la casa con sólo unas pesetas en el bolsillo. ¿Qué iba a hacer? Fue difícil despedirme de la pequeña Mercedes, ¿sabes? Ya nos habíamos acostumbrado la una a la otra. Me dio besitos desprevenidos.

Por varios días me escondí en un cine del barrio Salamanca que daba películas norteamericanas de los años cincuenta. Después de la última tanda, iba al baño de las mujeres y le quitaba el seguro a la ventana para poder entrar de nuevo. He estado viviendo de palomitas rancias, dulce de regaliz, y todo el refresco de naranja que me puedo beber. Me pone un poco eléctrica, como la vez que probé cocaína con un "deejay" de Toronto en una mesita trasera del Tropicana.

Esta mañana, el gerente del cine me encontró dormida en uno de los puestos del baño. Tan fuerte era mi ronquera que entró pensando que había algún problema con la cañería. Soñaba un sueño de lo más raro: estaba de regreso en La Habana caminando por el Malecón cuando de la nada, salen miles de perros con labios negros, y empiezan a brincar sobre el muro cayendo al mar. La ciudad era más joven en mi sueño, cristalina, como si la lluvia la hubiera limpiado.

No tengo ni casa, ni trabajo, ni amigos o familia aquí. Lo único que tengo es un miedo terco. Últimamente me pregunto si el miedo es necesario para la sobrevivencia, si es que agudiza los sentidos durante las tempestades de incertidumbre. ¿O se trata meramente, como sospecho, de otra variante de la debilidad? En Cuba, la certidumbre era pésima, pero por lo menos era certidumbre. Era difícil pasar desapercibida, morirse de hambre. Todavía no he decidido dónde soy más pobre.

Hoy estoy paseando en el Museo de Arqueología hasta la hora de la siesta. Es tranquilo aquí y hace fresco. El verano en Madrid es una pesadilla, polvoroso y seco como hueso. Hay un par de coronas incrustadas con joyas en exhibición que le pertenecían a los reyes visigodos. Mete miedo darse cuenta cuánto tiempo llevan los españoles jodiendo el parto por el resto del mundo.

Mi madre me contó como los primeros exploradores habían venido a Cuba con sus animales pestilentes y casi acabaron con todas las especies nativas. Ella me dijo que su padre, mi abuelo Ignacio, responsabilizó personalmente a los reyes Fernando e Isabel por el exterminio. Mi bisabuelo era originario de Galicia, por allí en las montañas. Mi madre dice que era uno de los grandes lectores en Pinar del Río, que leía los clásicos a los trabajadores tabacaleros, organizaba sindicatos, y hacía una torta de concha de primera. ¿Por qué todo lo interesante en mi familia ocurrió antes de que yo naciera?

A veces me gustaría poder atravesar toda

esa carne y hueso y llegar hasta el origen. Leí en el periódico cómo los científicos han trazado las huellas genéticas hacia atrás un millón de años hasta dar con los primeros seres humanos en África. Me doy cuenta de cómo desde entonces, lo que hacemos es seguir sus pasos y los de todos los otros. Ladrones y zarinas, jefes de pueblo y esclavos de galeón, cantantes de ópera y campesinos en sus carretas. ¿Cuál de los filósofos predilectos de mi madre dijo: *Yo he sido, aquí y ahora, un niño y una niña, un arbusto, un ave, un pez bruto en el mar?*

Hay como una pena en mis entrañas que no puedo borrar. Se abre y se marchita como las flores que florecen de noche. Carajo, tengo una clase de hambre. No he comido desde anteayer, cuando me disparé una media libra de dulce, Gummi Bears para ser exacta. Hay un buen restaurante en la Avenida Infantas repleto de expatriados gordiflones. Me dan ganas de ir allí pero sé que el olor a plátano maduro frito me llevará a un acto desesperado.

Es jueves por la tarde y los restaurantes están llenos. Mi olfato está más agudo por el hambre. Me doy cuenta de lo que cocina la gente de aquí a cinco manzanas. El aroma de un pollo empanizado flota en el aire, bajando desde un balcón marcado de mugre.

Hueyes y ajíes rellenos decoran los platos de un elegante café al aire libre. Si me pusiera a mendigar podría juntar suficiente plata para unos churros y chocolate caliente, pero ningún lugar los sirve a esta hora.

Me meto sin pagar en el metro y sé inmediatamente adónde debo ir. Mi ex marido Abelardo estará almorzando en esa cafetería deprimente a la vuelta de la esquina. Se quedará toda la tarde jugando bridge con el camarero albino. La hermana de Abelardo se va al mercado los jueves. Le toma una barbaridad de tiempo porque regatea como una verdulera por cada cebolla y pedacito de jamón.

Su edificio es estrecho y húmedo con un olor acre, el incienso de la vejez. Un olmo que se pudre hace guardia en la entrada. En lo alto, una bandada de mirlos se disuelve en el cielo. Un viento cobrizo remolinea por la calle, removiendo basura y hojas muertas. ¿Cómo me veo en mi uniforme de nodriza? ¿Qué pensaría si me pudiera ver a mí misma? ¿Si se molestara en querer verme?

La cerradura en la puerta de entrada del apartamento de Abelardo y su hermana es fácil de forzar. Mis dedos son hábiles e intuitivos, como los de mi madre. Le tengo que agradecer eso, y un par de cosas más de paso. Como su sentido del humor y el hecho que preservó el apartamento del mi abuelo en La Habana, enmohecido con libros y centenares de pájaros que él había matado.

Mamá guardó una foto del abuelo Ignacio en la gaveta de abajo de un escritorio de caoba. La llamaba la gaveta de las imposibilidades. Allí estaba el brazalete de abalorios que mi padre usó en la Sierra Maestra. Un ajustador color crema que todavía tenía el olor de la abuela Blanca, según mamá. *Lo que dejamos a la posteridad es tanto una carga como un regalo,* me dijo mi madre. Me preguntaba cómo iba a poder distinguir entre uno y otro, cómo iba a saber qué carajo me salvaría.

Todo en el apartamento de Abelardo es como me acordaba. Las cortinas peliculares y amarillentas de la cocina, la corteza de pan seco en el bol de mayólica. La hermana de Abelardo era compulsiva en darle de comer a las palomas. No era capaz de compartir una taza de agua caliente con la vecina, pero mantenía las palomas del barrio regordetas. Había dos latas de flan rancio en la nevera. Una caja de galleticas de queso en la alacena. Cuatro chorizos enlazados y una trenza de ajos colgaban de dos clavos torcidos.

Me como los chorizos sin quitarle su envoltura, abro una jarra de aceitunas saladas, me atraganto con lo que queda de una bebida de yogur de fresa. Rompo la trenza de ajos y meto cuatro de las cabezas en mi delantal. Estos me van a proteger, creo yo. Tienen que protegerme. Me llevo un cuchillo de pelar como seguridad, lo afilo en el borde de una tablilla de cortar que se pudre.

Su dinero está escondido en un estuche plástico de cremallera que está pegado detrás del armario en la alcoba de mi cuñada. Allí lo encontré la primera vez también. Seguro que pensaban que no regresaría. Más de mil pesetas de baja denominación. No hay nada más que valga la pena robarse, pero necesito cambiarme de ropa. Saco la camisa dominguera de Abelardo, toda almidonada, blanca y voluminosa, y un par de tirantes de pantalón de cuero. Con sus medias negras acanaladas que me llegan hasta los muslos, me veo casi de moda.

Busco un lugar para dejar mi marca. Quiero que sepan, sin lugar a duda, que estuve allí. Pero de repente no me parece que tenga importancia. En cambio agarro la gorra destartalada de aerolíneas de Abelardo y me la acomodo en la cabeza. Meto la ropa sucia en un bolso de nylon y de inmediato voy a la puerta.

A punto de salir, miro la mesa desaliñada en el vestíbulo. Hay una carta abierta dirigida a mí. Es de mi madre, con matasello de Miami. *Mi queridísima hija*... así empieza la carta, y siento algo por dentro que se revienta, algo perdido e irreparable. Ahora todo lo que deseo es que venga la noche, que me pueda esconder en sus olores como huérfana en un jardín de palacio. Pongo la carta de mi madre en la parte elástica de mis calzones y voy en busca de un lugar seguro para poder leerla.

Una embestida de campanas interrumpe la paz del atardecer. Encima de una colina hacia el norte, se ve que es una iglesia pequeña y fea la que hace todo el estruendo. Solía escaparme a la catedral en La Habana cuando el sol arreciaba o cuando mis novios se ponían muy violentos. Me criaron creyendo que cada permutación del mal era debida a los obispos y los curas. Aún así, hay un rastro de civilidad en las iglesias. Quizás sea esto su mayor consuelo.

Adentro, las paredes de piedra en vías de pudrirse, resuenan con un tañido que sólo yo puedo escuchar. Hundo mis manos en agua bendita y me lavo la cara y el cuello. Huele a castaños y violetas marchitas. Hay una anciana en el primer banco de la iglesia, jorobada y rezando. Frente al altar a

Santa Isabel, una mujer requetepreñada se para con la mano en la cadera, como si se preparara para regañar a los cielos.

Tomo asiento en el banco carcomido por gusanos. La madera es suave y la raspo con mis uñas, hago una pasta entre mis dedos índice y pulgar, luego me lo embadurno en el muslo, en el parche moradizo donde los médicos me destajaron la piel para curar las quemaduras de mi madre. La carta de mamá se me pega a las manos mientras leo. Está en Miami con su hermana, mi tía Constancia y juega a la lotería todas las semanas, usando los números de buen agüero de mi vida. Mamá dice que yo siempre fui una niña afortunada. Me impaciento con su letra, tan increíblemente redonda e inclinada hacia la izquierda. ¿Qué carajo podría saber ella de mi vida?

Hay más noticias. Un club náutico en la bahía manejado por el que era el brazo derecho de Batista. Carros elegantes de antaño que se dedica a arreglar con las herramientas que pudo sacar de contrabando de La Habana. Un hombre maduro, dice mamá, una mezcla de indígena, alemán y francés, que siente reverencia por cada centímetro de su cuerpo. Está aprendiendo el inglés idiomático, de él también, oyendo viejos discos gringos.

Yes, sir, that's my baby
No, sir, don't mean maybe
Yes, sir, that's my baby now

Mi madre no me pregunta sobre Abelardo, da por sentado mi infelicidad. Ninguna mujer que valga algo puede quedarse casada por mucho tiempo. Me lo decía repetidamente mientras que yo crecía. Pues, en eso sí tenía la razón. En las últimas líneas, Mamá me ruega que regrese a casa. Es decir, donde está ella. Dice que los cielos y mares de Miami son igualitos a los de Cuba, pero con más frescura, más azul. *Aquí todo es tan azul, Dulcita,* escribe ella. Como si el azul pudiera resolverlo todo.

MIAMI

C*onstancia maneja* al aeropuerto en su Cádillac rosado con la capota bajada. El calor bate los récords en Miami, sin indicios de viento y una amenaza de lluvia lo suficiente real para mantener la humedad a nivel intolerable. Constancia se encuentra cada vez más susceptible a los cambios artificiales de temperatura. Es más, está convencida que el aire acondicionado va debilitando los músculos de su diafragma, dejándola corta de aliento.

En el aeropuerto, los edificios y las guaguas oscilan en la luz martilladora. Estaciona su carro al lado de una obra en construcción. El cascajo bajo sus tacones suena como un deglutir monstruoso, como si sus huesos cedieran a una mandíbula invisible. Con firmeza, amarra la cinta de su sombrero a la antigua bajo su barbilla, y, a tientas, como un niño de pies tiernos que camina en una playa pedregosa, va hasta la puerta de llegadas.

El aeropuerto es una nevera. Constancia sopla en sus manos juntas para ver si su aliento es visible, luego frota con vigor las palmas de sus manos. Mira su reloj. El vuelo de Isabel desde Hawaii se espera para las dos. Va a un teléfono cercano y verifica cosas con el gerente de la fábrica. Hay un envío de menta verde que debe llegar esta tarde.

—¡Llama a los proveedores! —insiste Constancia. ¡Asegúrate que llegue hoy o se nos echa a perder el lote de *Rodillas de Cuba*!

Constancia cuelga el teléfono y de repente se pregunta que tan unidas eran ella y su hija. Esas mañanas frías de invierno en la cama cuando leían juntas libritos de cuentos. Esas horas lentas donde fingían cocinar sopa de alfabeto en la bañadera. ¿Todo eso cuenta para algo? ¿O sólo se querían y nada más?

Un relámpago de verano estalla afuera, causando un poco de pánico en el aeropuerto. El avión de Isabel llega con media hora de retraso. Los primeros pasajeros salen a torrentes vestidos con sombreros de paja y guirnaldas hawaianas marchitas. Cuando uno da a luz, piensa Constancia, cede su lugar a otro. De hecho, lo que se dice es que cuando yo no esté, tú vivirás, tú te acordarás. ¿Pero qué deben recordar precisamente?

Isabel está por cumplir nueve meses de embarazo. Cuando Constancia tenía la barriga de nueve meses, destrozó a pedazos todas las fotos de su ex marido Gonzalo. Luego fue a la orilla del mar y lanzó cual alimento los miles de pedazos a la marea. Patos estivales vinieron en manadas, esperando comer. A Constancia le gustaba imaginar los pedacitos de la cara de Gonzalo enterrados en las entrañas de los patos, turbando sus centros de gravedad. Se imaginaba los patos volando muy lejos de su curso normal, llegando a continentes equivocados, confundiendo todas las pistas celestiales.

Su hija brota de la salida, una masa gloriosa de piel henchida. Está vestida con el overol más grande que Constancia haya visto jamás. Isabel es de un color rosado con manchones, se ve luminosa, igual que los retratos de santos en medio de sus visiones celestiales. Puede que adivine agua, abruptamente vaya a manar de adormideras o cosechar estrellas pletóricas del cielo.

—Hola, Mami. —Isabel le entrega un bolso de malla con formas irregulares y pesadas envueltas en periódicos de Honolulu, las últimas piezas de cerámica que hizo antes de saber que estaba encinta. Su hija no hacía teteras o tazas de café para poder regalarlas en Navidad. Nunca hizo un florero. Isabel siempre fue atraída por formas más libres, fragmentos raros de barro y otros materiales combinados para sugerir algo reciclado, algo traqueteado e incompleto.

Constancia toma el bolso de malla. Vio a su hija trabajar una vez. Isabel vidrió un trozo de barro, lo metió al fuego en un horno rojiardiente hasta que el color cuajó. Luego lo sacó con unas tenazas de barbacoa y lo colocó en un basurero que tenía hojas secas de eucalipto. Cuando las hojas prendieron fuego, cerró la tapa de golpe y esperó. Lo que sale al fin se debe tanto a la inspiración como al destino, decía Isabel.

—Te ves muy bien, Mami. —Isabel inspecciona cuidadosamente a Constancia. Como una versión más joven de sí misma.

Constancia apoya a su hija mientras camina. Los tobillos y pies de Isabel están hinchados más allá de todo reconocimiento, calzados en unas sandalias de "hippie" enormes. Logra moverse con un lento arrastre y deslizamiento de los pies por los pasillos del aeropuerto. Constancia hace señales para parar a un carrito motorizado para impedidos y empaqueta a su hija abordo. Isabel no ha traído ningún equipaje salvo las pocas piezas de cerámica del bolso de malla.

—¿No trajiste ropa? —pregunta incrédula Constancia.

—Pues no.

—¿Ningún desodorante? ¿Frazadas de bebé?

—No, no. Vendí todo.

Constancia mira con cierta dureza a su hija, a esa serenidad desafiante que conoce tan bien. Está convencida que ya para los dos años, los niños han expresado todo lo que van a sentir por el resto de sus vidas.

Constancia le dice a Isabel que espere a un lado de la acera mientras trae el Cádillac rosado para recogerla. El calor es sofocante, empeorado por los escapes de los autos. Constancia se da cuenta que sus manos están húmedas y temblorosas. ¿Será posible que vaya a ser abuela?

Mientras guía el auto frente a Isabel, el mero ver la preñez enorme de su hija la conmueve. ¿Cómo es posible que alguien pueda recuperarse de semejante ordalía? Constancia ayuda a Isabel a entrar al carro, saca una bufanda rosada de chifón de la guantera para cubrir el pelo desgreñado de su hija.

—No es mi estilo, pero gracias.

—No te preocupes, mi cielo. ¡Tengo un producto nuevo —*Cabello de Cuba Plus*— que va a domar tu pelo, ponerlo como seda!

Isabel se inclina hacia adelante reculando. El bebé patalea fuerte, y seguido dos veces más. Constancia quiere parar el tráfico, colocar su oído en la barriga de su hija, sentir el diminuto pie voluntarioso. Isabel dice que tomó clases de parto natural. Su instructor explicó que tener un bebé era como sacar de uno una toronja grande.

¿Una toronja? Después de tantos años, Constancia todavía está azorada por la capacidad de ciertos norteamericanos para hacer declaraciones que subestiman tan burdamente la realidad.

¿Por qué nadie habla del dolor? ¿Ni de esa presión roja incesante que se amarra a tus entrañas? ¿Por qué este complot de estoicismo de las mujeres en cuanto al parto? ¿Por qué no le dice a Isabel ahora mismo que es como sacar a la fuerza el mamífero más grande del planeta? ¿Por qué no le dice a ella que nunca, nunca lo puedes olvidar?

Constancia maniobra el Cádillac y se monta en la carretera 1-95. Reina dijo que manejar este auto era como guiar un tanque que había operado en un ejercicio militar en las afueras de Cienfuegos. A ella le gusta chapucear con el Cádillac, mejorar el funcionamiento de sus tuercas y palancas. Recientemente, Reina tomó un trabajo de mecánico reparando carros antiguos. También encontró un novio, un norteamericano rico que vive en un barco anclado en Key Biscayne. Y esto después de acostarse con Raymundo y medio mundo en el club náutico, provocando a saber cuántos divorcios.

Delante de Constancia, un sedán marrón tiene su señal puesta para virar a la derecha. Sabe muy bien que el chofer, un hombre mayor con guayabera almidonada, no tiene la más mínima intención de virar. Es una de las idiosincracias de manejar en Miami. Los cubanos dejan las señales de virar prendidas por horas, haciendo caso omiso del desconcierto que causan.

—Tu tía está en la casa terminando el cuarto del bebé —dice Constancia. —Quiere darte una sorpresa. —Reina está creando un móbil para la criatura, hecho de zargazo y tres murciélagos disecados de Papi. Lo único que pide Constancia es que no se lleve un terrible susto su pobre nieto.

Constancia visitó a su hija en Hawaii en la primavera del año pasado. Ella y su novio vivían en una cabaña hacia el viento de Oahu. El lugar rústico era tan chiquito que no se podían extender los brazos por completo en el cuarto de dormir. Había una hornilla portátil y una microonda pero no tenían estufa, y el inodoro funcionaba cuando le daba la gana. Tenía un patio de secoya elevado sobre el pantano. Más allá, el azul constante del Pacífico.

Constancia no le pregunta a Isabel sobre Austin ni sobre la bailarina de mezcla chino-filipina. Detrás de la salud luminosa de su hija, puede vislumbrar una ruina fría que se derrumba. La existencia de Isabel cambió a ser mero paisaje. Constancia se acuerda de algo que le dijo su padre. *Cada fuerza se mueve hacia la muerte. Sólo la violencia constante la mantiene.* Otra más de sus leyes de la física.

Cerca del peaje para Key Bicayne, Isabel ve el tiburón tamaño real que sirve de anuncio para el Acuario Marítimo.

—Vamos.

—¿Ahora? —Constancia quiere complacer a su hija, pero, vaya, ¿al acuario? ¿En su estado? Ser lógico, cree ella, es someterse al asombro continuamente.

—¿Por qué no? —Isabel estira el cuello para ver mejor el facsimile del tiburón. —Nunca he estado allí.

—Lo que quieras, mi cielo.

Constancia atraviesa el Causeway Rickenbacker, pasando el trozo estrecho de playa con su fila de palmeras, más allá del enorme estadio marino donde mujeres en bikini de lentejuela van con frecuencia a hacer esquí acuático. Ella visitó el Acuario Marítimo durante la segunda semana de Reina en Miami. Una pesadilla. Su hermana se prestó de voluntaria para todo: bailar cha-cha-chá con los focos, darle de comer sardinas a los leones marinos, jugar baloncesto con una orca de cuatro toneladas. Con igual abandono Reina sateó con todos los dependientes, hombres flacuchos con dientes rotos y pelo teñido por el sol y con los que cuidaban los animales.

Isabel quiere ver primero los manatíes así que Constancia empuja a su hija hacia el tanque de agua marina en una silla de ruedas decorada con delfines. El aire está impregnado de cloro y zargazo y las cagarrutas de miles de especies tropicales.

—¿Me parezco a ella? —Isabel clava la vista en el lerdo manatí madre que ingiere una hoja de lechuga. Su crío nada cerca a ella con sus aletas lentas, gira sobre su propia espalda como un acróbata sin forma.

—Si tu lo dices, mi cielo. Pero creo que es temporal, nada más. En definitiva *no* es parecido de familia.

Isabel se ríe. Su voz se desparrama en el aire como un rocío de pájaros sobresaltados. A Constancia le gusta empujar la hija en una silla de ruedas de delfines. Es como si Isabel fuese una bebé de nuevo, tan mansita en su cochecito de niño. Si todo pudiera permanecer tan definido.

En un tanque al aire libre para tortugas, hay un par de tortugas mordedoras que están apareando torpemente. El macho está precariamente balanceado sobre la parte posterior del carapacho de la hembra. Tambalea y cae de nuevo al agua pero, inmutable, trata de montarla de nuevo. Constancia respeta su esfuerzo, pero alberga pocas esperanzas por una nueva generación.

Cuando vivía en el rancho de su abuelo en Camagüey, a menudo oía ese gran ruido crudo de los animales en celo. Más aún en la primavera cuando, promiscuamente, todo brotaba a la vida después de invernar tantos meses. Sementales y toros, gallos y machos cabritos, pájaros de todo tamaño y color. Las noches que temblaban y los días incandescentes. Constancia temía que de alguna manera tendría que rendirse a una violencia parecida.

El sexo era rampante en Cuba, y no sólo entre los mismos animales. Un día, vio a uno de sus tíos, Ernesto, el segundo más viejo, penetrar por detrás a una yegüita con pintas. Tuvo que pararse en el tronco de una palma para lograrlo, y escupir dos veces en su pene. Luego vio a muchos otros desde sus escondites en la inquieta sombra de los matorrales. Sus otros tíos, trabajadores de la finca y guajiros, mayormente con caballos y unos con otros. Después de singar, las yeguas caminaban resoplando por una hora o más con los rabos un poco desviados. Entre los hombres no notaba ninguna diferencia.

Por un tiempo, su abuelo le pedía que lo acompañara cuando tomaba su baño semanal afuera en una tina de estaño. Constancia miraba cuidadosamente desde la sombra de un árbol de higos mientras el abuelo Ramón se lavaba el pene, cómo agarraba y hacía retroceder el prepucio morado, y cómo lo limpiaba meticulosamente. Después le colgaba un poco marchito y luminoso, como un miembro sin usar. Abuelo entonces cerraba los ojos, alzaba la cabeza hacia el cielo respirando hondo, lo que parecía la memoria de un antiguo deseo.

A menudo, después de recios aguaceros, la tierra alrededor de la tina se quedaba regada de higos.

Dentro de unos minutos empezará el espectáculo de Lolita, la orca del Acuario Marítimo. Isabel quiere sentarse al frente a pesar de los carteles en todas partes que avisan de las salpicaduras. Constancia piensa en cuán poco ha cambiado el carácter básico de su hija, no obstante su tristeza. De buen humor. Terca. Sin miedo alguno a las consecuencias.

Constancia empuja la silla de ruedas por la rampa a la primera fila y se acomoda en el banco al lado de su hija. Los niños corretean por los pasillos lanzando gritos de expectativa.

—¿Has pensado en otro nombre además de Raku? —pregunta Constancia tentativamente. Tiene dudas si puede llamar al nieto por este nombre, que le parece el graznido de apareamiento de algún pájaro amazónico.

Isabel mueve la cabeza de lado a lado, los ojos mirando hacia el frente, queriendo ver la primera señal de la estrella cetácea. Un instante después, como la encarnación del suspenso, Lolita entra en su arena bajo agua, circulando, circulando, maniáticamente circulando, hasta que da un brinco difícil de imaginar para una criatura de ese tamaño, y se lanza al aire.

Salpicar no es palabra adecuada para describir el impacto de Lolita. Marejada, tal vez. Tsunami. Pero no salpicar. Isabel grita llena de algarabía y terror. Esa ballena se pudo haber desplomado en sus faldas. Constancia da un quejido tétrico. Su mejor traje de lino está empapado de agua y despojos de ballena. Mientras tanto, a Lolita le dan un premio por su payasada, un cubo de caballas bebés.

Constancia se da cuenta que hay más agua de lo necesario desparramándose por la silla de rueda de Isabel. Al principio cree que es agua de la propia ballena, pero la encuentra caliente al tacto.

—¡Párate mi hija! ¡Me parece que se te rompió la fuente!

Isabel se esfuerza hasta pararse mientras más líquido le baja por las piernas. *Es* tibio, y un poco agrio, del vientre de su hija. Constancia la ayuda a sentarse otra vez, pone la oreja en la barriga de su hija. El gentío ruge de placer mientras otra ola producida por Lolita las empapa a ambas. Constancia ni se entera por escuchar asiduamente cualquier señal de su nuevo nieto.

Cuando Raku nace la próxima mañana, da un alarido de tanta indignación que le parte el alma a Constancia. Su nieto, tan chiquitico y arrugadito, con ojos hinchados y confusos. Se arrima al pecho de Isabel y chupa, y se calma rápidamente. Luego se duerme contra ella, tan frágil y pegajoso e inverosímilmente perfecto que le dan ganas de llorar.

Reina visita en la tarde, trayendo un bolso plástico de compras, lleno de regalitos raros: un tocado con plumaje de pavo real, un cronómetro antiguo que lleva la hora precisa, un cartucho de limones para hacer jugo y "evitar la ictericia", (dice ella). Para Raku trae un martillo diminuto de "principiante" y un brazalete de oro y ónix.

—Esto me lo dieron en Cuba hace años —explica Reina mientras le pone el brazalete al Raku durmiente. —Fue un pago por instalar una parabólica del mercado negro. La mujer que me lo dio dice que evita el mal de ojo. Siempre juré que se lo daría a mi primer nieto.

A Isabel le encantan los regalos y le da un gran abrazo a su tía. Constancia cree que las dos se ven inmensas y ruborizadas, una al lado de la otra, como gigantescos rubíes calientes. Resiste el impulso de sacar forzosamente a su hermana del cuarto.

Constancia llama a la fábrica desde el teléfono del hospital. Por primera vez se siente tranquila. Un envío de productos de pie a cabeza fue exitosamente despachado por correo expreso a una estrella de cine norteamericana en Malibu.

Raku se despierta y parece desorientado, como si todo hubiera cambiado mientras dormía. Isabel alza el bebé y lo acomoda contra su pecho. —Puedo sentir su corazoncito —dice ella, y se suaviza la expresión de su cara.

La enfermera mete la cabeza, ofreciendo fórmula, y le sugiere a Isabel que descanse. Reina, con un ademán, despacha a la enfermera.

—Mi madre me dio el pecho hasta que

tenía cinco años —le dice a Isabel, triste.
—Ojalá nunca hubiera dejado de hacerlo.

—Guardaré un poco de fórmula en caso de que Isabel cambie de parecer. —Constancia sabe que esto suena ilógico y delata cierta rivalidad, pero decide mantenerse firme de todas maneras.

—No cambiará de parecer —replica Reina ecuánime.

Esa noche Constancia se queda con su hija y su nieto en el Hospital del Buen Samaritano. La sala de maternidad queda un piso más abajo que la de los casos terminales, donde Gonzalo yace en un esplendor supurante.

Constancia se acuerda de los primeros días con su propio hijo, la manera en que le temblaban los puñitos cuando gritaba, su boquita fruncida que exigía leche. No le dio el pecho por mucho tiempo. Cada vez que él mamaba, sentía algo bullirle entre las piernas. Trató de pensar en imágenes neutrales, de palomas y maniceros, la tranquilidad del mar en días sin viento, pero de nada servía. En el momento que sentía el placer irradiar por su cuerpo, arrancaba a un asustado Silvestre de su pezón y en su lugar le daba leche de vaca.

Después de que su hijo se mudó de casa,

Constancia se tropezaba con él por todo Nueva York: comprando una calabaza con un ciego en la Columbus Avenue, patinando en pleno invierno con un chinito de muslos gruesos en Central Park. Silvestre parecía más molesto que apenado en estas ocasiones. Cuando Constancia lo invitó con el chinito a casa para cenar, Silvestre le disparó una mirada que para el efecto decía Ni te molestes, vieja. En esos días usaba el nombre de Jack. Jack Cross. Hoy Constancia le dejó un recado en su máquina contestadora TTY, anunciando el nacimiento de su sobrino. *Isabel le dio al bebé el nombre tuyo: Raku Silvestre Cruz.*

Hace rato que dio la medianoche. Constancia le da un beso a su hija y a su nieto que duermen, y se va a escondidas por la escalera de servicio al cuarto de Gonzalo. Él también duerme, su boca relajada, sin hacer sonido alguno, su pecho tranquilo bajo la sábana de hospital. Una máquina de fax en la mesa de noche empieza a sacar un mensaje que lo despierta.

—Vente, mi vida —dice Gonzalo con su voz de río profundo, alcanzando las caderas de Constancia. La acerca más. Sus manos cruzan sobre su piel como calor sobre nieve.

—Soy abuela, Gonzalo —susurra Constancia. Por un instante, quiere rendirse a la tentación y pararse delante de él, abrir las piernas un poco, darle la bienvenida a la fiebre húmeda de su lengua. Pero, se zafa, agobiada por la resistencia y la ilusión erótica. —Soy abuela —repite, su voz tomando más fuerza.

Luego alisa su vestido de lino y con aplomo sale del cuarto.

Constancia regresa al pabellón de maternidad y se acurruca en la cama con Isabel y Raku. ¿De qué sirve el amor si no se puede sentir contra el cuerpo? Allí juntos y acostados, madre, hijo y abuela, unidos por unas lianas trepadoras invisibles. Raku está dormido, envuelto en una frazada de franela de manera que sus manitas de bebé se juntan como en oración. Un monje budista chirriquitico, ceroso y brillante como una lasca de luna.

Si sólo Heberto estuviera aquí, piensa Constancia, no se preocuparía tanto por otro tipo de futuro. Su vista se colmaría hasta el infinito con la cara de su nieto.

Después de una hora de inquietud, Raku se despierta. Sus ojos se mueven rápidamente de un lado a otro en la luz extraña de la oscuridad. Constancia le canta en voz baja, y al cantar comprende cuán grande es el sufrimiento que acecha al mundo por el sufrimiento. En el talón de su nieto hay una marca roja de nacimiento. Tiene la misma forma que el tajo del pie izquierdo de Isabel, donde la mordida había arrancado una pulgada de carne.

De repente el eje gira. Feroz y siseante, desenterrado ya, el conocimiento le llega a Constancia a manera de plenitud. Ella mataría para salvarlo, le mataría para salvarlos a todos.

EL ANDARAZ

Blanca y yo nos casamos en la Alcaldía el día después de su graduación. Sólo éramos nosotros dos, un juez manco, y un testigo desganado del estado. Blanca se puso un traje de carmín ajustado y un sombrero de alas anchas decorado con violetas frescas. La encontré arrebatadoramente cautivante.

Para nuestra luna de miel, viajamos a la Isla de Pinos, donde había visto la tortuga gigante hace tantos años. Blanca quería sentarse en la misma playa y esperar la tortuga hembra, convencida de que regresaría. Nos quedamos esperando noche tras noche bajo una luna creciente, pero la tortuga no regresó.

Esas noches en la playa todavía tienen una presencia para mí, y a su vez son tan remotas como un diorama. Nuestro amor fue cobijado por los cocoteros, acompañado por la serenata del bajo zumbido de insectos. Cuán delgada era Blanca, costillas al relieve como un gato desnutrido, pero suave también en lugares inesperados. Su olor era pujante y verde, en aquellos tiempos, como hojas florecientes, tan inextricablemente ligado a nuestra pasión. Me acostaba al lado de ella y le susurraba: —Estoy contento, querida. —Y por un instante, el tiempo detenía su marcha audible en nuestro pequeño paraíso.

La Isla de Pinos está cubierta de malezas, con una extensión de cuatro mil kilómetros cuadrados, y tiene un sólo río lánguido, Las Casas, que atraviesa la capital, Nueva Gerona. Durante el día, a Blanca le encantaba ir caminando dentro del río y hasta beber de él, cuyas aguas eran de cuestionable pureza aún en esos tiempos. Yo me sentaba en la sombra de los árboles por la orilla y miraba el agua deslizarse de su cuerpo, vencido por el asombro de lo que poseía.

Un día, Blanca me convenció juguetonamente a entrar al río completamente vestido. Cuando estaba hasta el pecho en agua de lento fluir, ella se tiró al lado mío y me quitó el cinto. Su audacia me sorprendió y perdí el equilibrio. Una fuerza que no comprendía me haló hacia abajo y me sujetó bajo agua. Justo cuando pensé que me iba a ahogar, oí la voz de un niño implorando: ¡Ceda al río! ¡Ceda al río! En cambio, pude liberarme y llegué a respirar el aire de la mañana.

Blanca emergió del agua simultáneamente, esbelta como una diosa del río. Me besó con un ardor feroz, siguió acariciándome hasta que me entregué a un placer violento. Yo soy el río, respiraba Blanca en mi oído. Yo soy el río… Y alre-

dedor de nosotros las aguas murmuraban su consentimiento.

Esa noche, Blanca me mostró una herida en el talón del pie izquierdo. Me dijo que algo le había mordido mientras hacíamos el amor, una rata acuática o una culebra, no podía adivinar cuál de los dos por el tamaño de la perforación doble. En cuestión de horas, su pie se hinchó monstruosamente y la piel alrededor de la herida se hizo amarillenta con supuraciones. El médico que vino a examinarla recomendó, con cierto nerviosismo, una amputación.

La hinchazón bajó por la mañana, pero ya para entonces una fiebre se había apoderado de ella. Blanca entraba y salía de un estado de inconciencia durante casi una semana. Pedí ayuda a un colega médico en La Habana, el Dr. Eduardo Iriarte, un especialista en enfermedades tropicales, quien tomó el barco de trasbordo a Nueva Gerona para tratar a mi esposa. Cuando comenzó a administrarle sus curaciones —un arsenal de medicamentos malolientes y baños de agua salada— Blanca superó lo peor de la crisis.

Nunca supimos lo que había atacado a Blanca en el río. La forma y profundidad de la herida no tenían similitud alguna con lo que yo conocía. Consulté un sinnúmero de libros de referencia, le pregunté a expertos en asuntos de criaturas marinas peligrosas. Pero nada coinci-

día con la herida o síntomas subsiguientes de mi esposa.

Cuando volvimos a La Habana, Blanca y yo nos mudamos a un apartamento amueblado que le había alquilado a un profesor de astronomía, quien se marchó a pelear en la Guerra Civil Española. El lugar estaba repleto de tomos gruesos sobre el origen del universo y todo tipo de fenómenos celestiales. Me acuerdo de haber leído un libro sobre asteroides que habitaban el espacio entre Marte y Júpiter, otro sobre las trayectorias de los cometas. Había muchos libros de historia también, inclusive uno que contaba cómo el primer lote de melocotones llegó a Venecia desde el Nuevo Mundo, electrizando a los habitantes más ricos de la ciudad. Desvístase la curiosidad del hombre, *solía decir el Dr. Forrest,* y le quitas su apetito por la vida.

Después de nuestra morada temporal en Isla de Pinos, Blanca perdió todo interés en los placeres carnales. Sucumbía a mis deseos con poca frecuencia, y sólo dentro de agua fresca del río. Esto era una limitación de primera en La Habana, ya que su único río estaba terriblemente contaminado y no ofrecía ningún tipo de privacidad salvo en las horas antes de la madrugada. Tal vez debía haber protestado, haberme mantenido firme contra los caprichos de mi mujer, pero en esa época yo hacía todo lo que ella quería.

Me molesta sobremanera pensar cómo la pasión me gobernó como a cualquier ser común.

Ese mismo año recibí una beca de investigación para hacer un estudio comprehensivo sobre los andaraces, un roedor nativo que habita los bosques más remotos de Oriente. Abundantes en una época, las criaturas escaseaban cada día más. Peor aún, eran difíciles de encontrar ya que se limitaban a habitar en las alturas de los árboles más altos y tupidos. Una comisión internacional para la preservación de la fauna silvestre decidió que yo debería investigar su condición.

Blanca y yo nos dirigimos a la Sierra Maestra, al pueblo de Jiguaní, donde dormíamos en los catres vacíos de las barracas de la guardia rural. Mi esposa nunca había visto el roedor anteriormente, así que traje una ilustración de él que había encontrado en "Proceedings of the Zoological Society of London". La mañana siguiente, salimos montando caballos excelentes que nos prestó la guardia y fuimos lejos dentro de la montaña hasta el pueblito de Los Negros, lugar que nos sirvió como base.

No me sorprendió que Blanca atisbara el primer andaraz, con mano experta bajándolo de un solo balazo. A la semana, habíamos coleccionado tantas criaturas como para hacer una serie de pieles, moldear en bruto varios esqueletos y comprobar el punto preciso dónde su rabo prensil se separaba del cuerpo.

En la última noche de la expedición, descansando en unas hamacas dentro de un almacén de café proveído por un anfitrión local que nos había invitado, Blanca se quejó de una náusea severa. Se negó a comer su bistec y huevo de antes de la madrugada, y dijo que de sólo mirar el mango cotidiano se enfermaba. Lo obvio no se nos ocurrió. No fue hasta nuestro regreso a La Habana cuando consultamos de nuevo al Dr. Iriarte que supimos que estaba encinta.

El día que regresamos de su examen médico, Blanca insistió en que le pagara un sueldo. Yo había dejado de pagarle desde que nos casamos porque francamente, no veía que fuera necesario. Admito que no soy, como dicen por allí, un hombre emancipado. Aunque es verdad que mis padres me criaron con ideas progresistas y Mamá dio clases de música toda su vida, yo tenía ciertas expectativas de mi mujer. No sólo me negué a pagarle sino que le prohibí que buscara otro tipo de empleo.

Blanca hizo caso omiso de mi edicto al instante. No obstante su embarazo, o tal vez debido a ello, solicitó a varios institutos científicos en La Habana bajo el nombre de B. Mestre Sejourné. Estaba dispuesto a fastidiarle su búsqueda, pero descubrí que no era necesario. Nadie contrataría a Blanca aún con sus calificaciones sobresalientes. Cada vez que se presentaba para una entrevista (su barriga fajada para esconder su preñez), era la misma historia: Si fueras hombre... Nuestras esposas no aguantarían esto... Cuba, mi amor, no es como los Estados Unidos.

Cuando por fin cedí y me puse de acuerdo para pagarle un estipendio modesto de nuevo, Blanca me acusó de hacerlo por motivos que carecían de sinceridad. ¿Cómo lo podía negar? Nuestro trabajo investigativo llegaba a recibir reconocimiento internacional, y no quería impedir el ritmo creciente de nuestros esfuerzos.

Blanca comenzó a hablar de irse para los Estados Unidos, donde las mujeres profesionales eran tratadas marginalmente pero mejor que las de Cuba. Desarrolló un interés repentino en la herpetología desértica, quería visitar el Suroeste de los Estados Unidos, el norte de México, las partes más secas de África. Cuba, claro está, tiene sus sabanas y llanos, pero no las condiciones extremas de sequedad que requieren modificaciones igualmente extremas de la fauna del desierto. Recuerdo a Blanca hablando rapsódicamente sobre un lagarto con cuernos de Tejas, información proveniente de una lectura suya; una criatura de fisonomía prehistórica que soltaba sangre por las esquinas de los ojos cuando estaba alarmado.

A pesar de estas distracciones, Blanca y yo intensificamos nuestro trabajo de campo en Cuba. Su condición apenas aminoró su progreso mientras iba a la cabecera por el terreno escarpado, a caballo y a pie, escaló montañas, caminó en los arroyos con agua hasta las caderas, y se aventuró a entrar en cuevas subterráneas espesadas con la peste de guano de murciélago. Mientras avanzaba su embarazo, Blanca tomaba riesgos más agresivos, como si negara cada vez más la creciente evidencia de la existencia del bebé. Sólo cuando estaba de expedición parecía feliz durmiendo bajo las estrellas, con el obstinado sosiego de un arroyo cercano.

En nuestro apartamento nuevo en El Vedado, Blanca se volvió más inquieta y malhumorada, errática hasta la congoja. Dormía intranquilamente, doblando y enredando las sábanas en su cuerpo que se hinchaba, desobediente. Se despertaba en medio de la noche, temblando con fiebres imaginarias, y yo le daba baños con esponja para calmarle los nervios.

Era claro que ella resentía la vida del feto dentro de ella, resentía lo que ella consideraba la miseria acumulándose en sus entrañas. —Si sólo fuera ovípara —repetía una y otra vez. Blanca decía que preferiría infinitamente poder poner huevos como sus queridos lagartos y culebras y de esa manera estar libre de todo ese brete de la maternidad. Ni su huesito de muñeca, que seguía colgado de su bolsito amarrado a la cintura, parecía ofrecer ayuda alguna.

En el sexto mes, Blanca decidió mudar todas

sus pertenencias al cuarto de huéspedes vacío. Traté de disuadirla, pero ella ignoró mis deseos. Amuebló el cuarto con sillas descartadas que rescató de basureros, diecinueve en total. Un mohoso colchón de plumas en el piso completó el cuadro decorativo. Había días cuando Blanca no salía del cuarto en absoluto, sentándose en una silla, luego en otra, consultando agitadamente su reloj para calibrar un número preciso de minutos que sólo ella podía medir.

—Está lloviendo en mi cuarto —decía tranquilamente cada vez que yo le tocaba en la puerta. Entonces me pedía que le trajera otro paraguas. Se quejaba de que las docenas de paraguas que ya tenía a su disposición no la cobijaban de la lluvia.

Hacia el final de su embarazo, embullé a Blanca a que visitara su familia en Camagüey. Nunca había conocido a su padre o a sus hermanos y no tenía la certeza de que ellos supieran de mi existencia. Cada vez que le sugería que me los presentara, Blanca hacía chasquidos con la lengua y miraba para otro lado. Esta vez, sin embargo, la posibilidad de regresar a la finca parecía animarla.

Era diciembre y llovió durante el viaje entero. Su pierna lesionada se hinchó por la humedad, y ella insistía en que sus dientes retrocedían a la parte trasera de la garganta. Yo le leía los periódicos, la actualizaba con las noticias sobre la guerra en España. Pero nada de lo que decía o hacía parecía distraerla.

En cuanto llegamos al rancho de los Mestre, Blanca ya se quería ir. No dio ninguna explicación, ni tampoco demostró enojo, sólo una actitud enfáticamente desapasionada. Su familia, brusca como los loros, tomó su decisión con ecuanimidad. Uno por uno, sus hermanos Arístides, Ernesto, Virgilio, Fausto, Cirilio y Dámaso— la abrazaban y con un movimiento de la cabeza, asentían sin pronunciar una palabra.

Blanca apenas si los miró, salvo a Dámaso, al cual ella le había susurrado algunas palabras. Su padre, Ramón, mantuvo una distancia de Blanca poco natural, como si temiera que lo electrocutara. Ni uno solo de ellos mencionó su estado. Comprendí que algo había acontecido entre ellos, pero no pude vislumbrar qué.

No vi a los hombres Mestre hasta tres años y medio después, cuando les entregué a Constancia, nuestra primera hija, en Camagüey. Me acuerdo de Ramón Mestre y sus hijos esperándonos en la estación de tren. Habían llegado en su camioneta destartalada y estaban incómodamente vestidos en trajes nuevos de otra época. Se me ocurrió que lo más seguro era que se hubieran puesto esos trajes sólo una vez antes, para el entierro de Eugenia Mestre en 1919.

Desde su primer aliento, nuestra hija Constancia se veía envejecida antes de tiempo. Durante el parto, que duró dos días enteros, Blanca preguntaba, modulando en voz alta ¿Por favor, alguien podría decirme...? ¿Por favor, alguien podría decirme...? Pero nunca logró terminar su pregunta. Cuando miraba a los ojos a mi esposa, veía una mujer que se había ahogado hacía mil años.

Después que nació la niña, Blanca mecía a Constancia por horas en el cuarto, un cuarto engañosamente alegre, decorado con un borde de ranitas saltadoras. Las veinticuatro horas del día Blanca la mecía, con guantes de gala de satín puestos, sin tener noción de la hora, el día o de mi presencia física.

Por las mañanas, el sol le daba en la cara, pero ni se enteraba. Salvo el bebé, todo lo que le rodeaba estaba muerto, impregnado de un contagio triste. Periódicamente, se abría la bata para darle el pecho a Constancia. Blanca no hacía ningún otro movimiento, ningún sonido. Su boca era un tajo pálido e inmóvil.

El Dr. Eduardo Iriarte dijo que por sí solo no podía salvar a Blanca, así que reclutó la ayuda de otros médicos en los cuales yo no tenía mucha confianza. Le recetaban inyecciones de vitaminas, medicamentos metálicos para estimularle la sangre. Un psiquiatra, recién graduado en Europa, le colocó electrodos en las sienes y le dio descargas intermitentes. Pero nada rompió el hechizo terrible. Después de que el último doctor se marchara, desesperanzado, no había nadie en quien confiar, nadie a quien acudir.

A los cinco meses del nacimiento, Blanca desapareció. No dejó una nota. No tenía ni idea a donde podría haber ido, dejó a nuestra hija en la cunita gritando a todo pulmón hasta que la tez de su cara se puso azul.

UNA HISTORIA NATURAL

❄

KEY BISCAYNE

AGOSTO DE 1991

L*as puertas del garaje* de restauración están abiertas a la noche, a la fragante mezcla de eucalipto, acacia y grasa de eje. Hay un rastro de mar en el viento, un dejo de ventolera. Reina se pregunta si el arrastre de la muerte no será más fuerte de noche, cuando la vida tiene muchas menos distracciones.

Un relámpago golpea un grupo de palmas cercanas. El árbol más alto estalla en llamas, levantando un chorro de humo. Un tajazo negro lo divide en dos. Entonces comienza un quemazón lento en la bóveda del follaje. Los pájaros aletean y chirrían, removiendo el hollín como si fuera polen. Reina decide que esto no es un accidente sino un acto de traducción. Lo que pasa es que no sabe todavía en qué lengua habla.

Reina se mete debajo de un Cádillac del 59 con una manzana metida en la boca. El jugo dulce se derrama por su lengua. El carro es un premio, con aletas grandes, blanco por fuera y los asientos color de cereza. Los dueños le dijeron que por años estuvo guardado en un garaje en Tampa por un armenio agorafóbico que no manejaba.

Con este Cádillac alguien podría ganar un platal en Cuba, piensa Reina, disparándose su duodécima manzana del día. Bodas, alquileres turísticos, quinceañeros, escenas de camafeo en películas extranjeras. Conoce a un electricista en La Habana, de talento modesto hasta en sus mejores momentos, que se construyó una casa en Santa Teresa del Mar con el dinero que se ganó de chofer usando el Chevrolet de su padre fallecido.

Reina le hace un último ajuste al carburador. Es el eslabón más débil en los carros antiguos. Le gusta desarmar los carburadores y dejarlos en remojo toda la noche en una solución que ella misma diseñó. Entonces los deja fermentándose bajo el cielo repleto de nubes. Por la mañana, limpia cada pieza con sus trapos de gamuza y los rearma por completo. Hasta la fecha no ha tenido un cliente insatisfecho.

Después de renunciar al trabajo en la fábrica de su hermana, no ha intentado buscar otro empleo de inmediato, lo cual le ha venido bien. Al contrario de su trabajo de electricista, arreglar carros antiguos es reconfortantemente predecible. No hay manera de electrocutarse o de romperse el pescuezo si uno se cae por la curva de una aleta fantástica. Tampoco hay manera, a Dios gracias, de atraer relámpagos sueltos por allí. Reina mantiene las horas que le dé la gana, no hay ninguna presión. Comparado con todas las otras adaptaciones que le han tocado últimamente, este trabajo le cuadra muy bien.

Reina prefiere estar traqueteando con estos carros viejos a trabajar en la fábrica *Cuerpo de Cuba.* El negocio de cosméticos de su hermana está en un auge tan veloz (en el segundo mes de operaciones ha cuadruplicado la producción asegurando unos cincuenta y cuatro clientes por toda la nación) que Constancia apenas tiene tiempo para sí misma, mucho menos para la pobre Isabel y Raku. Si *su* hija estuviera de visita con un nieto recién nacido, de plano ella no estaría perdiendo el tiempo afligiéndose por boberías, como lociones y cremas que no sirven para nada.

Su hermana está por lanzar hasta otro producto más —*Décolletage de Cuba*— cosa que la tiene de ánimo variable más que nunca. La semana pasada se presentó en un programa de televisión de cable llamado *Mi*

Fortuna, sobre éxitos latinos en los negocios, como el de ella. Compartió el escenario con Fredi Torriente Díaz, un fabricante de avíos que le permiten a uno mismo hacerse la liposucción, y Rosita Luz Roja, una rubia oxigenada balbuciente, que tiene un servicio de cortejo para personas excarceladas (Rosita misma estuvo encarcelada por extorsión y fraude usando tarjetas de crédito), el más popular de todo Dade County.

La cara de Constancia recién salió en la portada de una revista financiera de La Florida. Adentro había fotografías de su hermana en acción: verificando la temperatura de una tina muy caliente de *Pies de Cuba*; apagando una bronca en la zona de producción entre los primos Odio, siempre fajándose; probando la frescura de los montones de lavanda, narcisos trompones y menta. Mientras tanto, las botellas firmadas de esmalte cobalto (como siempre, pegadas con la cara de Mami) siguen chichineando, traqueteando por la línea de montaje.

Ojeó el artículo por encimita, seleccionando las palabras en inglés que entendía. Por lo que podía ver, no había ninguna información sobre cifras de venta, o planes de expansión hacia el mercado internacional, ni un sólo indicio convencional que medía el éxito. Constancia, sólo quería hablar de por qué las clientes estaban enamoradas de sus productos o así lo parecía. Mucha bobería sobre la nostalgia y la femineidad que a Reina la ponía grave.

Por lo menos a un automóvil, piensa, lo puedes arreglar, pintar, o mejorar su funcionamiento. Por favor, unas cremitas y lociones no van a hacer que una mujer se haga deseable. La confianza que se nota en su manera de caminar es lo que hace nacer la lujuria. El sentido del humor. Una cierta mirada que dice *Acércate, papi, ven acá a mi lado.* Reina no usa desodorante y nunca se afeita las axilas. Y todavía se siente un poco desorientada porque no tiene el olor que tenía antes del rayo. ¿Por qué una mujer quiere disfrazar su olor natural? ¿Por qué una mujer querría oler a algo que no fuera ella misma?

En el desayuno esta mañana, Constancia la regañó por el número de hombres que había "procesado" en el club náutico.

—¿"Procesado"? ¿Así es que tú lo llamas, Constancia? —Reina se rió con tal fuerza que logró enojar más todavía a su hermana.

Isabel estaba sentada entre las dos, comiendo un bol de granola y dándole el pecho a Raku. —Tía tiene razón, Mamá. Por lo menos podrías decir singar o templar. —Fueron las primeras palabras que Isabel había pronunciado en días.

—¿Qué clase de boca es ésa para una mujer que acaba de tener un hijo, mi cielo? —pregunta Constancia, su voz baja y comedida.

Luego se encaró a Reina.

—¡Y tú! ¡Tú ya tienes una Re-pu-ta-ción! —Constancia le da énfasis a cada sílaba como si fueran cuatro palabras distintas, por indignación o por falta de imaginación, Reina no sabe cuál de las dos.

Finalmente, gira sobre sus tacones de piel de cocodrilo estilo años cuarenta y, molesta, se va a trabajar.

Coño, piensa Reina, su hermana se ha acostado con el mismo hombre por treinta años. ¿Qué podría saber ella del deseo a estas alturas? ¿Por qué las mujeres casadas son tan tacañas con la vida sexual de los otros?

—No creo que me gustaría que alguien me hiciera el amor ahora mismo —dice Isabel, bajando la vista a su hijo de un mes.

Reina miró a su sobrina con afecto. —No te preocupes, mi amor, en este momento no estás para eso. Es ahora que los hombres redescubren que son polígamos.

Reina se había enterado de la historia de Austin y la bailarina de hula. Lo único que le sorprendió es que alguien se sintiera escandalizado por ello. Las mujeres esperaban demasiado de los hombres, y muy poco de ellas mismas. La fidelidad sexual, ¡qué idea más absurda! Y esta generación joven era más intransigente sobre este tema que la suya.

Esa misma mañana, Reina llevó a su sobrina y su sobrino nieto a dar otra vuelta en el barco de Heberto. Se escurrieron en lancha por la bahía como a menudo hacen antes del mediodía. Isabel puso el bebé en una abrazadera, mirando hacia el mar para que pudiera tener una vista completa. Se deslizaron por una hora o dos, más allá de las islas de mangles y la zona portuaria luminosa de la ciudad.

A veces Isabel manejaba el barco, dándole oportunidad a Reina de cargar a Raku. Un zumbido la colmaba, puro y duradero. Reina colgaba zargazo frente a los ojos de Raku, goteaba agua sobre sus muñecas, frotaba la arena entre sus dedos y dejaba que él la oliera. Parece que la conocía, observaba de cerca las expresiones de ella. Cuando estaban cara a cara, Reina sentía el calor de su aliento lechoso como un hilo de encaje en sus labios.

Reina le da los toques finales al Cádillac blanco, y luego empieza a restaurar un Thunderbird de 1955. Por treinta y cinco años, dijo el cliente, había mantenido esta belleza azul celeste en un garaje a prueba del clima, especie de tributo a su primer amor que había perdido. Pero ahora su amor es una viuda en Pensacola y con ansia espera su regreso.

En la radio, hay informes sobre un huracán inminente que está cobrando fuerza en las cercanías de Las Bahamas. Puede que sea necesario evacuar Key Biscayne. A Reina le han tocado tantos huracanes en Cuba que ya no le causan ningún temor. El peligro verdadero, lo sabe ella, no es el de las inundaciones o del viento que da aullidos, sino de la fruta cabrona que va volando —mangos o plátanos que se hacen proyectiles mortales a ciento cincuenta kilómetros por hora. Un amante querido de Santa Cruz del Sur, Hermán Duyós, fue muerto en 1986 por un aguacate zumbando a toda velocidad que le estalló en la nuca. Pobre Hermán. Qué manera menos digna de morir.

Por algún motivo no se puede imaginar a su amante actual siendo víctima de un aguacate o algún vegetal menor. Russ Hicks es lo más parecido a un héroe que ella conoce, concepto que Reina resiste por principios. La noche que la rescató del barco de Heberto, Russ la llevó directo a su camarote (no tuvo que preguntar). Su cuerpo era sorprendentemente liviano, con pelo plateado. Era el primer día de su regla, pero a Russ no le importó. Cubrió el cuerpo de ella una y otra vez, luego la sujetó con su lengua hasta que encontró su verdadera entraña.

Apenas hablaban después de los primeros reconocimientos, floreciendo silvestremente sin uso de palabra. Russ alimentaba sus amores con higos griegos y dátiles, tés dulcificados con miel, todo tipo de torta de crema. Los días fueron medidos por las sombras, por el calor y su ausencia, la voracidad de velas volcando llamas. Reina añoraba llevar el mundo entero dentro de ella, que el cielo vaciara todos sus dones en su saya. ¿Qué, entonces, resguardaba su placer?

—¿Dónde está mi caja de herramientas? —demandó el tercer día que pasaron juntos. Buscó por el lujoso camarote de Russ a ver si daba con una pista. Abrió por completo las portañuelas y se veía el mar por todas partes. Anclado apenas a metros de distancia, estaba el barco de Heberto meciéndose modestamente en la brisa. Russ le tomó las manos, dos veces el tamaño de las suyas, y no le quitó los ojos por una hora más. Con resabios, le devolvió su caja de herramientas y la llevó a su garaje de restauración.

—Te pago lo que quieras —y le entregó un overol anaranjado de mecánico y un par de botas de obrero. —Te necesito cerca.

Reina aprende inglés. Un inglés lento con sabor al suroeste de Estados Unidos. No sabe con certeza si le gusta cómo el inglés se siente en la boca, cómo la lengua presiona su paladar, las erres debiluchas. Russ es de Omaha —es parte Chippewa, parte alemán, parte francés. Ha escrito un libro de tres partes, igual que él. Una autobiografía que termina cuando nace. Le lee secciones del libro en voz alta, pero ella admite que apenas entiende una palabra.

Russ le dijo que dejó Nebraska en 1959, con el propósito de unirse a los rebeldes de El Comandante, después que leyó un artículo en la revista *Life* que lo hizo lucir glamo roso. Pero sólo llegó hasta Fort Lauderdale. Su fortuna vino enseguida, en la bolsa, bienes raíces y carros antiguos, así que decidió quedarse.

Reina aprende las canciones gringas de Russ, música de tamaño extraordinario, tal como esta tierra sin fin. Reina las canta mientras van a alta velocidad por las vías acuáticas intercostales, o mientras trabaja en los carros antiguos, y cuando come los bistecs a la barbacoa de su amante.

Blue skies smiling at me,
Nothing but blue skies do I see.

Reina desmantela el carburador del Thunderbird y deja caer las partes en un cubo con su solución especial. Limpia las manos en un trapo, luego extrae una cajetilla de tabaco suelto del bolsillo del overol. Cuidadosamente, dobla un cigarrillo, inhala el humo con fuerza hacia sus pulmones. —No fumaba mucho antes. En Cuba, de vez en cuando le gustaba un puro con un traguito de ron. Los dos se complementan tanto, son como una especie de congrí. Para ella, arreglar carros y fumar tiene esa doble atracción.

Se pregunta si su inglés le va a servir mejor que su español cotidiano. En Miami, el español cubano es tan distinto, recargado de autopena, añoranza, y un terco sentido de venganza. Reina habla otro tipo de lengua, un léxico explosivo de penas y chistes amargos dirigidos al gobierno. Y su hermana suena como el pasado. Un lenguaje congelado a destellos, repleto con palabras fuera de moda y expresiones de los años cincuenta. Para Constancia, a nivel linguístico, el tiempo se quedó parado. ¡Es un milagro que la gente se pueda hablar y entender!

Constancia casi nunca menciona a su madre, a pesar de las miles de botellas de esmalte cobalto que procesa todos los días, a pesar de la cara de Mami pegada sobre la de ella. Para su hermana, siempre es que si

Papi esto y que si Papi lo otro, como si su madre nunca hubiera existido. Constancia y su amnesia interlazada, ornamental. Constancia y sus mentiras gastadas, chocantes. Papá también había mentido. Le mintió a Constancia y ella, escudó su mentira, joya escabrosa, por cuarenta años. ¿Por qué Reina iba a creer ahora algo que le dijera su hermana?

Hasta la muerte de mami, aceptaba todo lo que Papá le decía sin cuestionar nada. Con excesiva riqueza sus memorias brotan con sus pronunciamientos, resaltantes y fijas, como caras en óleos mustios. Reina inhalaba sus palabras, y se le pegaban, convirtiéndose en carne y hueso, células vivas y abombadas. Una vez Papá señaló con la mano una cordillera con pinos en la cima y el cielo vacío. —Ten piedad por las pobres almas condenadas a la interpretación en lugar del goce —dijo, mientras escudriñaba el paisaje como si lo hubiera hecho él mismo. —No confíes nunca en nadie que no pueda entregarse a la naturaleza.

Reina acostumbraba a ayudar a su padre y darles de comer a los pájaros en el balcón de su apartamento en La Habana. En la frescura de la noche, regaban migajas de pan y semillas, con la arquitectura colonial de la ciudad manando a sus pies. El la entretenía con historias sobre lo que le pasaba a los pájaros en climas fríos, teorías sobre invernar o supuestos vuelos a la luna. Nada menos que Aristóteles, le decía, se imaginaba que los colirrojos se convertían en pechicolorados para sobrevivir en el frío, y que los gorriones se enterraban en el fango.

Pero en todo ese tiempo Papá nunca la tomó en sus brazos, ni le pasó la mano por el pelo. Ella sospechaba que no la quería.

Un día, Reina le preguntó si Papá era su padre verdadero. El estaba en su estudio, recluido en un libro. Le tocó el codo y esperó. Papá la ignoró. Esperó porque era importante, porque quería saber algo con certidumbre que no fuera la redondez sosegadora de la cara de su madre. Esperó toda la tarde, hasta que el arco débil de una luna nueva se vislumbrara por la ventana. Entonces se fue a la cama, vaciada de todo suspenso.

Reina no pudo sentir luto por la muerte de su padre. Ya cuando se apuntó la escopeta de caza al corazón, se había puesto larguirucha a raíz de la angustia causada por la muerte de su madre. Creció casi un pie en dos años, se sentaba por horas en el internado protestante sin comer nada, salvo hojas. Se acuerda del olor algodonado de los domingos, las crispaduras estancadas de las rutinas semanales. Deseaba que su hermana le diera algo de vitalidad para entonces, algo para aliviar el luto. Pero todo lo que era esencial entre ellas por años se derrumbó, se desmoronó pero no se murió.

Son las diez. Reina cambia el marcador del frenético informe del tiempo a la edición nocturna del programa favorito de Constancia, *La Hora de los Milagros.* En las últimas semanas también se ha hecho aficionada. Aunque no se considera religiosa en el sentido convencional, le intrigan fenómenos místicos, incidentes que su hermana atribuye a algún santo desconocido u otro. Reina mete la mano en el cartucho, saca otra manzana y se pone a escuchar.

Esta noche, un carpintero de Elizabeth, New Jersey llama al programa sosteniendo que San José se le apareció cuando estaba lijando una mesita de noche y le dio valiosos consejos sobre ebanistería. Otra persona, una manicura de Hackensack, se queja de que su esposo, Lázaro Delgado, desapareció tres días después de su boda en la iglesia Saint Hilary. Anoche había soñado que su cónyuge se comía una carne asada en el restaurante Versailles en La Pequeña Habana. La anfitriona del programa, la extravagante Aurora Galán, anuncia que los sueños sobre carne asada sólo pueden significar una cosa: que la persona que llamó tiene que dedicar su vida a Dios.

Un boletín informativo interrumpe el programa. Parece ser que una invasión a Cuba de tercera categoría está en marcha: un centenar o más de exiliados con pertrechos de selva atacan la playa de Varadero. Reina se ríe de su esfuerzo tan ridículo. ¿Qué se les ha ocurrido a esta gente? ¿Que el pueblo cubano los va a recibir con los brazos abiertos? ¿Que van a tenerles un lechón asado en su honor? ¿Que van a improvisar una pachanga y celebrar en las calles? —No importa cuán insatisfechos estén sus pobres compañeros en Cuba, estos exiliados serían los últimos en el planeta para que les gobiernen. Comerán tierra, pero no son comemierdas.

En años recientes pequeñas avionetas han sobrevolado La Habana como insectos persistentes, dejando caer volantes con la idea de instigar un levantamiento popular y masivo. Si estos pilotos tuvieran un interés verdadero en construir lazos solidarios con sus hermanos en Cuba (que ya están hasta el ñame con la propaganda) hubieran dejado caer algo más útil: juegos de coser, o sopa instantánea, barras de jabón, hasta novelas buenas, incluso. Los volantes, se acuerda Reina, apenas servían como papel higiénico. Dejaban signos tenaces de exclamación en su fondillo, no obstante la estregada vigorosa, y tomaban días para que se borraran.

Es casi medianoche cuando Reina regresa al apartamento de Constancia en Key Biscayne. Su sobrina está despierta, dándole el pecho al bebé en la sala. La boca de Raku trabaja rápido, atragantándose con la primera leche, más liviana, y luego alienta el ritmo por el resto de la comida. El televisor está prendido pero sin sonido. Dos hombres gordos —uno calvo, el otro con un pelado cuadrado— están metiéndose los dedos en los ojos el uno al otro. Afuera, el viento hace estruendo, sacudiendo las telas metálicas del balcón. Rápido las primeras gotas de lluvia se convierten en aguacero.

Reina se acomoda donde puede ver de frente a su sobrina dándole el pecho al hijo. En 1971, reparando líneas eléctricas en Puerto Manatí, atisbó una configuración extraña de gatos en unos matorrales. Al observar más de cerca, vio un gato con pintas con una camada de gatitos mamándole las tetas. La garganta de Reina, tanto en ese entonces como ahora, se le secó por completo.

Cuando Reina dio a luz a Dulcita, las enfermeras insistían en que no tenía suficiente leche para amamantar. Se dio de baja del hospital y empezó a darle el pecho a Dulcita las veinticuatro horas del día. Le encantaba la suntuosidad de sus senos henchidos, la sensación franca de alivio cuando Dulcita los vaciaba. El cuerpo de Reina se ablandaba con el placer, sus pensamientos volviendo al pasado, a las horas interminables en los brazos de su madre.

A través de los años el observar los hábitos de lactancia de los mamíferos se convirtió en su pasatiempo. Aprendió que sólo el conejillo de indias era lo suficientemente desarrollado al nacer para sobrevivir sin leche. Al otro extremo estaban los críos de algunas ballenas, que pueden estar pegados al pecho materno por diecisiete años. Las zarigüeyas madres, le causó cierto azoro descubrirlo, tienen pocas tetas para amamantar, causando salvajes broncas de sobrevivencia entre los críos.

Hay una prenda extraña que cuelga del collar de Isabel. Le dijo a Reina que el día que apagó su horno, produjo esta última muestra de rojo exquisito. Le dijo cómo había estado durante meses tratando de confeccionar ese matiz preciso. Su sobrina le explicó que el color era lo que menos podía controlarse en la cerámica, de cómo el calor del horno, la humedad del aire, un minuto o dos más o menos puede significar todo en cómo sale la pieza.

Isabel dijo que durante su último mes en Hawaii su estudio cobró un aire de negligencia, de extinción, casi. En un año, predijo, las lianas trepadoras se introducirían por las hendiduras y rajaduras. En cuestión de dos años, los pájaros estarían haciendo sus nidos en el techo de estaño, y pondrían huevos cremosos y moteados. No habría nada de sobra que anunciase que ella había trabajado allí, nada que dijera que lo que había creado importase para algo.

Raku se duerme en el pecho de su madre, a cada rato da un chuponcito. Con cariño, Isabel mete su dedo meñique en la esquina de su boquita para romper el succionamiento.

—¿Puedo probar un poquito? —La voz de Reina se espesa con añoranza.

A Isabel no le sorprende el pedido. Con la mano le indica que se acerque.

Reina se arrodilla y echa la mirada encima del paisaje tranquilo de los senos de su sobrina. Los pezones son grandes y de un marrón oscuro. Unos pelitos pálidos brotan en sus órbitas como un halo tenue. Isabel levanta una teta hacia su tía. Reina cierra los ojos y respira el olor lejano de su madre, cierra los ojos y acomoda los labios en su pasado.

Silvestre Cruz

MIAMI

S*ilvestre Cruz no da previo* aviso de su llegada a Miami. Sencillamente se va al aeropuerto La Guardia y compra un boleto con una parte del dinero en efectivo, penitencia de su madre, que se lo había enviado por tantos años. —No empacó nada. Sólo un libro de bolsillo de poemas de la Guerra Civil Española.

Equivocar el camino
es llegar a la nieve…

Ahora está tomando el camino de regreso, hacia las palmas y al calor y hacia el padre que por tanto tiempo había evitado.

Gonzalo Cruz está en el hospital. Tiene una enfermedad degenerativa del hígado, le escribió su madre, como la que les da a los alcohólicos, pero en su caso no es por el alcohol. Silvestre nunca ha conocido a su padre. Mamá lo había protegido de Gonzalo todos estos años. Ella decía que él no tenía ningún interés en su único hijo. Y era verdad. Gonzalo había cumplido con su palabra durante todos esos años.

A veces, Silvestre siente un error creciendo dentro de sí, acuñando cada célula viviente, y se pregunta si heredó esto de su padre. Como si importara. Según su madre, Gonzalo está inmune de culpa, no siente ningún remordimiento por haber abandonado a su hijo. Estos rasgos ejercen cierto encanto extraño en Silvestre, algo que merece investigarse en persona.

En el vuelo matutino a Miami, Silvestre se pregunta algo familiar recurrente: ¿Qué hubiera cambiado si alguna vez hubiese escuchado la voz de su padre? Un juego sin sentido. Silvestre sabe, si es que algo sabe, que la conjetura es menos necesaria que las respuestas cotidianas. Después de cierto punto en la vida, nada nuevo desinteresado y feliz puede ocurrir. Quizás sólo la muerte. Después de todo, los muertos tienen muchas ventajas sobre los vivos. Como ser infinitamente más reverenciados.

El golpe de calor tropical le recuerda de su primer invierno en el orfelinato en Colorado, trae esa memoria porque de lo único que pudo pensar en Denver —ciudad de un hielo y montañas traicioneros, y de una luz extraña y anémica— era del calor. El calor y los mares fragantes de Cuba. Tal vez por eso fue su propia voluntad la que produjo su fiebre, su voluntad propia la que reavivó todo lo que el frío de Denver trató de extinguir. Hasta hoy en día Silvestre puede recordar el primer espetazo de su temperatura, la lumbre de Cuba destellando por su piel.

Aunque la fiebre había aliviado la frigidez entumecedora, también lo dejó sordo. El consuelo, descubrió, cobraba un precio. Silvestre trató desesperadamente de reparar el daño hecho, de disciplinar sus otros sentidos para compensar el silencio que no cedía. Delirante, fortaleció su vista, olfato, tacto y gusto hasta un grado fatigante.

No es difícil encontrar a su padre. En el aeropuerto de Miami, Silvestre abre la guía telefónica y sabe de inmediato donde estará Gonzalo Cruz. En el Hospital del Buen Samaritano. Donde nació el hijo de su hermana, Raku Silvestre Cruz. Nunca escasea la ironía en su vida. Ya es algo con lo cual siempre puede contar.

Silvestre ha manejado pocas veces en su vida, pero de todas maneras alquila un carro. ¿Quién se imaginaría que un hombre de treinta y tres años, sordo o no, apenas pueda manejar? Silvestre le muestra la licencia de manejar al dependiente, un cubano joven con saco y corbata alarmantemente patrióticos. Silvestre paga en efectivo y por adelantado con más de la plata de culpabilidad de su madre. No piensa quedarse mucho tiempo en Miami.

Le toma una hora de maniobras hasta que se siente con confianza para guiar el auto fuera del estacionamiento. Silvestre decide evitar las carreteras. Maneja varios kilómetros hacia el norte por la Lejeune Road antes de darse cuenta que tiene que ir en dirección contraria. Las deslucidas casas de tabla de chilla y cemento de Hialeah le dan un vago sentido de tranquilidad. Por aquí y allá ve altares al aire libre para La Virgen de la Caridad del Cobre.

Su madre le había dicho que La Virgen era su santo patrón porque su cumpleaños coincide con su día de fiesta. Un año, lo llevó a misa de noche en la catedral de Saint Patrick, el 8 de septiembre. Centenares de personas estaban en los banquillos, casi todos cubanos y puertorriqueños negros y mulatos, usando collares de ámbar y flameando pañuelos y banderitas amarillos. Los altares estaban cargados con naranjas y miel y abanicos elaborados.

Silvestre vira el carro en una bocacalle, rozando un buzón de correo de estaño con el espejo retrovisor exterior del lado izquierdo. Entonces guía hacia el sur, pasando por acres de tierra plana y mugre emblanquecida, tras palmas solitarias y esporádicas y los techos estilo mediterráneo con sus capas de promesa. La bahía ondula en la distancia de un azul grisáceo suave. Caen unas gotas en el parabrisas y Silvestre responde con las luces del warning y los limpiaparabrisas a máxima velocidad. Tiene miedo de que la lluvia distorsione alguna pista esencial.

El hospital es una monstruosidad, una pesadilla hecha de ángulos y pabellones al azar. Aborrece esta proximidad a la muerte. En Nueva York se ha hecho algo tan común, casi casual, un conocido metido a la fuerza. Ha estado célibe desde antes de la última Navidad. Es más fácil que tener que vivir con la certidumbre del descalabro final.

Gonzalo Cruz está en el piso once, en el pabellón para los pacientes terminales. Su madre le escribió que Gonzalo había ocupado esa cama más tiempo que cualquiera en el hospital. *Tu padre es un río que se niega a secarse.* Desprevenida, una paloma gorda vuela por el pasillo, rozando su mejilla con una tembladera de plumas. Dos mujeres la persiguen pero el pájaro se desvanece por el conducto de un montaplatos. Silvestre está azorado. Se pregunta si es buen o mal agüero. La neutralidad le sale muy cara.

Su padre está dormido, respirando algo ronco, su cara llagada y cerrada. Se ve desértico, como un pueblo polvoriento y abandonado. Hay máquinas en el cuarto, alambres de múltiples colores, botellas con fluidos suspendidos de estantes circulares. Una máquina de fax hace ruiditos en la mesita de noche al lado del montón de periódicos revoloteando con comunicados.

Silvestre cierra la puerta. Baja la sábana colocada bajo las axilas de Gonzalo y fija la vista en el montón de huesos que constituye el cuerpo de su padre. La barriga está dura e hinchada grotescamente, las piernas marchitas, cubiertas de venas. Una pierna es notablemente más corta que la otra, la rodilla un tumulto de cicatrices.

La bata de hospital ligeramente toca los muslos espigados de Gonzalo. Silvestre sube el dobladillo de la bata de su padre hasta que todo sea visible. Así que esto es el origen, su herencia. Su primera resurrección. Estos orbes peludos, tan enormes y colgantes. Este hocico flácido, tan rosadito como el de un niño. Así que esto también es su futuro.

Silvestre se acerca más. Su aliento mueve el triángulo de pelo gris y enredado.

Gonzalo cambia de posición de dormir, soltando podredumbre por toda hendidura. Sus manos se mueven como para protegerse la ingle, pero en cambio ausentemente empieza a tocar su pene con sus dedos tiesos e íntimos.

Al momento, Gonzalo se despierta. Mira hacia arriba y fija la vista en una cara que es la versión más joven de sí mismo, incauto y precipitado, mira hacia arriba y se encara con el rostro de su único hijo.

CORAL GABLES

Constancia está sentada en el aire ceroso de la iglesia. Los chasquidos de los incensarios humeantes columpiados a mano tranquilamente acompasan su luto. Hombres vestidos de boina y con uniforme guerrillero están por todos lados, con teléfonos celulares en los cinturones. Pruebas de los excesos de la vida de Gonzalo Cruz brotan por dondequiera. Mujeres de todos tamaños y colores, la mayoría ex amantes o ex esposas, lloran tras sus velos negros de luto. Constancia pasa revista de sus conquistas llorosas, docenas de ellas, en varias etapas de desconsuelo. Una mujer pelirroja, tosca y nalgona del noroeste de La Florida, es la que más alto llora.

Están por el noveno encomio de su misa fúnebre. El orador es un hombre de acción reconocido, un luchador por la libertad anticomunista, de hecho, un viejito muy frágil con unos huesos muy desordenados. Con ternura y mientras hace memoria de Gonzalo "El Gallo" Cruz, *(No temía nada... Hacía los mejores sándwiches de pernil en el campamento de entrenamiento...)* su tristeza se eleva por encima de los congregados, da una órbita y se quema como un planeta inconsolable.

Tal como la estrella extinguida hace mucho tiempo que nos entrega todavía la gracia de su luz, así El Gallo continuará legándonos su fuego. Es nuestro deber compartir este fuego, pasarlo de antorcha en antorcha hasta que el mundo esté encendido con su sabiduría, hasta que el mundo sepa de qué estaba hecha su valentía...

Constancia está sentada en el banco al lado de la segunda esposa de Gonzalo, Nena Prendes, una dominicana barrigona con un manto hecho de plumaje de cuervo que le llega al piso. La cuarta esposa de Gonzalo, una bailarina exótica de Venezuela llamada Vilma Alabarán, le da una tarjeta de negocios anunciando su nuevo kiosco de adivinación. Chachi Osorio, la adolescente de El Salvador, con quien Gonzalo se casó el año pasado, se arrodilla en un banco trasero, limpia las lágrimas de sus ojos con servilletas de papel del restaurante de pollo "fast-food" donde todavía trabaja.

Ninguna de estas mujeres tuvieron un hijo con Gonzalo. A través de los años, Constancia había oído rumores al respecto. Que su semilla se había vuelto ácida. Que quemaba los vientres de sus amantes, dejándolos estériles. Que después de estar con él, ninguna mujer podía sentir de nuevo el placer. De alguna manera, a pesar de su reputación, las mujeres se le pegaban a Gonzalo, sintiéndose en la gloria a raíz de sus atenciones pasajeras.

Cuando Constancia se enteró de que Gonzalo había muerto, le mandó un telegrama a Silvestre: *Tu padre ha muerto. Ven a Miami de inmediato. Ya puedes verlo con seguridad.* Como siempre, su hijo no le respondió.

Gonzalo Cruz, héroe, santo terrestre, padrino de la libertad, fue asesinado mientras dormía. Hubo señas de lucha violenta. Sólo podemos imaginarnos el disgusto que sentía El Gallo al encontrar una almohada contra su cara. ¡La cobardía de su enemigo, lacra comunista! ¡Pero nosotros los que sobrevivimos no seremos conquistados por los errores de la historia!

Constancia pondera la veracidad de los informes sobre la muerte de Gonzalo. Las estaciones radiales cubanas del exilio están dando boletines informativos como si la muerte de su ex marido fuera el trabajo de los agentes secretos de El Comandante. No era casualidad, anunció Radio Así, que Gonzalo muriera el día después de que comenzó su tan anhelada invasión a Cuba. Fue un acto de sabotaje concluyó Radio Pa'llá, un esfuerzo para degollar al gavilán en pleno vuelo. Igual que en La Bahía de Cochinos, los soldados de Gonzalo se quedaron huérfanos en medio del ataque.

Los informes son variados y contradictorios, pero de algo Constancia está segura. Que en la playa de Varadero, cuarenta y cuatro hombres vestidos de guerrilleros murieron intentando tomar por asalto el Hotel Bellamar. Que dos turistas francocanadienses y un famoso cantante de pop italiano, en pleno disfrute carnal en una cabaña, fueron acribillados a fuego cruzado. Que otros diecisiete luchadores por la libertad fueron capturados por la milicia cubana con la ayuda de un cantinero —un ex campeón de boxeo peso mediano, Enrique Capote— del Siboney Lounge. Y que Heberto es uno entre veintinueve que no ubican, seguramente escondidos o muertos.

Reina le dijo a Constancia que estaba familiarizada con esa parte de la Playa de Varadero, que allí había instalado electricidad en los primeros años de la revolución, trayendo luz a los nuevos hoteles turísticos. Las playas estaban podridas de rusos, añadió, hombres rechonchos quemados por el sol sin ninguna capacidad para el amor.

Constancia le pidió a Reina que le acompañara al entierro de Gonzalo, pero su hermana se negó. Dijo que estaba restaurando un Chevrolet Bel Air convertible del 57 que tenía que terminar ese día. —Mira, Constancia, si tengo que parar todo y asistir al funeral de cada hombre con quien me he acostado, nunca podría hacer nada—. Constancia la dejó en el garaje donde trabaja. Reina tenía el uniforme puesto: el overol anaranjado holgado con un Ford Modelo-T cosido en la espalda. Sus manos, como siempre, ennegrecidas de grasa.

Constancia quiere hacer estallar la confianza de Reina, decirle cómo su madre regresó a La Habana con una barriga de ocho meses, enorme con la criatura de otro hombre. De cómo en el apartamento en Vedado la gente se puso inquieta en ese entonces, como si el mundo hubiera sido lamido hasta el delirio por una vaca malévola. Constancia quiere decirle que *ella* era ese bebé sin nacer, que su apellido no debe ser Agüero, sino sabe Dios qué.

Un abanico de luz le refracta por los vitrales de la iglesia, irrumpiendo en las sombras arraigadas. Cuán fácil es olvidarse del sol aquí, olvidarse que el mundo no es todo refugio ni llama temblorosa. Cuán fácil se acostumbra el cuerpo a la oscuridad, en últimas, cuán sereno se ajusta. Constancia se pregunta si Heberto todavía está vivo. Si ya hubiera muerto, ¿no le habría enviado alguna señal? Le cuesta trabajo creer que su marido se largara y se muriera, así sin más nada.

Si Heberto sólo pudiera ver a su nieto, su pequeña gloria perfecta. Si pudiese observar la ferocidad rosada de la boca de Raku. Si Heberto nada más pudiera tenerlo en sus brazos nada más, sabría que su inmortalidad quedaría intacta.

Constancia también se preocupa por Isabel. Su hija está a la deriva en un ocaso de días, agobiada por la rapsodia de la pérdida. Isabel huele a húmedo y empalagosamente dulce, como un ramo de flores atropelladas, como las rosas marchitas de Reina. Para mantener una cantidad de leche necesaria, Isabel consume galones de jugo de piña al día. Constancia se acuerda como sus propios pechos se secaron por el miedo de cruzar los Estrechos de la Florida, y de cómo nada pudo aliviar el llanto de su hija salvo chupar corteza de toronja.

Ayer llegaron dos cartas para Isabel. Una era de Austin, con matasello de Honolulu, pero sin señas de remitente. Adentro había un giro postal por doscientos pesos y un pedido que le mandara una foto del hijo. Isabel destrozó el giro sin decir una palabra. La firmeza de su hija le da miedo, le recuerda su propia terquedad impráctica. ¡Coño, de qué le ha servido todos estos años!

La otra carta, con matasello de Oaxaca, y bordada con estampillas coloridas, era de Silvestre. Constancia sintió la tentación de abrirla al vapor, pero decidió frenarse, cosa rara en ella. ¿Qué demonios hacía su hijo en México? ¿Por qué ni se había molestado en enviarle una tarjeta postal? Constancia sospechaba que se trataba de otro hombre, alguna ignominia terrible de la carne.

Constancia observó a Isabel leer la carta, cuatro páginas de hoja piel cebolla garabateado con la letra infantil de su medio hermano. Le pidió a Constancia un cenicero y fósforos, acercó la llama a una esquina de las hojas, y clavó la vista en la misiva que se extinguía. Entonces se acomodó en el balcón para amamantar a Raku, y a ver deslizarse otro día ordinario.

Los murmullos en la iglesia se hacen más fuertes mientras los que guardan luto en el funeral de Gonzalo recitan el Padrenuestro. Es una disonancia coral constante. Tío Dámaso solía decirle a Constancia que orar no era sino otra forma de la lujuria, un runruneo de la carne imposible de apagar. Se acuerda de una historia que le contó una vez, de cómo el Papa Urbano VIII ordenó que todos los pájaros cantantes del jardín del Vaticano fueran liquidados porque interferían con su concentración.

Constancia agarra una Biblia destartalada del banco de iglesia. Sus cintillas marcalibro están raídas en extremo, las esquinas gastadas en diagonal. Al azar, abre el libro y lee un mensaje dirigido a ella.

Y allí apareció una gran señal en el cielo; una mujer arropada de sol, y la luna a sus pies, y sobre la cabeza una corona de doce estrellas: y estando encinta, gritaba con los dolores del parto y las ansias de dar a luz. Apareció otra señal en el cielo; y obsérvese un gran dragón color de fuego, que tenía siete cabezas y diez cuernos, y sobre las cabezas siete coronas. Con su cola arrastró la tercera parte de los astros del cielo y los arrojó a la tierra: y el dragón se paró frente a la mujer a punto de parir, para devorar a su hijo en cuanto le pariese.

La procesión que pasa al lado del cadáver de Gonzalo es lenta y tambalea de angustia. Un escuadrón de santos furtivos están amontonados en el altar. La música de órgano es más bien una marcha militar que un himno fúnebre, pero nadie parece darse cuenta. Un murmullo comienza en la cabeza de la fila y Constancia se entera pronto de qué se trata. Es transparentemente obvio que en el momento de su muerte, Gonzalo Cruz, por pavor o deseo —ella supone que nadie sabrá con certeza— estaba completamente listo para hacer el amor.

Constancia se para frente al cuerpo de su ex marido. Sus mejillas tienen colorete para dar la falsa impresión de robustez. Unas greñitas de pelo gris cubren su cráneo. Gonzalo despide un olor a enfermedad, alcalino, como si lo hubieran rescatado de una profundidad de leguas bajo el mar. En la corva del brazo está la almohada de hospital que las enfermeras encontraron aplastada contra su cara. A Constancia le parece un toque macabro, pero los compinches de Gonzalo insistieron en que el arma que le dio muerte estuviera desplegada.

Constancia se apoya contra el féretro, se inclina para poder examinarlo mejor, cuando el mundo se le raja en astillas, dando vueltas que la desorientan. Se hunde, cae al piso. Las ex esposas de Gonzalo la envuelven, la apoyan por la cintura. La cargan afuera en una nube de perfumes rivales, hacia el oleaje de calor del patio de la iglesia.

Una por una, la rocían con agua bendita de la fuente de bautismo.

—Así que tú fuiste la primera —masculla Nena Prendes con ternura a Constancia entre todo su plumaje de cuervo. —Me dijo que nunca se olvidó de ti.

Es la una y media de la tarde. Constancia escucha mientras, inexplicablemente, las campanas de la iglesia suenan nueve veces, escucha mientras hacen eco perenne contra el cielo plomizo.

Varios días después, un guajiro jorobado con un fuerte acento camagüeyano se aparece a la puerta de Constancia. Se llama Evaristo Leal y alega que trabajó en el rancho de puercos de los Mestre antes de la revolución de 1933. Con una formalidad humilde, le presenta a Constancia un sobre con tinta negra borrosa. Adentro hay una carta de Tío Dámaso, escrita en 1984.

—El día que murió, se sentó en la cama y pidió algo dulce de comer —explica Evaristo Leal, quien había pasado varios años cuidando a Dámaso. —Le traje mi ración mensual de azúcar y lo vi comerse sesenta y dos cucharadas. Entonces me dio esta carta para usted. Me dijo que no confiaba en nadie más.

Evaristo Leal explicó que pensaba irse del

país ese mismo invierno, pero su papeleo de partida se demoró inexplicablemente por seis años.

Constancia quería leerla de inmediato, pero fue asaltada por muchas imágenes a la vez: Tío Dámaso en la estufa, removiendo su sopa de plátano; galopando juntos a caballo por los campos irradiantes; devorando pasta de guayaba bajo una ceiba (su tío diabético insistía todo el tiempo que su sangre estaba a salvo bajo las hojas sagradas); acompañando a Constancia al entierro de su madre en 1948. Tío Dámaso se quedó horas después de la ceremonia, esperando el lucero de la tarde. Cuando apareció, un círculo violeta entre el azul oscureciente, señaló la estrella para Constancia y le dijo *No te preocupes, lindita, que yo siempre te cuidaré.*

Durante los dos años próximos, tío Dámaso le escribió semanalmente a su internado. Le mandaba flores silvestres para que las pusiera en sus colecciones y bolsos de merengues recién cocinados. A Constancia le encantaba recibir estos paquetes, el consuelo de su olor viejo impreso sobre todos sus regalos. Pero después de que su padre se pegó un tiro, las cartas de su tío pararon abruptamente. Ella le siguió escribiendo por un año, hasta que concluyó, desolada, que él también debería estar muerto.

Constancia invita a Evaristo Leal a que se tome un cafecito pero él dice que no, haciendo una reverencia innecesaria.

—¿Usted conocía a mi abuela? —pregunta Constancia.

—Doña Eugenia fue una mujer muy fina.

— ¿Es verdad que murió como dicen?

—Yo era un niño en esa época. —Evaristo Leal mira el techo, como si consultara a los astros. Entonces mueve la cabeza de lado a lado. —Perdóneme, Señora, pero mi padre me decía que los judíos tenían razón sobre una cosa. Los puercos traen mala suerte.

Entonces hace una reverencia, y le da las buenas noches a Constancia.

Constancia lleva la carta de su tío al cuarto de huéspedes y se sienta, dando justo a una fotografía de su madre. Tío Dámaso le decía que ella le recordaba a su hermana, Blanca. Constancia nunca quería herir los sentimientos de Tío Dámaso así que nunca le dijo cuánto odiaba a Mamá.

Mi querida Constancia,
Las noticias son viejas y tristes…

Su tío escribió que siguió viviendo en la finca después de 1950, cuando su caballo, por lo general dócil, lo tiró contra un baobab, dejándole paralizado de la cintura para abajo. Después de la muerte de su padre y sus hermanos, donó la propiedad familiar a la revolución, con el entendimiento de que siempre tendría un lugar donde quedarse.

Tío Dámaso enterró allí los últimos papeles de Papi, cerca del sarcófago donde residen los restos de Eugenia Mestre. *No podía confiar en mi habilidad de permanecer callado, tal como lo pidió tu padre, así que dejé de escribirte... Perdóname, Constancita...* Su tío pasó el resto de sus años en la casa del rancho que se desplomaba, estudiando latín hasta que podía descifrar la *Historia naturalis* de Plinio, que Ignacio Agüero le había legado con su penúltima misiva.

Su padre, se acuerda Constancia, dictaba cátedra sobre los logros increíbles apuntados en las memorias de Plinio. Como Ciro, Rey de los Persas, sabía el nombre de cada uno de sus miles de soldados. O cómo Mitríades Eupator gobernó su reino en los veintidós idiomas de sus súbditos. *Ut nihil non lisdem verbis redderetur auditum.*

Constancia prende todas las luces en su apartamento y espera a que regrese su hermana. Las lámparas de piso en la sala arrojan enormes sombras en las paredes. Constancia siente algo que surge dentro de ella, como la vez que estuvo encinta con Silvestre. Pero en ese entonces tomaba siestas de cuatro horas, dormía toda la noche, ella misma era tan joven. Ahora Constancia no siente el más mínimo cansancio.

Justo a las 4:22 de la madrugada, las luces destellan antes de apagarse. La nevera gruñe desde la cocina, empieza otra tanda de tosidos. La cerradura de la puerta hace ruido al contacto con las llaves. Reina por fin está en casa. Un momento después las luces están prendidas.

—¿Qué haces aquí, sentada en la oscuridad? —Reina coloca su caja de herramientas en la antesala.

Esperaba para contarte algo. —Constancia estudia a su hermana, el triángulo sonrojado en la garganta.

—¿Qué es lo que pasa? —Reina se acerca más, curiosa.

—No era tu padre.

—¿Quién?

—Papi. Papi no lo era. —Constancia levanta su mirada fija de la garganta de Reina. Los ojos de su hermana son dadivosos y tristes. No es lo que ella esperaba.

—¿Pero te creías tú que yo no lo sabía? —Reina mira a Constancia por largo rato. Entonces mueve la cabeza de lado a lado, y camina despacio para acostarse.

Al día siguiente, Constancia, vestida en un traje amarillo con brocado, se encuentra con Oscar Piñango para almorzar en South Beach. El lleva rato queriendo probar la comida en La Conga, un restaurante de moda financiado por una cantante cubana de música pop.

—Los frijoles están muy aguados —pronuncia él mientras los echa sobre su arroz con la cuchara. —Y las porciones son pequeñas, ridículas. ¡Porciones para gringos!

Constancia ordena el plato vegetariano: yuca con salsa de mojo criollo, plátanos maduros fritos, y los frijoles negros con arroz blanco de rigor. Todo está tibio, como si la gerencia creyera que tener la comida bien caliente alargaría demasiado la cena de cada cliente haciendo el negocio menos lucrativo.

—Siento que la envidia es la que rige aquí —continúa Oscar Piñango, entre bocanadas de pernil frito. —La envidia y la avaricia. Baja sus gafas oscuras para observar un molote de niñas de escuela secundaria que pasan con minifaldas de neón.

Constancia fija la vista más allá del desfile de turistas y los convertibles que andan de paseo hacia la expansividad de la arena destellante. Un viento vigoroso sacude las frondas de las palmeras, levanta modestos rizos de oleaje. Constancia saca la carta de su tío de su cartera y la desliza por la mesa de cristal.

El santero cambia sus gafas por lentes bifocales que extrae de un doblez en su guayabera. Lee la carta entera, dos veces.

—¿Cuánto tiempo tienes?

—No mucho —dice Constancia. —Mañana lanzo *Caderas de Cuba* en el Coconut Promenade. Tengo casi dos mil botellas, pero no creo que sean suficientes. Tú sabes lo mucho que detestan sus caderas las mujeres.

—Dame una hora —insiste Oscar Piñango. —Sígueme a la casa. ¿Crees que podemos pedir un arroz con leche para llevar?

Constancia sigue el Buick amarillo del santero cruzando el MacArthur Causeway, pasando por el puerto de Miami, montándose en la carretera que va hacia Hialeah. Llama a la fábrica desde su nuevo teléfono celular, verifica el progreso logrado por *Caderas* durante el día con su gerente, Félix Borrega. —¡Duplica la producción! —grita ella por encima del rugido del tráfico. —¡Págales tiempo extra si hay que hacerlo! ¡Tengo buen presentimiento sobre esto!

Es el último día de agosto, una semana antes del día de fiesta católico de La Virgen de la Caridad del Cobre, doce días antes de la celebración yoruba de Oshún. Ya Oscar Piñango ha coleccionado centenares de calabazas, velas de aroma dulce, y una tina de miel de flor de azahares para su santa querida. En pocos días, sus ahijados le traerán tantos regalos que cada centímetro del cuarto será un altar para Oshún.

—Creo que comí muy rápido —dice el santero después de unos eructos resonantes.

Acepta las ofrendas improvisadas de Constancia —su brazalete de oro trenzado y una muestra de las cremas *Cuerpo de Cuba* que de casualidad tenía en el baúl del carro. Unta los labios y orejas de Constancia con un poco de miel, también a sus párpados y nariz, para de esa manera recibir mejor las intenciones del orisha.

—Hay que ponerse serio ahora —dice Oscar Piñango, mientras se desaparece a otro cuarto. Regresa con una jarra de agua fresca y una gallina de guinea regordeta. Lava su pico y pies y entonces le pasa el ave sobre la cabeza mientras ella gira en su lugar.

—*Ñaquiña, ñaquiña loro* —canta, desplumando a la gallina de guinea. Le instruye a Constancia que hale el pescuezo del pájaro, para mostrar respeto hacia el sacrificio de su vida que sucederá.

Constancia siente el latido de la gallina contra su pulgar, su violencia temblorosa antes que Oscar Piñango le arranque la cabeza. Dirige la sangre en círculos cada vez más amplios sobre las piedras sagradas del orisba. Luego traza el diseño dibujado por la sangre con un chorro fino de miel, y rocía todo con una bocanada de ron. Después que se han prendido las últimas velas, rellena el cadáver de la gallina de guinea hasta reventar con dulces, coco, maíz tostado, haciendo un pequeño nido de muerte.

—Regresarás a casa, disfrazada como la noche—. Oscar Piñango envuelve la gallina muerta en papel cartucho y la coloca a los pies de Constancia. —Tal como el río fluye al mar, así fluye Oshún a su hermana, Yemayá.

Entonces frota las sienes de Constancia con helechos de río, y susurra una historia de los dioses:

Hace mucho tiempo, el sol se casó con la luna y tuvieron muchos niños. Sus hijas eran estrellas y se quedaron cerca de su madre. Pero los hijos siguieron a su padre por el cielo de la mañana. Pronto, el padre se puso bravo y ordenó que sus hijos volvieran a casa. Los varones, pequeños soles ellos mismos, cayeron en el mar y se ahogaron. Por eso el sol arde solo mientras la luna comparte el cielo.

Oscar Piñango recoge sus caracoles para la última parte del ritual. Constancia se da cuenta cómo las venas de sus dedos son rectas y un poco elevadas, como costuras perfectamente cosidas. Los dedos de su padre eran así. ¿Por qué no se había dado cuenta antes?

—¿Cuán fuertes son los muertos? —Constancia siente pavor por la tenacidad que tienen los muertos sobre los vivos, por esa necesidad tribal y feroz de reunirse.

—Los muertos no están muertos. Es mera transición. Nadie muere de verdad.

Oscar Piñango bendice los dieciséis caracoles, luego los agita en sus manos juntas antes de tirarlos al estero. Los caracoles parecen quedarse en vilo antes de caer boca abajo.

—Se me fue el caracol de la mano. Un mal agüero.

Constancia está intranquila con dichas implicaciones. Oscar Piñango junta las manos, y dobla el cuerpo para orar. Constancia trata de respirar con él, encontrar consuelo en el ritmo forzado de su espalda. Toca la carta de Tío Dámaso en el bolsillo de su chaqueta, fija la mirada en la parte superior del sombrero almidonado del santero. Su blancura parece derramarse en el aire como un veneno.

Una brisa entra por el cuarto de bajo techo. Las velas, un bosque de llamas que tartajean. Constancia se para y comienza a girar en un mismo lugar. La brisa se hace viento fuerte, seco y succionarte, oliente a muerte. Con fuerza, abre la boca de Constancia, quema todos los pasadizos, estalla con ardor, secando sus pulmones. Su lengua se encoge, se desencaja de su vida como un lagarto muerto del desierto. Sus oídos rugen con una cruel tempestad interna.

Constancia se cae al piso y agarra una calabaza a mano, rompiéndola a los pies del santero. Luego lanza otra a los caracoles de mal agüero, y otra más a la gallina muerta. La pulpa y las semillas estallan por todo el cuarto, manchando el dobladillo del vestido oro lamé de Oshún. Oscar Piñango se queda inmóvil. Observa mientras Constancia levanta un trozo de calabaza y la embadurna contra su cara. Cuando trata de hacer lo impensable —comer un pedazo de la cuenca sagrada de Oshún— él la tira al suelo y la amarra con una cuerda eléctrica.

Rápido, echa los caracoles de nuevo para determinar lo qué debe hacer. La disposición de los mismos cae en *ofún,* donde nació el mal de ojo. Echa dos veces más los caracoles para obtener un mensaje más matizado. No cambia: *oddi,* donde primero se cavó el pozo de la tumba, donde se cavó el pozo.

El santero le dice que debe ir con su hermana a los árboles sagrados por el río antes de regresar a Cuba. Que en Cuba, los secretos están enterrados en su tumba original. Que hace mucho tiempo, una veta de fuego, tan dúctil como el mal, había alterado sus vidas. Luego le da instrucciones precisas que ellas no deben cambiar. —Morimos muchas veces —él le recuerda— pero nunca para siempre.

Y cuando está satisfecho de que Constancia le escucha y ha sido subjugada, Oscar Piñango por fin la desata y le ordena que se vaya del cuarto.

BÚHOS DE ORIENTE

Durante los dos años y medio que Blanca desapareció, traté por todos los medios de encontrarla. Puse su foto en plazas de pueblo, conseguí la ayuda de la policía rural, y persuadí a todos los periódicos, de La Habana a Guantánamo, a que publicaran su foto. En mi estado de luto, también contraté un detective norteamericano, un tal Frederick Noose de Tallahassee, Florida, especializado en asuntos de recuperar cónyuges fugitivos.

Después del fracaso de mis esfuerzos, consulté una santera muy famosa del este de La Habana, una mujer delgada, terca, con un caso leve de escrófula. Su nombre era Ester Salvet Llagunto y su piel negro azulado colgaba en dobleces de su cuerpo esquelético. La santera me dijo que no había nada que yo pudiera hacer para que mi esposa regresara, que Blanca volvería por su propia cuenta, encinta con el hijo del dios Changó.

Para ser hombre de ciencia, me hice desvergonzadamente supersticioso. Encendí velas según las instrucciones de Ester, le traje gallinas jóvenes y una cabra capada para degollar.

Ester me dio un collar de abalorios para usar en secreto debajo de mis camisas almidonadas. ¿Cómo explicar mi debilidad? Cuando falla la lógica, cuando traiciona la razón, sólo hay el tenue consuelo de la magia, el ritual y la lamentación.

Enseñé mis clases universitarias como de costumbre, frecuenté las reuniones departamentales requeridas, di conferencias bien concurridas más bien por la presencia mía. Pero no era lo mismo. Blanca seguía viviendo dentro de mí como río raudo. Con júbilo, hubiera elegido ser ciego a cambio de esa tristeza.

Después de que Blanca se fuera, mimé nuestro bebé, me pasaba horas viéndola dormir. Contraté una nodriza, Beatriz Ureña, una prima de Ester, para que se hiciera cargo de las necesidades cotidianas de mi hija. Con el transcurrir del tiempo, me pareció que Constancia crecía saludable y relativamente feliz, aunque era un poco lenta al hablar. Mi hija era flaquita, con pelo negro frondoso como el de su madre. Su voz tenía un dejo de tristeza, como si quisiera algo todo el tiempo.

En el segundo año de la ausencia de Blanca, una bióloga marina de California vino a enseñar en nuestro departamento. Se llamaba Leticia Greene y hablaba el español con una infle xión mexicana. Me entregué a esta gringa de pelo corto y flamante. Con culpabilidad. Insaciablemente. Con un sentido agudo de traición.

Decir que quería a Leticia sería una inexactitud, pero sí siento agradecimiento hacia ella. Creo que me salvó la vida; la salvó, tal vez, más tiempo de lo necesario.

El 10 de mayo, 1942, en medio de un aguacero terrible, Blanca regresó a nuestro apartamento en El Vedado con casi ocho meses de embarazo (justo como había pronosticado la santera). Tenía un ojo amoratado a punto de reventar y su ropa estaba raída y sucia, faltándole botones. Calzaba un solo tacón y un hilo de abalorios de ónix que le llegaba por su barriga masiva.

Cargué a Blanquita, estornudando, temblando, y empapada hasta la médula, al baño. Cuidadosamente la lavé en una bañadera de agua caliente, perfumé todos los crecimientos preciosos de su cuerpo, la cicatriz perpleja en su talón, sucedida en nuestra luna de miel. Le coloqué una de mis batas por la cabeza, y la puse en la cama de mi cuarto.

Blanca se quedó allí durante un mes comiendo uvas coloradas y cacahuetes y tejiendo una frazada con un patrón de patos silvestres. En junio, dio a luz al bebé de otro hombre, doce libras de robustez, de color canela, con manos enormes y unos ojos que devoraban al mundo.

Aunque los periodos negros de Blanca se acabaron, nunca volvió a ser mi esposa. Esto fue muy difícil para mí, porque todo lo que tenía que ver con Blanca me embelesaba. La curva de sus piernas expuestas. La rica frondosidad de su pelo negro suelto. La manera en que su piel aunaba la luz matutina. Y su voz. La voz de Blanca me dejaba con una hambre infinita e inefable.

Es mi convicción de que hasta nuestro último suspiro tenemos uso de voluntad, no importa lo disminuidas que sean nuestras posibilidades. Hasta un condenado a muerte puede gritar una última palabrota. Esta es nuestra grandeza, lo que nos separa de las criaturas inferiores del planeta. ¿Qué podría ser más aborrecible que su entrega voluntaria?

Debo admitir que ha habido muchas noches desdichadas cuando me pregunté por qué había despilfarrado mi corazón en Blanca, por qué la había dejado que me lo saqueara como un pirata cualquiera. Entonces sencillamente dejé de afligirme por eso. Todavía ahora, dos años después de su muerte, quiero a Blanca. Un amor rico, ciego, huérfano.

Después de que naciera el bebé, Blanca se instaló en el cuarto de huéspedes de nuevo y lo redecoró según sus gustos. Hizo pintar las paredes de un amarillo pajizo y espeso, y colgó unos tejidos de varias texturas sobre sus diecinueve sillas híbridas. Luego colocó un loro llamado Pío en el caballete, y ordenó que se fueran Constancia y su nodriza de la casa.

Beatriz Ureña se largó el próximo día, pero yo insistí en que se quedara Constancia. Blanca no estaba contenta. Apenas reconocía a nuestra hija, se negó a hablarle directamente. A Constancia le daban unos berrinches, destrozaba a pedazos las telas en las sillas de su madre, le decía palabrotas que había aprendido de la nodriza. Un día, Blanca encontró a Constancia tratando a la fuerza de darle de comer al bebé lodo de una taza de metal. También había dejado caer arañas en la cuna, de las venenosas, y mordieron la cara de Reinita.

El sábado siguiente, mi hija y yo abordamos un tren para Camagüey. Traté de consolar a Constancia sobre pasarse un verano en el rancho del abuelo, pero ella no mostró interés alguno. No dijo nada durante el viaje y en el ritmo de su silencio comprendí el daño que le infligía.

Constancia se mantenía a solas en el rancho, escondiéndose en los mangles tupidos para leer libros de cuentos que yo le había dado. Ese primer verano se extendió al otoño, luego hasta invierno y después, a la primavera. Tenía broncas frecuentes con Blanca, pero se negó a aceptar de vuelta a nuestra hija. Le pedí a Dámaso, el hermano favorito de mi esposa, que cuidara bien a Constancia. Creo que en el transcurso de los años, estuvieron muy unidos. Cuando la visitaba (siempre sin que lo supiera Blanca), Constancia me rogaba que la llevara de regreso a casa. Prometía que no le haría ningún daño a Reinita. Pronto, le decía. Pronto. Pero ese pronto nunca llegó.

Mientras crecía, reclutaba a Constancia para mis trabajos de campo. Resultó ser una excelente acompañante, observadora y adepta, como lo había sido su madre, en atrapar cualquier cosa con las manos.

En La Habana, Blanca se dedicó al cuidado de Reina, dándole el pecho hasta que le tocó entrar a la escuela. Escuchaba a los vecinos cuchicheando, notaba sus ojos que miraban su piel canela. Reina se trepaba por el árbol de tulipanes en el patio trasero para escaparse de sus miradas entrometidas, feliz entre el fulgor de las hojas y los pájaros que cantaban a todo pecho. Yo le tenía cariño a la niña, pero nunca la consideré mía.

Un verano, cuando Blanca estaba de vacaciones en una casa de playa alquilada en Guanabo, un mulato gigantesco, tan alto como un poste de luz y de peso incalculable, vagaba al final de nuestra calle. Tenía una cara lisa y ancha que sugería un toque de sangre oriental. Estaba vestido impecablemente, con ropa a la medida, y usaba un sombrero Panamá con una cinta roja. Su parecido a Reina era innegable.

Día tras día el hombrón esperaba, sin prisa, como si para él el tiempo no tuviera consecuencia alguna. Era un día hirviente en agosto cuando por fin me acerqué a él. La calle se desdibujaba en el calor. Le ofrecí un sobre repleto con todos mis ahorros, unos ochocientos pesos. Tomó la plata, con cuidado la contó, me la devolvió. Fue entonces que noté el brazalete de abalorios, en su muñeca, el diseño inconfundible de rojo y blanco. —Por favor, le rogué, no vuelva más. No vuelva nunca. Desesperadamente quería creer que él le haría caso a mi pedido.

De alguna manera pude trabajar productivamente durante esos años solitarios y estrechos. Publiqué varios libros. Uno, sobre los hábitos de apareamiento de los murciélagos, considerado el estudio definitivo sobre estas bestias tan calumniadas. Otro, titulado Búhos de Oriente, analiza los hábitats disminuyentes de los búhos oriundos de nuestra provincia más oriental. Para sorpresa mía, el último se hizo una especie de gran éxito de venta académico. Fue traducido al inglés, alemán y francés, y aclamado por ornitólogos prominentes de Cuba y del extranjero.

No obstante la Segunda Guerra Mundial y las privaciones que impuso en la isla, tanto en lo material como en lo moral, recibí un gran número de visitantes en La Habana, naturalistas de Europa y Estados Unidos que vinieron a investigar la zoografía única de Cuba. Varios herpetólogos aseveraron que su trabajo investi-

gativo había sido influenciado por los estudios seminales hechos por Blanca y yo sobre los lagartos y serpientes raros de nuestra isla. Pero mi esposa descartó su trabajo temprano como si hubiera sido el brote frívolo del entusiasmo de una adolescente.

Para entonces Blanca mostraba un interés atrofiado en el mundo natural. En el atardecer, Reina y ella solían treparse en un campanario cercano para ver los murciélagos de la ciudad tomar vuelo, o deambulaban por el río contando los ciempiés. Alenté a mi esposa a que se me uniera en mis viajes para recolectar especímenes, pero siempre ponía reparo. Cuánto añoraba ofrecerme a ella: Toma mi mente, mis manos firmes. Ve con mis ojos las formas que toma tu vida. Pero sabía que pecaba de presuntuoso, de ser un hombre santurrón que no había hecho nada salvo afligirme por las naderías de la insensibilidad cautivante de la naturaleza, cuando cerca de mí Blanca se extinguía como la más rara de las aves.

De vez en cuando, mi mujer consentía a alguna excursión en nuestro Packard de 1934, un carro tan temperamental que decidí cambiarlo por un par de caballos confiables. Un domingo, visitamos los mercados de esponja de Batabanó, donde hacía mucho tiempo había tomado el barco de vapor a la Isla de Pinos y donde, años después, Blanquita y yo habíamos emprendido viaje en barco de vela para nuestra luna de miel desdichada. Mi mujer compró montones de esponjas en el muelle y los suspendió de una cuerda ("nubes de esponja" les decía) desde el techo de nuestra sala, una añadidura al decorado incomprensible de nuestro hogar.

A menudo, manejaba a Pinar del Río solo. El paisaje de mi infancia nunca dejó de conmoverme. Las montañas de piedra azul asidas de neblina. La tierra fértil oscurecida por la vegetación. Las tiendas de campiña de estopilla cobijando el tabaco tan querido por mi padre. Hice un recorrido por la vieja fábrica de tabacos de mi padre, pero el lugar había perdido su lustre. El estruendo de la radio y el clamor de las máquinas había sustituido el sonido del papel de un centenar de enroladores de tabaco escuchando, deslumbrados por mi padre mientras les leía un poema.

* * *

En 1948, Blanca inesperadamente decidió hacer una fiesta de carnaval. Invitó a a vecinos de varias manzanas del vecindario. Mi esposa, que raras veces cocinaba, hizo suficiente arroz con mariscos para que se atracaran cien invitados. Decoró el apartamento con un tono de anarquía festiva: guirnaldas de jazmín, grullas japoneses, y ornamentos intricados que fabricó ella usando papel de colores y aluminio.

La noche de la fiesta, Blanca se transformó en ave refulgente. Vistió con un corpiño rosado diáfano, una falda larga que hacía remolinos, y un diadema de joyas artificiales. Reinita fue vestida con un traje de libélula que Blanca había cosido de distintas bufandas de crespón. Y yo, un poco predecible, me vestí como para mis expediciones de cuevas, todito con botas de goma, una linterna eléctrica de bolsillo, y mi red de malla fina.

La noche empezó viento en popa ya que el cantinero, quien Blanca había contratado de un lugar llamado Happy Pete's, servía los tragos —presidentes, daiquiríes, cubalibres, y los mortales cócteles Sazarac— cargados al triple de lo normal. Desempolvé mi plato giradiscos prehistórico y puse mi modesta colección de música "big band" y música bailable cubana de otra época. Pero los potentes tragos desarticularon los ritmos de la gente. Bailaron las rumbas y guarachas a compás del "Boogie Woogie" de Tommy Dorsey, y los jitterbugs a paso del más romántico danzón.

Blanca desapareció de nuestro apartamento como a las once, pero regresó a medianoche con un caudal de gente vocinglera de la calle. Se paró la fiesta mientras los recién llegados eran recibidos con sospecha. Eran tal vez de Regla, a juzgar por su tez oscura.

Blanca embulló a un hombre enorme, casi desnudo, a la pista de baile. Estaba vestido con un taparrabo de lentejuela, una capa roja de terciopelo, y un tocado enorme con una piedra roja atada a la corona. Él y Blanquita bailaron pegados, ni un centímetro separaba sus cuerpos, tan cercas que parecían un congrí de carne vibrante, y antes de que se acabara la canción, se llevó a Blanca por el pasillo sin pronunciar una palabra.

Esa misma noche, después que se fueron a paso gradual los últimos invitados, forcejé la puerta del cuarto de Blanca. Las persianas estaban completamente abiertas. Su loro se había ido de su percha. Blanca estaba sentada sola por el saliente de la ventana, como si estuviera en plática privada con la luna. Estaba envuelta sólo en una mantilla que se abría.

Cerré la puerta tras de mí, y me desenredé de la ropa. La llevé a la cama. Blanca no resistió. Sentí mi deseo golpeándome como una campana en lento tañir. —Au pays des aveugles, les borgnes sont rois—, susurró Blanca. Entonces me recibió, desamparada en su piel que se apagaba, vedada por mil velos invisibles.

Nuestros últimos meses juntos transcurrieron con una paz relativa. Era como si el temerario pronunciamiento de la noche del baile de máscaras hubiera alterado la forma en que Blanca me veía. Mi esposa me dirigía, bondadosa, su palabra, me preguntaba sobre mi trabajo, me asesoró de nuevo, o eso parecía, con sus severos ojos verdes. Hablamos de ir a ver los desiertos de los Estados Unidos, de ir en busca de la rana que emitía chorros de sangre. Hasta obtuvimos los pasaportes, conseguimos las visas para los Estados Unidos.

Al final del verano, cuando le conté a Blanca que había sido comisionado para estudiar patos silvestres para el museo natural en Boston, me sorprendió saber que ella quería acompañarme.

FLORES DEL DESTIERRO

❄

MIAMI

SEPTIEMBRE DE 1991

El *río es apenas río,* tan quieto y negro, sus orillas casi todas de concreto. Pero hay un lugar sagrado en el recodo que va hacia el sur, una confluencia de árboles: una ceiba, una palma, cuyas hojas, raíces y tierra circundante están repletas de profecías. Reina sigue a Constancia que camina por el río. Las dos visten de blanco para apartar interferencias. Reina lleva un cubo de madera para su hermana, quien balancea un plato de coco picado en el brazo. Untada en el pelo de Constancia, hay una pasta blanca, tiesa y vagamente dulce un paño anudado para protección adicional.

Hay mala hierba en el camino y arbustos medio enclenques, pestilentes con desperdicios. Las fábricas muelen la noche río abajo, marcando el tiempo. El aire que les rodea es lento y sólido, espesando todo movimiento. Hay insectos que Reina no puede identificar que vuelan cerca de su cara, colosales por estar cargados de sangre. El río no tiene márgenes, ni mareas, ni vida submarina. Todos los pescadores están extintos.

Las hermanas paran antes de la zona sagrada de los árboles. Constancia se arrodilla en la tierra al lado de Reina, le pasa la mano a las frondas caídas y las hojas de cinco puntas. Hay lugares tibios y fríos, otros demasiado calientes para tocar, piedras descoloridas innecesariamente. Tal vez la tierra es el verdadero río, piensa Constancia, viva, pulsando con corrientes y destinaciones. Añora hurgar en el polvo con sus dedos, cosechar algo definido.

—Vamos por el río, Reina—. Constancia se ve más alta bajo la luna, como una sacerdotisa alargada. Su cara, la cara de su madre, es un balcón inundado de luz. Constancia empieza a recitar las oraciones aprendidas en la escuela, recita cada nota de sus entonaciones hasta que esté colmada de luto.

El Señor es mi pastor, nada me faltará.
En verdes pastos me hace yacer:
me conduce hacia aguas tranquilas.

Reina odiaba esas oraciones, los cánticos que les obligaban a cantar en la misa de domingo. Siente una electricidad moviéndose dentro de ella, soltando chispazos. Un hedor, como algo recién quemado, emana de su piel. Reina se pregunta por qué decidió ayudar a Constancia, por qué no está en casa con su novio. Se ha acostumbrado a las manos de Russ, a los bistecs que le cocina, tan crudos que sangran. Mejor todavía, debía de estar con su sobrina y su sobrinonieto, disparados por la bahía en el barco de Heberto.

Aquí por el río, piensa Reina, no tiene nombre. Y sólo hay este miedo aterciopelado y persistente.

El agua está sorprendentemente limpia. Reina baja el cubo hasta el río con una larga soga. Desanuda el paño blanco de la cabeza de Constancia y juntas se arrodillan por la orilla del río.

—Viajamos en la familia —dice Constancia.

—Viajamos en la familia —repite Reina, tal como les instruyó el santero. Entonces hace girar el cubo en un arco por el aire y desparrama el río lánguido sobre sus cabezas.

Ya son las cuatro de la mañana cuando Reina y Constancia salen de Key Biscayne en el barco de Heberto. La primera parada será en Cayo Hueso. Allí Constancia piensa alquilar una barca pesquera que la llevará a Cuba.

Un caudal de pelícanos ahuyenta los peces para aguas bajas, para mejor atrapar su presa. Las aves van flotando y giran, formando círculos cada vez más pequeños, caen al agua como tiros. Al oeste, la ciudad es una exhalación humeante de amarillo, el aire todavía turbulento a raíz del huracán que casi tocó tierra la semana pasada.

Reina maniobra el barco por la costa. El rugir constante del motor le da un sosiego extraño, como una radio que se prende para sentirse acompañado después de la incierta partida de un amante. El viento cambia de un lado para otro, revolcando el mar durmiente. Los escapes del motor trazan su forma tras las hermanas como espíritu nubloso.

Reina está enojada con su hermana por haber pintado la embarcación de Heberto con un motivo floral cursilón para promover su nuevo perfume: *Flor del Destierro.* Su nombre está vistosamente colocado a cada lado del barquito; en inglés al lado izquierdo, y en español a la derecha. Constancia hasta impregnó la fragancia con un olor cítrico para que cuadrara con el poema de José Martí:

Que en blanca fuente una niñuela cara,
Flor del destierro, cándida me brinda,
Naranja es, y vino de naranjo.

Reina se siente ridícula montada en este anuncio deslizante diseñado por su hermana. Protestó la capa de pintura y la apropiación histórica, pero Constancia se quedó desconcertada. —Un poco de publicidad extra no puede hacer ningún daño —disparó de vuelta. Reina consideró pintar de nuevo el barco con su antiguo color, un anaranjado rojizo, pero por fin desistió. Constancia sólo le acusaría de socavar sus planes de negocios.

No obstante sus reparos, Constancia decidió seguir las instrucciones del santero y tener a Reina de acompañante en el primer tramo de su viaje. Reina donó uno de sus overoles para que Constancia pudiese viajar a Cuba de incógnita, tomó prestado un excelente traje protector contra el frío de un buceador que conocía, hasta ayudó a preparar y empacar el cargamento que Oscar Piñango había recomendado: una tortilla fresca de camarón y berro para apaciguar a Oshún; treinta latas de gaseosa de naranja; un abanico español de seda con asa de cobre que tenía que estar en movimiento constante hasta que llegaran a Cayo Hueso.

Para la primera mañana de su viaje, también aconsejó el santero, que Constancia debe nadar desnuda en el mar por una hora, yendo directo hacia el horizonte. Debe despejar su mente mientras nada, imaginarse sin nombre como el mar que la rodea, orgánica y anónima. Sólo sus brazos y piernas deben ejercitarse, consumir el presente como un fugitivo. El sol, advirtió Piñango, puede quemar la piel de Constancia, hacer que le salgan ampollas en la espalda. Pero aún así tiene que nadar, sus ojos fijos en la distancia ante ella.

El barco está a menos de dos kilómetros de la costa de la Florida, pero a Reina le parece que no tiene relación alguna con la tierra. La corriente debajo de ellas es fuerte, las impulsa oscuramente por las olas. Debajo de su chaqueta de salvavidas, la bata blanca de Constancia se le pega a sus costillas escasamente plegadas. Aún a través del relleno, Reina puede vislumbrar que la espalda de su hermana es suave y curveada como la de un invertebrado.

—¿Qué es lo que debemos recordar? —El viento casi deglute las palabras de Constancia.

Reina se da cuenta del hendido en la barbilla decaída de la madre, la expresión devastada, tan familiar. Cuán atraída se siente a esa cara, cuán enorme la tentación, la promesa de su ternura. Cuán fácil creer que su madre pueda existir todavía.

—Se supone que debemos recordar lo que pasó —dice ella irritada. Se le ocurre a Reina que hasta la peor de las mentiras, si es sostenida, devienen hechos duros y relucientes.

Constancia está en la proa del barco, con un ademán lánguido hace que revolotee el abanico español. El viento levanta su pelo hasta que se ve como una oscilante aureola por su cabeza. Se percata de una ausencia en la brisa, el gusto metálico de un viejo vacío. Recuerda la cara de su padre cuando le contó por primera vez sobre Mamá, sus ojos de augurio atroz. Luego, un año después, confesó cómo había muerto de verdad. Constancia sabía con certeza que no podía salvar a Papi, y ahora se pregunta si es capaz de salvarse a sí misma.

—¿Tú serías capaz de matarte? —pregunta Constancia vociferando su voz pujando por un viento crecido.

Reina abre una lata de soda de naranja, inunda su boca con su dulzura ácida. Hasta los días más monótonos tienen un dejo de sorpresa, de posibilidades. Reina extrañaría eso si muriera. —Yo mataría a alguien antes de acabar conmigo misma.

—¿Lo has hecho? —Constancia quiere

saber de qué es capaz su hermana, dónde albergan sus empatías.

—¿Qué? —Reina se distrae con un banco de peces voladores, admira el optimismo desbocado de su salto. Se pregunta si toda esa brincadera sirve función biológica alguna.

—Matado a alguien. ¿Has matado a alguien? —insiste Constancia.

—Casi, casi. —Reina recuenta como casi mató una vez al alcalde de San Germán, un hombre peludo con la boca llena de dientes de bebé. Era 1964. Reina no se consideraba persona severa por naturaleza, pero la verdad es que cuando ella dice "no", es en serio. Tuvo suerte el alcalde que ella sólo le reventó la nariz.

El barco da un tirón hacia la izquierda, irrumpiendo el andar del océano. Constancia nota que el color del trozo de piel de Dulcita en el antebrazo de Reina se ha deslustrado hasta tener color de mantequilla. Hay suficiente luz de la media luna para captar un destello de su propio reflejo. Nada está en foco, sólo una borrosa promesa oceánica de su presencia.

Constancia se inclina por el lado del barco buscando mejor vista de sí misma. Añora su propia cara, el preciso matiz rosadito de su piel. ¿Qué la separa del parecido con su madre? En última instancia, ¿qué es lo que divide la sangre de cada una? ¿Y ahora, a quién le debe lealtad? Por todos estos años a Constancia le parecía que le debía lealtad a su padre. Ya no tiene esa certeza.

—Los animales son ciegos al pecado —dice Reina. —Eso me lo dijo Mami una vez.

Era plena primavera, y ella y su madre estaban en los bosques de La Habana mirando un par de lagartos arrugados, en celo. El macho cambió de un verde a un morado oscuro antes de irse de carrera entre las hojas. ¿Por qué la gente no percibe la violencia subyacente de la naturaleza? ¿Sus dramas callados pero sensacionales? ¿Desde cuándo, cavila Reina, ha habido una especie que confía?

—Mamá no se ahogó —dice Constancia rotundamente, bamboleándose mientras el barco choca contra las aguas que se hacen más turbulentas.

—¡Claro que no! —dice Reina molesta. —¡Te dije lo que vi en la funeraria! ¡Pero tú nunca me creíste! —Reina se acuerda de esa mañana, el desorden sangriento de la garganta de Mami. Lo peor de todo, es que su padre no ofreció disculpa alguna, no mostró ningún arrepentimiento, sólo su triste final auto-indulgente. Ese fue el crimen mayor, más tenebroso. Pagar su deuda con carne, y nada más.

—Mamá se pegó un tiro. Papi me dijo que no te lo dijera, Reina, porque sólo empeoraría las cosas. —Constancia da un tirón hacia atrás del barco que se mece fuertemente. Se desgarra la muñeca asiéndose al abanico español. —Usó su propio fusil. Se lo puso a la garganta.

El motor fuera de borda prende fuego sin aviso. Como escupido, el humo va hacia el cielo, voluminoso y negro. Verlo aplaca inexplicablemente a Reina. Entonces el viento riega el humo cicatrizante. Muere el motor con un último chapotazo. El barquito está cubierto de hollín. Cruje y rechina en la inmensidad sacudidora.

Con calma, Reina levanta un remo del casco del barco, lo aguanta perpendicularmente a su cuello. Con los dos brazos estirados al máximo, trata de llegar al filo del remo, trata de ponerlo en su propia garganta. —No hay manera de que Mami lo haya hecho. No le hubiera sido posible alcanzar el gatillo.

Reina coloca la parte más estrecha del remo en su hombro derecho. Con el filo apunta a Constancia. A su alrededor, las olas centellean como follaje otoñal. Lento, Reina se acerca a su hermana, va colocando en la mirilla el centro de la garganta de Constancia. Los ojos de su hermana son verdes y cautelosos. Ojos de la madre de ambas.

—¿Así que te crees que los muertos se quedan quietos, Constancia? ¡Pues mírate, coño!

Constancia se queda inmóvil, estudia el filo convexo del remo. Le daría la bienvenida al alivio que le traería, el chantaje de la paz total. Entonces levanta la vista hacia Reina y ve algo de lo que no se había percatado antes. Un oscuro error en la disposición de su rostro.

—Papá la mató. —Reina fija el remo sobre Constancia, no lo mueve un centímetro. —Le disparó como a uno de sus pájaros y luego la vio morirse. Mami cayó en el pantano y él la vio morirse.

De repente Constancia siente un estado de alerta en la piel. Se lanza hacia adelante, enferma y temblante con los reclamos de su padre. Se cae, se raja la bata. Trata de pararse de nuevo. Pierde su balance. Lucha por arrebatar el remo amenazante. Entonces, ciegamente trata de desgarrar los brazos de Reina, deja arroyos de sangre por la piel dispareja de su hermana.

Reina rompe el remo en dos pedazos y tira a un lado las mitades astilladas. Con una mano levanta a su hermana por la garganta. A ver si así, asfixiándola, le saca las últimas mentiras. Las mentiras de Papá. Las mentiras voluntariosas, ciegas de Constancia.

Reina suda profusamente, ríos de sal bañan su cara y espalda. Una sangre silvestre viene huracanada de su corazón. Huele la tierra empapada del pozo recién cavado de la tumba de Mami.

Ver el pecho pálido de su hermana para en seco a Reina. Afloja su agarre sobre Constancia, la deja caer sobre la cubierta.

Constancia, de rodillas, corre para recuperar el remo roto. Levanta la parte de la paleta lo más alto posible y la baja estrellándola sobre la cabeza de su hermana con toda su fuerza. Reina se cae al mar. Se va por debajo del agua por un momento inmortal. Constancia trata de calcular cuánto tiempo tomaría para que el cuerpo de su hermana se desintegrara. Que se hiciera uno con el azul envolvente.

En un momento, Reina sale a la superficie entre las olas plateadas. Tiembla con fuerza. Su cabeza está estirada hacia atrás, la sien rajada y sangrando del impacto del remo. En el firmamento, las constelaciones se ven confusas y sobrecargadas, agotadas de ver las mismas repeticiones sin sentido.

—Todo es, buchipluma —susurra Reina. El viento amplifica sus palabras, transporta una racha de su olor pujante.

Constancia agarra el abanico español de seda. Con urgencia lo agita, tratando de esparcir el olor. Tiene que contenerse para no meter la cabeza de Reina bajo agua de nuevo. De rajarle el cráneo a su hermana con el remo y llegar al meollo.

— ¡Me hacía falta creer en él! —Constancia pone un pie en el borde del barco. Quiere un megáfono. No. Mejor unos truenos de fondo para darle fuerza. — ¿Me oyes?

Por encima de ella, el cielo rota un grado. Robusta y manchada de azul la media luna aplancha.

Reina, a la deriva, se aleja del barco. Dentro de algunas semanas, ella recuerda, el sol va a cruzar el ecuador, y el día y la noche serán iguales por todas partes. Un zumbido le comienza en la cabeza, como si estrellas diminutas vibraran en su lugar. Hay una presión en sus pulmones también, como leche o mercurio.

Un calor repentino la envuelve, lamiéndole los muslos, las caderas, el suave montículo de su estómago. Cierra los ojos. *Así. Así. Así mismo.* Su boca se abre y cierra por voluntad propia, gradualmente se llena de agua salada, con la ansiosa luz de la luna.

El conocimiento es un tipo de espejismo, decide Constancia, mientras observa su hermana ahogarse. Se pregunta ¿qué cosa podría subjugar ahora la verdad que el remordimiento no ha hecho ya?

El horizonte enrojece de amanecer. Constancia deja caer el abanico, hunde el filo del remo roto en el mar, paletea fuerte hacia su hermana. Engancha a Reina por el cuello de su chaqueta empapada y con una fuerza inesperada aún mayor, la coloca a bordo. Constancia se inclina, sella la boca abierta de su hermana con un beso abierto. A la fuerza, hace entrar aire hasta que el pecho de Reina sube y baja de su propio esfuerzo.

Constancia se recuesta hacia atrás y mete la mano en el cesto de comida. Le sirve a su hermana un trozo de tortilla de camarón y berro. Luego corta un pedazo para sí. Sabe rico así frío, como algo acabado de sacar del mar.

CODA:

Una raíz en la oscuridad

Constancia

LOS ESTRECHOS DE LA FLORIDA

La ventolera se condensa en el quejoso cielo del sur, de luna almendrada y de un millón de estrellas. Constancia siente la fermentación de todo lo que muere, la liturgia de la sal vasta y verde. Hay relámpagos a distancia, nubes irradiantes. El aire garabatea sus mensajes mojados en su aliento. Constancia toca la carta de su tío en el bolsillo de su suéter. Su presencia húmeda la tranquiliza.

Después de que Reina la dejó en Cayo Hueso, contrató otra barca pesquera y un capitán geomántico que había conocido en la barra Blue Cockatoo. —Podía haber sido un adivino acuático —dijo, su única broma, y se calló. Constancia agradece su silencio en el timonel. El viaje a Cuba es largo y hay muchas otras cosas que valdrá la pena escuchar.

Heberto está muerto. Constancia lo escuchó ayer en Radio Así. No le sorprende, aunque pensar en la probabilidad de que muriera una semana después que su hermano, raya en lo absurdo. Trata de consolarse con el conocimiento de que la materia no desaparece, sólo toma disfraces nuevos, imprevistos. Heberto, anticipa Constancia, le mandará una señal.

La tormenta se acerca más, desatando una lluvia colorida y calurosa. Luz y neblina se confunden en el horizonte. Constancia siente algo que le roe ásperamente en la entraña. Ha comido poco en los últimos dos días, desde que ella y su hermana se despidieron algo inquietas en el muelle Mallory Wharf. Cada vez que Constancia piensa en esa noche, viendo a Reina tendida como mera carne en el mar, se le va el apetito.

Pero de repente el hambre de Constancia es enorme, como el celo sentido por una bestia cruda. Hay sándwiches de jamón en la neverita portátil y un paquete de seis cervezas mejicanas. Constancia destapa una botella de etiqueta dorada, la pone a sus labios, e inclina la cabeza hacia atrás. Luego come cuatro de los sándwiches uno tras otro a toda velocidad, y un racimo de uvas más que maduras. Le va a hacer falta toda su fuerza, decide ella, para el desembarque que le espera.

El barco va dirigido a la playa de Varadero. Constancia está convencida, y el capitán está de acuerdo con ella, que la milicia cubana no estará en espera de otra invasión en el mismo sitio. Uno de los muchos amantes de Reina, un inspector de edificios con astucia política, Calixto Peón, ha accedido a ser el guía de Constancia por un día o dos. Quiere reclamar el cuerpo de Heberto primero, quemar sus huesos a una ceniza transportable. ¿Cómo es posible que alguien le pueda negar eso?

Constancia piensa en los ritos que necesita hacer con los restos de su marido, qué oraciones hay que ofrecerle a Oshún. Pero ninguna dispersión ordinaria parece apropiada. Quizás tendrá que cargar a Heberto de pueblo en pueblo hasta llegar a Camagüey.

Allí están enterrados los papeles de Papi, debajo de la casa de los Mestre. La casa en la cual nació su madre, la casa de su abuela quien había sido atropellada a muerte por cerdos. Tío Dámaso escribió que había escondido las memorias de Papi en un cofre de cobre con bordes de felpa amarilla. Cada cuantos años, desenterraba la caja y las leía de nuevo. Su tío decía que no sabía por qué el padre de Constancia le había mandado a él este último testamento.

Constancia se balancea en la cubierta del barco que se bambolea. Trata de pararse sin apoyo, pero es tirada de bruces cuando una ola choca contra la popa. Sería tan fácil ofrecerse a este viento, hacerse uno con el océano, entregarse a cada elemento brusco. Ninguna misión salvo la existencia, y el ciclo. Leyes más poderosas que cualquier cosa triste.

Verifica la localización del barco en el mapa náutico del capitán. Podrían virar agudamente a la izquierda y no dar con Cuba para nada. Pasar por el Canal de Santarem y el Great Bahama Bank, por el Pasaje Mayaguana hacia mar abierto. Pero la tierra, piensa ella, es demasiado chiquita para contener el escape que ella quiere lograr.

El capitán anuncia que están cerca del trópico de Cáncer, que por allí se pesca bien los macabíes. Quiere montarse en ese trópico imaginario e ir por todo el planeta, compulsiva como un satélite, montarlo y montarlo a galope hasta que ya no haya motivo para parar.

El archipiélago Sabana es visible a distancia, guardando las luces borrosas de la Bahía de Cárdenas. El capitán reconfirma la fecha de cuando la recogerá: de hoy en una se mana. Ella no puede estar fuera de la fábrica por más tiempo. Si por algún motivo no la encuentra, debe regresar cada domingo hasta que ella reaparezca.

Constancia se prepara, se mete en su traje de buceo negro. En un bolso a prueba de agua ha empacado el viejo overol cubano de Reina, arreglado para su talla, un par de botas con suelas de goma, dos mil dólares en efectivo, su neceser con maquillaje, un teléfono celular, y una cantimplora con jugo fresco de granada. El capitán le ayuda con sus chapaletas, luego sujeta la escalera mientras ella desciende al mar. Constancia está exactamente a cinco kilómetros de la costa cubana. Cinco kilómetros la separan de todas las respuestas que más desea saber.

Dulce

MIAMI

C*oño*, qué jodienda fue llegar aquí. Me hacían falta setecientos dólares para el vuelo así que por tres días interminables tuve que recurrir a mis artimañas de La Habana. Siempre me digo que no importa, que es siempre un medio, no un fin. ¿Pero cuándo carajo voy a dejar de necesitar los medios?

Nunca trabajé tanto por tan poca plata. Traté de imaginarme cada cama como un escritorio, un lugar para hacer cálculos, numeritos, y cada cuerpo como una colección de partes no relacionadas entre sí. Aquí hay un metatarso odioso, por allí un trapecio hinchado de nudos. Cualquier cosa para lograr la distancia necesaria. Una y otra vez me enchufaba a estos tipos apabullantes, tratando de simular la lujuria.

Un madrileño con un tatuaje de espada en el pecho insistió en que personificara los santos. Me dijo que era la imagen exacta de San Elmo, santo patrón de los marineros. No sonaba a elogio. En una tempestad, el fuego de San Elmo puede verse desde los aviones y los barcos. Es un fenómeno flamante, explicó, como una descarga radiante de electricidad. Curioso, porque los próximos dos clientes se quejaron de que les di unos fuetazos eléctricos. Cada vez que me tocaban, soltaba chispas.

Caótica la vida en Miami, y eso es decir mucho después de lo que he pasado yo. Mi tía Constancia se largó para Cuba la semana pasada así que no la he conocido todavía. A todo esto, Mamá amenaza con pintar de negro el apartamento de mi tía. Todo negro menos la vista del mar abierto. Quiere pintar los pájaros muertos de abuelo Ignacio también. A manera de explicación ofrece que la hora de guardar luto ha sido retrasada demasiado.

Le digo a Mamá que estoy cansada de llevar la contraria, de hacer lo proscrito de todos los días. A fin de cuentas, le digo, es la peor forma de lo predecible. Pero no creo que comprenda. Últimamente, lo único que quiere hacer es peinarme el pelo, hacer dos trenzas por la espalda, como cuando era niña. Mamá pone flores por todo mi pelo, violetas que corta y se lleva de los tiestos de barro de los supermercados sin que la vean. Y no para de cantar canciones, dale que dale. No entiendo las palabras pero su voz me suena desafinada, como los pavos reales descontentos que vi en el zoológico de Barcelona.

—Quiero que tengas un bebé —anuncia en el desayuno. Mamá me fríe tres huevos, calienta una lasca de jamón dulce. Dice que me está dando la energía que me hará falta en el embarazo que me espera.

—Por favor —le digo disgustada. —Prefiero que me parta un rayo.

Mamá me da una mirada de herida. Sé que peco de insensible, pero si no exagero la nota, no entiende lo que le quiero decir. Al carajo, no quiero que mi cuerpo se enmarañe permanente con otro cuerpo. Tampoco le digo que por meses he estado sangrando entre mis reglas. Suficiente sangre para llenar un lavabo pequeño.

Unto un pedazo de jamón en la yema del huevo. Es delicioso. Después de pasar hambre en España, todo aquí sabe tan rico. He aumentado tres kilos sólo en esta semana. Tengo que estar recostada para abrocharme los bluyins.

—Yo te cuidaría el bebé, mi amor. —Ma-

má se detiene, con la vista fija en la mía.
—Lo mimaría hasta decir no más.

Ayer, Mamá me compró unas botas de cuero estilo vaquero en un lugar que se llama Parrot Jungle, donde las aves caminan por cuerdas flojas y comen semillas de las manos de uno. Mis botas tienen canarios por los tobillos, de un tamaño más grande las que compró para ella. Está convencida que si dormimos todas las noches con nuestras botas idénticas puestas, por fin sabremos lo que hay que hacer. Le digo a la vieja, lo más dulce que pueda, que se deje de gastar sus sueños en mí.

Mi prima Isabel, está aquí con el bebé, Raku. Flotan por las habitaciones como un par de fantasmas anémicos. El niño bala como si fuera media cabra. Isabel apenas habla. Toma jugo de piña todo el día de un vasito de plástico con un sorbete en espiral. Mamá me dice que mi prima está con el corazón destrozado, su angustia apenas interrumpible, y que empezó después del nacimiento de la criatura. Hay algo incurable en los ojos de Isabel. Me pregunto a veces, mirándola, qué podría ser peor: conocer su miseria, o no conocerla para nada.

La semana pasada fui por la fábrica de tía Constancia a ver si podía trabajar allí, hacer algo por lo legal, para variar. Mi tía hace estas lociones un poco extrañas para la celulitis y todo lo que le puede guindar a uno. El aire estaba tan denso con perfume que me dio un dolor de cabeza al instante. El gerente, un cubano con bigote estilo Beny Moré, me comió con los ojos y me invitó a almorzar. Por un día, tuve planes de apoderarme de la fábrica, de hacer un millón de pesos de buenas a primeras. Compraría una de esas casas que dan al mar que parecen fortalezas, construiría una cancha de tenis y una pista para helicópteros, y me darían un masaje en los pies todas las noches. ¿Qué tiene esta ciudad que fomenta estas ilusiones tan vacías?

Entonces Mamá sugirió que la ayudara a reconstruir carburadores en su garaje de restauración. Dice que mis manos son talentosas, subutilizadas (si supiera la vieja). Pero trabajar con ella es lo último que quiero hacer.

Hoy, encontré un trabajo en un lugar de sándwiches. Es en Crandon Boulevard, a unas manzanas del condominio de playa de tía Constancia. Por ahora, me parece que está bien. El dueño, Néstor Vallín, fue un famoso jugador de volibol en Cuba en los cincuenta. Cuando reconocí quién era, me contrató allí mismo. —Los cubanos son los dueños de todo en Miami— me dijo con orgullo, mientras trabajaba la máquina de rebanar. Néstor me está enseñando cómo hacer medianoches —la proporción precisa de pernil a jamón a queso, las unturas de mayonesa y mostaza, las tres ruedas de pepino agrio, todo cocido a la perfección sobre un pedazo de pan de corteza dura.

Comí un sándwich así en Cuba, hace muchos años, antes de los tiempos difíciles. Me hizo darme cuenta cuán cercanos estamos a olvidarlo todo, cuán cercanos estamos a no existir para nada.

Constancia

SANCTI-SPÍRITUS

C*onstancia consigue* que la lleven en la parte trasera de un camión militar en las afueras de Sancti-Spíritus. El transporte fue agenciado por un viejo amante de Reina, Calixto Peón. El camión está vacío salvo un gabinete de metal trancado con una cerradura mohosa. Podría haber cualquier cosa adentro, fusiles o piezas de auto o gallinas descuartizadas en camino al mercado negro. Cuatro días en Cuba, y ya nada le sorprende a Constancia. Cuatro días en Cuba, y, gracias a la ayuda de Calixto, la mitad de lo que se propuso hacer está cumplido.

La carretera central atraviesa por un llano árido salpicado de palmas reales. Haciendo memoria, Constancia busca aves raras en los cielos y los árboles, pero ve sólo buitres y palomas, una familia, de pinzones en un árbol coralino solitario. El camión brinca violentamente con cada encontrón y hoyo del camino. Constancia se agacha para amortiguar los trastazos.

Pronto cruzan dos ríos yendo hacia vastos cañaverales. Los soldados paran para tomar guarapo por la carretera y Constancia les brinda a todos el jugo empalagoso de la caña. Por dondequiera se mecen los tallos verdes, coronados por flores que maduran. Por aquí y por allá, un grupo de chozas rompe la monotonía ondulante. En un mes, cuando empiece la cosecha, los campos y los ingenios van a exhalar un humo negro y dulce.

Al atardecer los soldados dejan a Constancia en Camagüey, frente a la catedral colonial cerca del Parque Agramonte. Está contenta de poder estirar las piernas y despojar el entumecimiento del viaje. Enormes tinajones llenos de agua de lluvia ocupan algunas esquinas. Constancia compra una gaseosa caliente de un vendedor ambulante y busca el hotel que Calixto recomendó.

Sus dólares se han reducido peligrosamente. Había gastado casi todo su dinero para llegar hasta aquí. Desde el momento en que emergió del mar temblando de frío en la Playa de Varadero, le parece que todo ha sido a base de canje y soborno.

Casi siempre ha dejado que hablase Calixto. Temía que su acento, su lenguaje obsoleto, los traicionaría a los dos. De lo que no se dio cuenta es que su apariencia también la delataría una y otra vez. Su piel es demasiado lisa para las normas de aquí, demasiado protegida del sol. Su maquillaje es perfecto, sus uñas tan manicuradas. Cuando El Comandante estire la pata, especula Constancia, ¡imagínense cómo podrá vender cremas a tutiplén!

Es un indicio de la privación que padece la isla, piensa ella, que ninguna persona la ha rechazado. Hasta los pedidos más alocados han sido cumplidos, como, por ejemplo, canjear el traje protector del frío y las chapaletas por el cadáver tieso de su marido. El médico forense le dijo que Heberto llegó al necrocomio muerto, pero no herido. Lo más probable es que murió de una hemorragia o de un infarto. Le dio las gracias al médico forense, y luego le pagó seiscientos dólares para cremar a su marido clandestinamente.

Lo único que Constancia no había logrado hacer era comunicarse con su casa. Su teléfono celular no funciona desde Cuba. Y no hay una máquina de fax por ningún lado. Hasta las líneas telefónicas normales siempre están ocupadas o no funcionan.

Ella espera que Isabel y Raku estén bien ahora que Reina está a cargo de las cosas, y que la fábrica no se eche a perder en su ausencia.

Constancia pasa la mano por su bolso a prueba de agua para asegurar que Heberto todavía esté adentro. Sus restos, media libra de gravela irregular, están colocados en un jarrito vacío de crema para el cutis. Constancia siente desconcierto con el paradero final de Heberto. Esperaba que luciera más suave, rosadito, como un polvo de cara de alta calidad. No este manojo de fragmentos arenosos, este hueso irreducible.

Constancia divaga por la Calle Maceo y se registra en el Gran Hotel. El dependiente de la recepción le dice que la cañería está rota así que esta noche no habrá agua. Y su teléfono, nada sorprendente, no ha funcionado por semanas. Pero el comedor está abierto, dice, trémulo con el baile de San Vito, y, para variar, hay bastante malanga y chuletas de cerdo para comer.

—Calixto me mandó —dice Constancia tranquila. Le paga diez dólares al dependiente por un mapa roto de la provincia, y se hacen amigos instantáneos—. Para la madrugada necesito una máquina que funcione bien y una pala de obrero —continúa. —Cien dólares por un día. Sin preguntas y sin compañía—. Entonces sube las escaleras y va a su cuarto.

El sol se pone y Constancia hala una silla hacia la ventana para verlo. Los colores irrumpen en el cielo como algo impiadoso que se desparramó. Se le ocurre que la noche y el día no son nada más que un par de ladrones alternantes. Es imposible recordar su vida antes de este viaje. Le parece un sueño que se extingue. ¿Es verdad que ahora es abuela? ¿Está perdido su hijo en México? ¿Cómo es que ella pasaba sus noches? ¿Qué solía comer?

Constancia se afloja la ropa puesta y se acomoda en la cama de colchón plano. Quiere ser racional, trazar el plan de la mañana. Pero mientras más se acerca a su herencia extraña, más irreal le parece. Es como si cada momento en Cuba absorbiera varias veces su peso.

Abre el jarrito de crema para el cutis y sacude a Heberto en las sábanas. Toma uno de los fragmentos opacos y lo eleva contrapuesto a la luz. Entonces pone el pedazo en la punta de la lengua y se lo lleva a la boca. Constancia quiere que se disuelva completamente, que le revele algo contundente. Pero tercamente, así como cuando estaba vivo, Heberto permanece inerte, capaz de darle rabia a cualquiera.

Reina

KEY BISCAYNE

Hay una parte curveada de Key Biscayne saturada de pinos y árboles de papaya. La fruta está en temporada, gorda y frondosa, en forma de guirnalda con flores boquiabiertas. Reina arranca varias papayas de una mata hembra y raja las cáscaras con sus dientes. Le ofrece la carne a su amante, Russ, y lame el jugo de su barbilla sin afeitar. Entonces hala los tallos en movimiento del árbol macho cercano. Su fruta es pequeña y no tiene semillas pero sabe tan intensamente dulce como la otra. Reina se acomoda en la parte trasera del Nash del 56 de Russ, el que tiene la silla desplegable.

Alrededor de ellos, la noche vibra con su barullo tropical. La luna está alta en el cielo, casi llena, instando al mar en su baile monótono. Un viento suave remueve los pinos, llevando a sus espaldas las pasiones de los insectos. Reina ve que un mapache con tres patas la observa desde un árbol. Con delicadeza, limpia su cara de espectador con sus garras. Detrás de él, las estrellas son puntos de alfiler distantes, un mapa inútil de luz. La ciudad parece aún más lejana, acuclillada contra el horizonte.

Cadera a cadera contra el agarre de Russ, Reina le quema la piel a fogonazos. Está como enpegostada a este amor inmediato, pero su inquietud todavía persiste. Reina cierra los ojos y se pierde en un ensueño. Está desnuda, voluntariosa y cuatro veces su tamaño normal. Va englutiendo fruta —piñas masivas y mangos, panapén, caimitos, y guanábanas— manjares atrapados y luminosos sobre unos platos rebosantes de luz. Una por una, Reina les arranca las cáscaras monstruosas, devora cada una entera como un siglo. Russ está inmóvil debajo de ella, su cabeza inclinada hacia atrás por el calor y la descarga.

Reina abre la puerta trasera del carro y camina hacia el mar. La luna es una sombra en su espalda, desalojada de su nido en el cielo. Mientras camina en el agua que le llega hasta la cintura, se desliza sobre sus hombros desnudos, baja por su lenta garganta canela. Ahora ella es un río de fibra y músculo, forzando la luna a obedecer su voluntad. Por fin, Reina siente la luna hundirse dentro de ella, bajando a su vientre. Arquea la espalda y un coágulo minúsculo se aviva en la tempestad de relámpagos húmedos hasta que el primer zarcillo frágil toma raíz. Hace estallar los densos cielos interiores le trae a Reina una oleada de placer contrayente, inmaculada.

Levanta los ojos y encuentra la luna restaurada en su lugar en el cielo. Es medianoche. La bóveda estrellada, inamovible, tiende su vista. Esta noche, lo sabe Reina, va a dormir profundamente, un dormir completo, satisfecho. En un mes, el trocito de carne en su entraña crecerá a ser un esqueleto delicado, del tamaño de un colibrí. Ya Reina lo siente aleteando en su malla de sangre, aleteando en su oficio continuo hacia la eternidad.

Constancia

CAMAGÜEY

V*eintinueve carros de antaño* están estacionados en doble y triple fila frente al Gran Hotel antes de la madrugada. Se regó la palabra del pedido de esa loca doña exilada. Todos los hombres le gritan de buenas a primeras, elogiando sus autos pasados de moda. Está furiosa con la indiscreción del dependiente pero de todas maneras tiene que aprovechar el momento. Constancia espera que la policía local no se percate de su presencia. Rápido pasa revista por los Chevrolet y Plymouth, los Ford y Oldsmobile. Entonces avista un Packard negro de los años treinta, como el que manejaba su padre, y allí mismo decide que lo va a alquilar.

El viejo rancho de los Mestre está a veinticinco kilómetros de Camagüey. Constancia va a tirones por un camino polvoroso, perturbando gallinas y cabras deambulantes. Arriba de ella, el cielo está frotado de un azul prodigioso, tan azul que parece imposible que pudiesen existir nubes. Los niños se escurren en el polvo, pitándole que los lleven mientras ella pasa por su camino. El ganado resopla en los campos. Guajiros en sombreros de paja van lentamente sobre sus mulas. Este es un mundo conservado, piensa Constancia, un paisaje donde se ve todo origen. Por primera vez en su vida, está agradecida que forme parte de su pasado.

Tío Dámaso le escribió que la casa del rancho es fácil de pasar por desapercibida. El lugar está hecho leña. No tiene porche o techo que valga la pena, devastado por el clima, comido por gusanos, con las persianas descolgadas y sueltas. La mejor forma de encontrarla, sugiere su tío, es buscar una nube de abejas que siempre sobrevuelan el lugar. Hace tiempo que el sarcófago de Eugenia Mestre fue desbaratado por peregrinos y buscadores de milagros. Un pedazo por aquí, otro por allá, hasta que no quedaba nada de la tumba. No podía prevenir los robos. Lo peor de todo es que nadie sabe dónde pararon los restos de su madre.

Constancia va a paso más lento por un pueblo de casas con techos de paja. Hay una procesión en camino. Todas las niñas usan vestidos amarillos con flores trenzadas en el pelo. Los varones, también de amarillo, cargan una estatua de su santa patrona querida. Otros ofrecen calabazas e hilos de abalorios de ámbar a La Virgen de la Caridad del Cobre. Constancia está sorprendida por la celebración. No sabía que manifestaciones públicas de devoción religiosa eran permitidas todavía en Cuba. Espera tranquila mientras el desfile se va por el camino. De repente se acuerda que hoy, su hijo cumple treinta y cuatro años.

Aunque es temprano por la mañana el calor es un arropamiento constante contra su piel. Constancia va muy despacio en su Packard a lo largo de un camino no pavimentado y abandonado. Sigue imaginando que ve el espejismo de su tío; las abejas dando vueltas, pero cada vez que detiene el auto, su visión se desvanece misteriosamente. Constancia baja la ventana y decide poner atención a ver si escucha las abejas sin distracción visual que la despiste. El camino por delante es recto y vacío, y va despacito con los ojos cerrados firmemente.

Al principio, Constancia no oye nada, sólo sus sienes pulsando con sangre. Siente sosiego al descansar los ojos en sus cuencas, despachar toda esta luz cegadora. Entonces un zumbido proveniente del sur se filtra hacia ella. El Packard se extravía, sale del camino y choca contra una verja de piedra destrozando el guardafango de frente.

Constancia está azorada por la cortina repentina de luz. Escuda los ojos y ve lo que parece un montón de huesos emblanquecidos en la distancia. El pasado es un campo silvestre, piensa ella, mientras se acerca a la casa abandonada del rancho. En lo alto, encima de la casa, una guirnalda de abejas gira furiosamente. Más y más rápido van dando vueltas las abejas, hasta ser sólo una rueda de amarillo oscuro. Y tan abruptamente como aparecieron, se largan.

Dentro de la casa, la madera cede bajo los pies de Constancia. De hecho, el piso está tan débil, que ella teme que vaya a ser absorbida por su contracorriente podrida. Constancia desaloja las tablas del piso que se deshacen con su pala firme de agricultor; al principio, metódicamente, luego con menos acierto a la par que crece su impaciencia. El calor asfixia por todos lados hasta que Constancia está enchumbada de sal y exhausta, pero resuelta.

Se detiene un momento y se inclina sobre su pala. Ripios de satín colorido entran revoloteando por la ventana, sostenidos por una brisa imperceptible. Entonces, como un rumor sinuoso, donde sabe por dónde debe buscar, Constancia excava afuera en el lugar señalado, hace una herida en forma de túnel en la tierra hasta que da con el cofre de cobre.

Su tío lo había dejado sin candado para ella. Adentro, acurrucado en felpa amarilla, hay un cuchillo de mondar, una cajita de fósforos, un bolsito deslucido de franela que contiene un hueso desgastado, y el montón de los últimos papeles de su padre. Su escritura es cuidadosa, legible, de formalidad almidonada, como si no fuera para nadie en particular, o así parece.

Mi nombre es Ignacio Agüero y nací avanzada la tarde del 4 de octubre de 1904, el mismo día me informaría luego mi madre, que el primer Presidente de la República, Estrada Palma, llegó a Pinar del Río para tomar parte en un desfile, un banquete, y una noche larga de discursos en la mansión del Gobernador...

Constancia lee las palabras de Papi cuidadosamente, lee y lee hasta que sólo las estrellas quedan para dar claridad al cielo. El huesito, decide ella, se lo llevará para su hermana.

EL COLIBRÍ

No premedité lo que pasó en la Ciénaga de Zapata. Tienes que entender eso. En un momento, mi esposa estaba en el borde del marisma, sacando un mechón de su mejilla. En el próximo, un ave extraordinaria sobrevoló en plena vista. Tembló justo encima del casco de Blanca, entre las ramas de un árbol. Una joya luminosa, apenas el tamaño de la yema de mi pulgar.

No recuerdo haber apuntado, sólo el abandono feroz de mi deseo, la presión de la escopeta de caza contra mi hombro, la invitación que venía del pájaro mismo. Moví la mirilla del colibrí a Blanca, como arrastrado por una necesidad de la naturaleza.

Era mediodía y el sol no daba tregua. El aire tembló con el sonido de mi disparo. Nuestros caballos, amarrados a un junte de mangles, rompieron sus agarres y se hundieron en el pantano sin dejar trazo alguno. En un instante, el futuro se desplegó ante mí, una delgada temporada perenne.

El día voló en una hora. Las nubes desfilaban, acarreando sus sombras por la tierra acuo-

sa. Oí la voz de Blanca removiéndose entre las hierbas y las cañas, en las grullas que se entrecruzaban en lo alto, en los grupos de malanguetas que se mecían. Toda la tarde la Ciénaga de Zapata, a manera de chasquido y murmullo, entonó su coro fatal hasta que un gavilán rabirrojo voló en lo alto del cielo, encima de nosotros.

Aguanté a mi Blanquita. La tomé en mis brazos. Un placer amargo, lleno de luto. Luego, en la luz violeta quebrada del atardecer, la cargué treinta kilómetros al pueblo más cercano y, renuentemente empecé a soltar mis mentiras.

Agradecemos a las siguientes personas e instituciones por la autorización concedida para la reimpresión de material publicado anteriormente.

Herederos de Federico García Lorca: Selección del texto en español "Pequeño poema infinito" de Federico García Lorca, derechos de propiedad © de Herederos de Federico García Lorca. La traducción al inglés "Little Infinite Poem" de Robert Bly, derechos de propiedad © de Robert Bly y Herederos de Federico García Lorca. Derechos internacionales reservados. Todas las preguntas referentes a las obras de Federico García Lorca deberán ser dirigidas a William Peter Kosmas, Esq., 77 Rodney Court, 6/8 Maida Vale, Londres, W9 1TJ, Inglaterra.

Holmes & Meier Publishers, Inc.: Selección del "Pollice verso" de *José Martí: Colección de poemas* de José Martí, traducidos por Elinor Randall, editados por Philip S. Foner (New York: Holmes & Meier, 1982). Derechos de propiedad © 1982 de Holmes & Meier Publishers, Inc. Reimpreso con la autorización de Holmes & Meier Publishers, Inc.

Sussman & Associates and SGA: Selección de "Yes Sir That's My Baby," escrita por Walter Donaldson y Gus Kahn. Derechos de propiedad de 1925, renovados en 1952, de Donaldson Publishing Company y Gilbert Keyes Music Co. Derechos de propiedad internacionales asegurados. Todos los derechos reservados. Reimpreso con la autorización de Donaldson Publishing Company bajo la administración de Sussman & Associates, y Gilbert Keyes Music Co., a cargo de SGA.

NOTA SOBRE EL TRADUCTOR

ALAN WEST nació en La Habana y creció en Puerto Rico. Es el autor de dos libros para niños, el poemario *Dar nombres a la lluvia,* premiado con el Latino Literature Prize (1996), y el libro de ensayos, *Tropics of History: Cuba Imagined* (1997). Ha traducido a Luis Rafael Sánchez, Dulce María Loynaz y Rosario Ferré.

Cristina García nació en La Habana y creció en Nueva York. Su primera novela, *Dreaming in Cuban (Soñar en cubano)*, fue nominada para el premio National Book Award y ha sido traducida a varios idiomas. García ha recibido los premios Guggenheim y Whiting Writer's Award. Vive en Los Angeles con su hija Pilar.